JN138977

「春望」の系譜

続々・杜甫詩話

後藤 秋正著

研 文 出 版

「春望」の系譜——続々・杜甫詩話

目次

Ⅰ 「春望」について

Ⅱ 杜甫の詩と詩語

「春望」の系譜——続々・杜甫詩話

Ⅰ 「春望」について

「春望」の系譜

はじめに

杜甫の「春望」（『杜詩詳注』巻四。以下、『詳注』）は、至徳二載（七五七）の春、反乱軍占領下の長安で書かれた。あまりにも著名な詩であり、全体の構成や詩語については古来さまざまな角度から取り上げられてきた。筆者もそれら汗牛充棟の諸説の驥尾に付して「杜甫『春望』の頷聯について」（「中国文化」七三、二〇一五。本書所収）を草したことがある。ところが管見の及ぶところ、詩題の「春望」については、これが春の眺めを詠ずる多くの詩の中で、どのように位置づけられるのかという点については論じられたことがないようである。吉川幸次郎『杜甫詩注』第三冊（筑摩書房、一九七九）は詩題について、「至徳二載晩春の作、その朔（ついたち）は、太陽暦の三月二十五日。……〔春望〕の〔望〕の字は、のぞむ、ながめる、の意で、もとよりあるが、『説文』の『亡』の部に、『望は、出で亡（に）げて外に在り、其の還るを望む也』。悲しみを帯びた視線であり、巫放の切 wang という音声もそれに応ずる。」と述べているが、これ以上の言及はない。では杜甫の詩に先行する「春望」と題する詩にはどのような作品があったのであろうか。また、杜甫は果たしてそれらの作品から影響を受けたのであろうか。以下、詩題に「春望」を含む詩を取り上げて考察を加えてみたい。

二　南北朝期の詩

梁・蕭子範（四八六～五四九）には「春望古意」（逯欽立『梁詩』巻一九、『芸文類聚』巻三。以下、逯欽立は省略）がある。

光景斜漢宮
横梁照采虹
春情寄柳色
鳥語出梅中
氛氳閨裏思(1)
透迤水上風
落花徒入戸
何解妾牀空

光景　漢宮に斜めなり
横梁　采虹(さいこう)照る
春情　柳色に寄せ
鳥語　梅中より出づ
氛氳(ふんうん)たり閨裏(けいり)の思い
透迤(いい)たり水上の風
落花　徒(いたずら)に戸に入る
何ぞ妾牀(しょうしょう)の空しきを解かん

この詩が、詩題に春望と見える作品のうちで最も早いものであろう。

詩中の語彙について見ておこう。「横梁」は、家屋や門の上などに横に架けられたはり。「采虹」は、色鮮やかなにじ。沈約「早発定山」（『文選』巻二七）に、「標峰綵虹外、置嶺白雲間（峰を綵虹の外に標げ、嶺を白雲の間に置く）」とあり、李善注は『楚辞』九歎・遠逝から「徴九神於回極兮、建虹采以招指（九神を回極に徴し、虹采を建てて以て招指す）」という一文を引くが、こちらは旗のことをいう。第二句は、はりが虹に照り輝いているのではなく、美しいはりを鮮やかな虹に喩えたものかもしれない。これは杜甫の詩には見えない語である。冒頭の二句は女性の住まいの描写である。「柳色」は、柳の青青とした葉の色。梁・簡文帝・蕭綱の「和湘東王名士悦傾城」（『梁詩』巻二二）に、「落日度房櫳、粧窗隔柳色（落日 房櫳を度り、粧窗 柳色を隔つ）」とあるのが早い例であろう。杜甫の詩にはただ一例、「八哀詩・贈左僕射鄭国公厳公武」（『詳注』巻一六）に、「京兆空柳色、尚書無履声（京兆 空しく柳色あり、尚書 履声無し）」とあるのみである。「鳥語」は、鳥の鳴き声。詩における用例はこれが早いものであり、杜甫の詩には見えない。唐詩では例えば祖詠「贈苗発員外」（『全唐詩』巻一三一）に、「坐竹人声絶、横琴鳥語稀（竹に坐して人声絶え、琴を横たえて鳥語稀なり）」と見える。杜甫の詩にはこれも見えない。ただし、春を詠ずる詩には早くから鳥の鳴き声が登場していたことは留意しておく必要があろう。「春情」は、春に生ずる異性への恋情。この語は詩題にもなっている。梁・簡文帝・蕭綱の「雑句、春情」（『梁詩』巻二二）や甄固「奉和世子春情」（『梁詩』巻二八）はその例であり、「子夜四時歌七十五首・春歌二十首」〈其七〉（『晋詩』巻一九）に、「那能閨中繡、独無懐春情（那ぞ能く閨中の繡、独り春情を懐く無からん)」とあり、王融「詠琵琶」(『斉詩』巻二)に「糸中伝意語、花裏寄春情(糸中 意を伝うる語あり、花裏 春情を寄す)」とあるのは詩中に現れる例である。唐詩では太宗・李世民の「月晦」(『全唐詩』巻一)に、「披襟歓眺望、極目暢春情(襟を披きて眺望を歓び、目を極めて春情を暢ぶ)」とあるのが早い。このように六朝期の「春情」は、男女が相手を慕う気持ちを表すことが多いが、太宗の場合は、春の伸びやかな気分を詠ずる。「梅中」は、梅の花咲く林の中。用例は少なく、唐詩でも李白「宮中行楽詞」(『全唐詩』巻二八・巻一六四)に、「寒雪梅中尽、春風柳上帰(寒雪 梅中に尽き、春風 柳上に帰る)」とあるのが目につく程度である。この詩は詩題に「古意」とあるように擬古的な閨怨詩の一種である。水の上を吹き渡ってくる風に乗って、舞い散る花びらが虚しく戸口に入りこむ晩春になったが、思い慕う人はいない。冒頭に「漢宮」の語があるところからすると、班婕妤の故事を念頭に置いているかも知れない。『梁書』巻三十五の本伝には、文学の士を愛した南平郡王・蕭偉が彼を「此れ宗室の奇才なり。」と賞讃したことが伝えられている。しかし一方で『梁書』本伝は、南平郡王・蕭偉の従事中郎や臨賀王・蕭正徳の長史・尹丞などを歴任した蕭子範の心境を、「官を歴ること十余年、藩府より出ず、常に以て自ら慨く、而るに諸弟は並びに顕列に登り、意は平らかなる能わず。」と記す。「春望古意」にもそのような出世の道からはずれた彼の充たされない心情が投影している可能性はある。しかし春という時節は『詩経』豳風・七月に、「春日載陽、有鳴倉庚、……春日遅遅、采蘩祁祁、女心傷悲、殆及公子同帰(春日は載ち陽かく、鳴ける倉庚有り、……春日 遅遅として、蘩を采ること祁祁たり、女の心は傷み悲しむ、殆わくは公子と同に帰がん)」とあって、既に春の日はうららかで暖かであるだけではなく、女性が愁いに沈む時節でもあった。この詩もそうした認識の上に立って書かれたと見なすのが妥当であろう。

ついで、宗懍の「春望」(『初学記』巻三、歳時部上、春、『文苑英華』巻一五七、『北周詩』巻二)がある。『古詩紀』巻百二十二の題下注には、「律祖の陳の后主に作るは非なり。」とある。「律祖」は、楊慎の『五言律祖』六巻(『明史』巻九九、芸文志四)を指すが未見。詩を見よう。

日暮春台望(2)	日暮　春台より望む
徙倚愛余光	徙倚して余光を愛す
都尉新移棗	都尉は新たに棗を移し
司空始種楊	司空は始めて楊を種う
一枝猶桂馥	一枝　猶お桂馥あり
十歩有蘭香	十歩　蘭香有り
望望無萱草	望望として萱草無し
忘憂竟不忘	憂えを忘れんとして竟に忘れず

「春台」は、春の高殿。潘岳「秋興賦」(『文選』巻一三)に、「登春台之熙熙兮、珥金貂之炯炯(春台の熙熙たるに登り、金貂の炯炯たるを珥む)」とある。この語は杜甫の詩に二例見え、「又送」(『詳注』巻一二)には、「双峰寂寂対春台、万竹青青照客杯(双峰　寂寂として春台に対し、万竹　青青として客杯

を照らす）」とあり、「王十五前閣会」（『詳注』巻一八）には、「楚岸収新雨、春台引細風（楚岸　新雨を収め、春台　細風を引く）」とある。後者は高殿のもとにある石の台を指していう。「徙倚」は、うろうろと歩き回る、たちもとおる。『楚辞』哀時命に、「独徙倚而彷徉（独り徙倚して彷徉す）」とある。「余光」は、沈もうとしている夕日の光。阮籍「詠懐詩、十七首」〈其十四〉（『文選』巻二三）に、「灼灼西隤日、余光照我衣（灼灼たり西に隤るる日、余光　我が衣を照らす）」とある。杜甫の詩には二例が見え、「柴門」（『詳注』巻一九）に、「長影没窈窕、余光散谽谺（長影　窈窕として没し、余光　谽谺として散ず）」とあり、「江辺星月、二首」〈其一〉（『詳注』巻二一）には、「余光隠更漏、況乃露華凝（余光更漏に隠る、況んや乃ち露華の凝るをや）」とある。『詳注』は前者の「余光」の典拠として、秦宓の「奏記」（『三国志』巻三八、『蜀書』秦宓伝、『全三国文』巻六一）から、「誠に知る昼に燭を操らざるは、日に余光有ればなり。」という一文を引いており、散文における用例としてはこちらが先行する。「桂馥」は、もくせいの香り。「桂馥蘭芳」、「桂馥蘭芬」などという形で墓誌などに用いられることが多い。詩においても「丹桂馥る」、「秋桂馥る」という形で表れる。その中で王勃「上巳浮江宴、韻得阯」（『全唐詩』巻五五）に、「松陰白雲際、桂馥青渓裏（松は陰ず白雲の際、桂は馥る青渓の裏）」と詩中に詠じられるのは少ない例である。杜甫の詩にこの語は見えない。「萱草（諼草）」はヤブカンゾウ。花を見たり若葉を食したりすると憂えを忘れるという。『詩経』衛風・伯兮に、「焉得諼草、言樹之背（焉くにか諼草を得て、之を背に樹えん）」とある。杜甫の詩には二例があり、「示従孫済」（『詳注』巻三）に、「萱草秋已死、竹枝霜不蕃（萱草　秋に已に死し、竹枝　霜ふりて蕃らず）」とあり、「臘日」（『詳注』巻五）に、「侵凌雪色還萱草、漏洩春光有柳條（雪色を侵凌するも還た萱草、春光を漏洩するは柳條有り）」とある。ただし前者の「萱草」は、『読杜詩説』巻三に、「萱草は、古人 多く以て母に比す、或いは済の母方に死す、故に云う。」というように、忘憂のものとして詠じられてはいない。後者も春の草の象徴として詠じられているのであろう。「望望」は、さまざまな意味で用いられる。『礼記』問喪に、「其の往き送るや、望望然、汲汲然として、追うこと有りて及ばざるが如し。」とあるのが早い例であろう。詩では謝朓「懐故人」（『斉詩』巻三）に、「望望忽超遠、何由見所思（望望として忽ら超遠なり、何に由りてか所思を見ん）」とあり、何遜「行経孫氏陵」（『梁詩』巻九）に、「闃寂今如此、望望沾人衣（闃寂として今此の如し、望望として人の衣を沾す）」とあるのは、『礼記』と同じく遥かに眺めて思い慕うさまであろう。杜甫の詩には一例、「洗兵行」（『詳注』巻六）に、「田家望望惜雨乾、布穀処処催春種（田家 望望として雨の乾くを惜しむ、布穀 処処に春種を催す）」とあって、日照りが続き、農家が切実に降雨を待ち望みながら雨が降らない天を眺めていることをいう。『詳注』は王僧孺「寄何記室」（『梁詩』巻一二）に、「思君不得見、望望独長嗟（君を思えども見るを得ず、望望として独り長く嗟く）」とあるのを引いている。

『荊楚歳時記』の著者として知られる宗懍、字は元懍の伝は『梁書』巻四十一、王規伝と『周書』巻四十二（『北史』巻七〇）に立てられている。梁に仕え、元帝の時に官は吏部尚書に至った。しかし承聖三年（五五四）の冬、西魏の侵攻によって江陵が陥落した際に王褒らとともに長安に連行される。次いで北周に仕え、孝閔帝の時に官は車騎将軍・儀同三司となったが、保定年間（五六一～五六五）に六十四歳で卒した。宗懍の詩は春の好風景を前にしても忘れることのできない憂えを詠じている。南に帰ることがかなわない憂思を詠じたものではなかったか。しかしその内実は、北朝への配慮もあってか、露わには詠じられない。これが長安で書かれたものだとすれば杜甫の脳裏にはこの詩が浮かんだかも知れない。

次に庾信（五一三〜五八一）の「春望」（『北周詩』巻四）を見よう。

春望上春台　　春望　春台に上る
春窗四面開　　春窗　四面に開く
落花何仮払　　落花　何ぞ払うを仮らん
風吹会併来　　風吹けば会ず併び来らん

「春望」の語を詩中にとりこんだ最初の詩であろう。冒頭の句は宗懍の「春望」に似る。呉兆宜『庾開府集箋註』は「春台」の出典として『老子』（通行本、第二〇章）の「衆人　熙熙たり、大牢を亨けて、春　台に登るが若し。」という一文を引く。ただし、これは俗人（衆人）についていうのであって、自身はそのようには楽しめないことをいう。「春窗（春窓）」は春の風景に向かって開かれたまどだが、庾信には三例が見える。そのうち「詠画屛風詩、二十五首」〈其二十四〉（『北周詩』巻四）には、「竟日坐春台、芙蓉承酒盃（竟日　春台に坐し、芙蓉　酒盃を承く）」とある。庾信「春望」には特に難解な語はない。春の眺めを楽しみつつ、春風に身を任せることを詠ずる。森野繁夫『庾子山詩集』（白帝社、二〇〇六）は、「『春望』は、春の眺め。杜甫の『春望』は庾信の此の語に拠ったのであろうか。」と指摘する。

参考までに類似する詩題をもつ、沈約（四四一～五一三）の「登高望春」（『梁詩』巻六、『玉台新詠』巻六）も見ておこう。

登高眺京洛　高きに登りて京洛を眺む
街巷何紛紛　街巷　何ぞ紛紛たる
廻首望長安　首を廻らして長安を望む
城闕鬱盤桓　城闕　鬱として盤桓す
日出照鈿黛　日出でて鈿黛を照らし
風過動羅紈　風過ぎて羅紈を動かす
斉童躡朱履　斉童は朱履を躡み
趙女揚翠翰　趙女は翠翰を揚ぐ
春風揺雑樹　春風　雑樹を揺るがし
葳蕤緑且丹　葳蕤　緑にして且つ丹し
宝瑟玫瑰柱　宝瑟　玫瑰の柱
金羈瑇瑁鞍　金羈　瑇瑁の鞍

淹留宿下蔡　　淹留して下蔡に宿り
置酒過上蘭　　置酒して上蘭に過（よ）ぎる
解眉還復斂　　眉を解きて還（ま）た復た斂（おさ）む
方知巧笑難　　方（まさ）に知る巧笑の難きを
佳期空靡靡　　佳期　空しく靡靡（びび）たり
含睇未成歓　　睇（てい）を含みて未だ歓びを成さず
嘉客不可見　　嘉客　見る可からず
因君寄長歎　　君に因りて長歎を寄す

「望春」と題しながら、春の風景は冒頭に詠じられるのみであり、思う人がやって来ない女性の憂愁が主題となっている。このことは同じ沈約の「春詠」（『梁詩』巻八、『玉台新詠』巻五）でも同様であり、こちらは旅に出た夫を慕う妻の心を詠じている。

楊柳乱如糸　　楊柳　乱れて糸の如く
綺羅不自持　　綺羅（きら）　自ずから持せず
春草黄復緑　　春草　黄にして復た緑に
客心傷此時　　客心　此の時を傷まん
青苔已結洧　　青苔は已に洧（い）に結び

碧水復盈淇　　碧水も復た淇に盈つ
日華照趙瑟　　日華　趙瑟を照らし
風色動燕姫　　風色　燕姫を動かさん
襟前万行涙　　襟前　万行の涙
故是一相思　　故是れ一に相い思う

このように南北朝期の、春の眺望を詠ずる詩は、宗懍の「春望」に女性の姿が見られないのを除けば、ほぼ閨怨詩の範疇に含まれるものと言えるであろう。

二　唐代の詩（杜甫以前）

次に『全唐詩』において杜甫より前に配列される詩の中から、何篇かを取り上げよう。張九齢（六七八〜七四〇）の「登楽遊原春望、書懐」（『全唐詩』巻四九）は次のような詩である。

城隅有楽遊　　城隅　楽遊有り
表裏見皇州　　表裏　皇州を見る
策馬既長遠　　馬に策ちて既に長遠
雲山亦悠悠　　雲山　亦悠悠たり

万壑清光満
千門喜気浮
花間直城路
草際曲江流
憑眺茲為美
離居方独愁
已驚玄髪換
空度緑荑柔
奮翼籠中鳥
帰心海上鷗
既傷日月逝
且欲桑楡収
豹変焉能及
鶯鳴非可求
願言従所好
初服返林丘

万壑（ばんがく）　清光満ち
千門　喜気浮かぶ
花間　直城の路
草際　曲江の流れ
憑眺（ひょうちょう）　茲（ここ）に美と為す
離居　方（まさ）に独り愁う
已に驚く玄髪の換わるに
空しく度（わた）る緑荑（りょくい）の柔らかなるを
翼を奮う籠中の鳥
心を帰す海上の鷗
既に日月逝き
且つ桑楡（そうゆ）に収まらんと欲するを傷む
豹変　焉（いずく）んぞ能く及ばん
鶯鳴（おうめい）　求む可きに非ず
願わくば言（ここ）に好む所に従い
初服　林丘に返らん

楽遊原は長安城の南の高所にある遊宴の場所であり、しばしば作詩の場ともなった。熊飛『張九齢集校注』（中華書局、二〇〇八）は、劉斯翰『曲江集』（広東人民出版社、一九八六）が開元四年（七一六）の春の作とする説を引いてこれを肯定している。そうであるならばこの詩は張九齢が三十九歳の作である。いくつかの語について見てみよう。「皇州」は、帝都、京城。鮑照「代結客少年場行」（『宋詩』巻七）に、「升高臨四関、表裏望皇州（高きに升りて四関に臨み、表裏 皇州を望む）」とある。第二句はこれを踏まえている。「直城」は、長安城の西にあった門の名。庾信「奉和永豊殿下言志、十首」〈其四〉（『北周詩』巻四）に、「直城風日美、平陵雲霧除（直城 風日美しく、平陵 雲霧除る）」とある。「緑萸」は、香草の名。また、草木の柔らかな若芽。左思「蜀都賦」（『文選』巻四）に、「或豊緑萸、或蕃丹椒（或いは緑萸豊かに、或いは丹椒蕃し）」と見える。「桑楡収」は、『後漢書』巻十七、馮異伝に見える、光武帝が馮異をねぎらって与えた「璽書」に、「始めは翅を回谿に垂ると雖も、終に能く翼を黽池に奮う、之を東隅に失いて、之を桑楡に収うと謂う可し。」とあって、夕暮れになって赤眉の軍を破るという戦功をたてたことをいう。ただしここは羅韜選註『張九齢詩文選』（広東人民出版社、一九九四）が、「既傷」の二句について、「為歳月的消逝而傷感、但願晩年仍有所収獲。」と述べるように、人生の後半になって収獲を望むことをいうのであろう。『増訂注釈全唐詩』（文化芸術出版社、二〇〇一）は「比喩補過。」といい、過失を補い正すことと解している。「鶯鳴」は、張華「答何劭、二首」〈其一〉（『文選』巻二四）に、「属耳聴鶯鳴、流目翫儵魚（耳を属けて鶯鳴を聴き、目を流して儵魚を翫ぶ）」とあり、李善注は『詩経』小雅・伐木の「嚶其鳴矣、求其友声（嚶として其れ鳴く、其の友を求むる声あり)」の句を引く。したがって「鶯鳴」の句は友を求めても得られないことをいう。「初服」は、『楚辞』離騒(『文選』巻三二)に、「進不入以離尤兮、退将復脩吾初服(進みて入れられずして以て尤に離えば、退きて将に復た吾が初服を脩めんとす)」とある。官職に就く以前に着ていた服、転じてもともと抱いていた志。「籠中の鳥」の語などからすると当時の張九齢は不遇感を抱いていたのであろう。このことについて『張九齢集校注』に引く劉斯翰『曲江集』は、「九齢是年将及四十、而久居下位、又与時宰不協、故『玄髪換』・『籠中鳥』之歎、甚至説出『既傷日月逝、且欲桑楡収』的歎老嗟卑之詞。」と述べている。四十歳になろうとしているのに下位にいて、しかも宰相とも合わない心情が詠じられていると解するのである。この詩は詩題に「書懐」とあるように、前半に楽遊原からの春の眺望を記しはするが、主眼は後半部の、山林に帰隠して初志を遂げたいという心境を述べる点にある。

崔湜の「冀北春望」(3)(『全唐詩』巻五四)はどうであろうか。

迴首覧燕趙　首を迴らして燕趙を覧れば
春生両河間　春は両河の間に生ず
曠然万里余　曠然たり万里余
際海不見山　海に際りて山を見ず
雨歇青林潤　雨歇みて青林潤い

煙空緑野閑　　煙空しくして緑野閑かなり
問郷何処所　　問う郷は何処の所ぞと
目送白雲還　　目もて送る白雲の還るを

崔湜（六七〇～七一二）(4)は、武三思、上官昭容らに取り入り、官は中書侍郎・同中書門下平章事に至った。その後、襄州刺史に左遷されたが韋后が称制すると再び中書侍郎・同中書門下三品として復帰し、玄宗の先天元年（七一二）には中書令となったものの、まもなく荊州（湖北省荊州市）に流される途中で誅殺された。弟の崔液は官は殿中侍御史に至ったが兄の崔湜が流罪になると郢州（湖北省鍾祥市）に身を隠し、そこで作った「幽征賦」（佚文）が認められて恩赦に遇い、還る途中で没した。詩題の冀北は冀州の北部だが、広義には河北・山西両省と河南省北部一帯を指す。この詩では「燕趙」の語があるので冀州（河北省冀県）の北部を指すのであろう。

いくつかの語を見ておこう、「曠然」は、土地ががらりと開けているさま。王粲「従軍詩、五首」〈其五〉（『魏詩』巻二）に、「朝入譙郡界、曠然消人憂（朝に譙郡の界に入れば、曠然として人の憂えを消す）」とある。「際海」は、海に到る、海にまで続く。江淹「四時賦」（『歴代賦彙』巻一三）に、「至於冬陰北辺、永夜不暁、平蕪際海、千里飛鳥（冬陰の北辺に至りては、永夜暁けず、平蕪海に際り、千里飛鳥あり）」という。「青林」は、ひっそりと静かな林、もしくは青々と繁った林。前者ならば潘岳「射雉賦」（『文選』巻九）に、「渉青林以遊覧兮、楽羽族之群飛（青林を渉りて以て遊覧し、羽族の群がり飛ぶを楽しむ)」とあり、後者ならば嵆喜「答嵆康詩、四首」〈其四〉(『晋詩』巻二)に、「青林華茂、春鳥群嬉(青林に華茂り、春鳥は群がり嬉しむ)」とある。「緑野」は、みどりの野原で、謝霊運「入彭蠡湖口」(『文選』巻二六)に、「春晩緑野秀、巌高白雲屯(春晩れて緑野秀で、巌高くして白雲屯る)」と見えるが、色彩の対比などからすると陰鏗「閒居対雨・又」(『陳詩』巻一)に、「緑野含膏潤、青山帯濯枝(緑野　膏潤を含み、青山　濯枝を帯ぶ)」とあるのが近いだろう。この詩から望郷の念はうかがわれるが、それが崔湜、あるいは崔液の境遇とどのように結びつくのかは判然としない。

王勃(六五〇~六七六)には「登城春望」(『全唐詩』巻五六)がある。

物外山川近　　物外　山川近し
晴初景靄新　　晴初　景靄新たなり
芳郊花柳遍　　芳郊　花柳遍し
何処不宜春　　何れの処か春に宜しからざらん

王勃は絳州竜門(山西省新絳県)の人。二十八歳で没しているが、かなり広い地域に足跡を印している。二十四歳で虢州(河南省盧氏県)の参軍となる以前にも褒斜道を通って梓州(四川省三台県)を経、成都に入っているし、虢州参軍を免じられると江寧(江蘇省南京市)、尋陽(江西省九江市)、洪州(江西省南昌市)、虔州(同上)、広州(広東省広州市)を経て、父のいた交阯(ベトナム北部)に至っている。したがってこの詩の制作地は確定できない。ただ咸亨二年(六七一)に九隴県(四川省彭州市）で「春思賦」（『歴代賦彙』巻一〇）を書いているから、その頃の作かも知れない。「物外」は、俗世間の外。張衡「帰田賦」（『文選』巻一五）に、「苟縦心於物外、安知栄辱之所如（苟しくも心を物外に縦にせば、安くんぞ栄辱の如く所を知らんや）」という。「景靄」は、日が穏やかに照るさまであろう。「景靄」のような形で用いられることは稀で、例えば盧照鄰「至陳倉暁晴、望京邑」（『全唐詩』巻四二）に、「澗流漂素沫、巌景靄朱光（澗流　素沫を漂わせ、巌景　朱光靄たり）」などと見える。「芳郊」は、花が芳しく香る郊外、春の郊外。費昶「春郊見美人」（『梁詩』巻二七）に、「芳郊拾翠人、迴袖捲芳春（芳郊　翠を拾う人、袖を迴らし芳を捲む春）」とある。「花柳」は、花と柳。隋・煬帝「還京師」（『隋詩』巻三）に、「是月春之季、花柳相依依（是の月　春の季、花柳　相い依依たり）」とある。杜甫の詩にも「遭田父泥飲美厳中丞」（『詳注』巻一一）に、「歩屧随春風、村村自花柳（歩屧　春風に従う、村村自ずから花柳あり）」という例がある。「宜春」は、秦・漢の宮殿・園囿の名でもあるが、ここは春の日にふさわしい、の意。張九齢「湘中作」（『全唐詩』巻四七）に、「煙嶼宜春望、林猿莫夜聴（煙嶼　春望に宜し、林猿　夜聴くこと莫かれ）」とあり、その「序」によって咸亨二年（六七一）、蜀地で書かれたことが確かである、先述した王勃の「春思賦」（『歴代賦彙』巻一〇）には、「為問逐春人、年光幾処新、何年春不至、何地不宜春（為に問う春を逐う人に、年光　幾処か新たなる、何れの年か春至らざる、何れの地か春に宜しからざらん）」と、「登城春望」と重なる表現が見えている。また王勃より後の例だが、施肩吾「春日滄霞閣」（『全唐詩』巻四九四）に、「灑水初晴物候新、滄霞閣上最宜春（灑水　初めて晴れて物候新たに、滄霞　閣上　最も春に宜し）」と見える。この詩はのどかな春の郊外を詠じたようであるが、聶文郁『王勃詩解』(青海人民出版社、一九八〇)は、上元元年(六七四)、虢州参軍を除名された後の、「物外」に超然として山水に心を寄せようとした心情が反映していると見なして、「在他二十六歳那年、朝廷要恢復他的参軍官職、他堅決拒絶了、他決定沈迹為民、超然物外、寄情山水。本詩正反映了作者這種思想。」と述べている。ただし官職への復帰を拒否して一庶民として暮らす決意が反映しているとまで解釈を拡大することができるであろうか。

王勃には春の眺望を詠じた詩が多い。「春望」の語こそ見えないが、そのような詩を何篇か見ておきたい。「早春野望」(『全唐詩』巻五六)は次のような詩である。

江曠春潮白　江曠(ひろ)くして春潮白(きよ)く
山長暁岫青　山長くして暁岫(ぎょうしゅう)青し
他郷臨睨極　他郷　臨睨(りんげい)極まり
花柳映辺亭　花柳　辺亭に映ず

また「春游」(『全唐詩』巻五六)は、次のように詠じられる。

客念紛無極　客念　紛として極まり無し
春涙倍成行　春涙　倍(ま)すます行を成す
今朝花樹外　今朝　花樹の外

不覚恋年光　覚えず年光を恋う

花咲く木々を見ても時間の過ぎ去ることの速やかさを思うと涙が流れるのである。これは春と涙を結びつけた早い例ではなかろうか。「春荘」（『全唐詩』巻五六）には鳥の鳴き声も登場している。

山中蘭葉径　山中　蘭葉の径
城外李桃園　城外　李桃の園
豈知人事静　豈に知らん人事の静かなるを
不覚鳥声喧　鳥声の喧（かまびす）しきを覚えず

さらに「仲春郊外」（『全唐詩』巻五六）では杜甫の「春望」と同じ「連三月」という表現が見える。ただこちらは三月まで続くのは烽火ではなく「物色」、春の景色である。

東園垂柳径　東園　垂柳の径
西堰落花津　西堰（せいえん）　落花の津
物色連三月　物色　三月に連なり
風光絶四隣　風光　四隣に絶す
鳥飛村覚曙　鳥飛びて村は曙なるを覚え
魚戯水知春　魚戯れて水は春を知る

初晴山院裏　初めて晴る山院の裏
何処染囂塵　何れの処か囂塵に染まん

応制詩にも詩題に「春望」が見えるものがある。李憕「奉和聖製従蓬莱向興慶閣道中留春、雨中春望之作、応制」[5]（『全唐詩』巻一一五）は以下の通り。

別館春還淑気催　別館　春還りて淑気催す
三宮路転鳳凰台　三宮　路は転ず鳳凰台
雲飛北闕軽陰散　雲飛びて北闕　軽陰散じ
雨歇南山積翠来　雨歇みて南山　積翠来る
御柳遥随天杖発　御柳　遥かに天杖に随いて発き
林花不待暁風開　林花　暁風を待たずして開く
已知聖沢深無限　已に知る聖沢　深きこと限り無きを
更喜年芳入睿才　更に喜ぶ年芳　睿才に入るを

李憕（?～七五五）は開元の初めの進士。張説に認められて清河太守などを歴任し、天宝十四載（七五五）には光禄卿・東京留守となった。同年十二月に安禄山の軍が洛陽に侵攻すると奮戦したものの捕らえられて殺された[6]。これは応制詩である以上、主眼が春のうるわしい風光と天子の恵みである

「聖沢」の描写に置かれるのは必然である。

以上見てきたように、初唐期の詩においては春の眺望と女性との関連が全く詠じられなくなる。それに替わるのが張九齢の場合は帰隠への願望であり、崔湜においては望郷の念である。王勃の詩からは望郷の念もうかがわれるが、俗塵を離れた郊外の穏やかな春の風光をいつくしむ感情がより多くを占めていよう。

三　杜甫「春望」の語彙

前掲の吉川幸次郎『杜甫詩注』において、森槐南『杜詩講義』（文会堂、一九一二）が杜甫「春望」を評して、「……意味は極く浅薄でありまして……極く平易で分り易うございます」と指摘するのを承け、「いかにも詩は一つの典故をも用いない。」と述べる。しかし、いくつかの語については先例が見られるので、ここで杜甫「春望」の語彙の出典としてはどのような先行作品が挙げられていたのかを確認しておこう。『九家集注杜詩』巻十九では、「国破」について劉琨「答盧諶書」（『文選』巻二五）を、「感時」では謝霊運「感時賦」（『全宋文』巻三〇）を、尾聯については鮑照「行路難」（「擬行路難十八首」〈其十六〉、『宋詩』巻七）を挙げる。『詳注』は「国破」では『斉国策』[7]を、「山河」では庾信「将命至鄴」（『北周詩』巻二）を、「草木」では『呂氏春秋』巻十四、孝行覧・義賞を、[8]「感時」では、『楚辞』九章・傷時を、「濺涙」では『拾遺記』巻八を、「恨別」では秦嘉「贈婦詩三首」〈其三〉

(『漢詩』巻六)を、「驚心」では聞人蒨(ぶんじんせん)「春日」(『梁詩』巻二八)を、「烽火」では『燕国策』[9]を、「連三月」では王勃「仲春郊外」を、「万金」では魏・文帝曹丕「与鍾大理書」(『文選』巻四二)を、「白頭」では古楽府「白頭吟」(『漢詩』巻九)を、「掻」では『詩経』邶風・静女を、「不勝簪」では鮑照「行路難」をそれぞれ挙げている。ただしここに挙げられている先行例は、杜甫「春望」と密接な関係があるとは断言できないものばかりである。しいて言えば、尾聯が鮑照「擬行路難、十八首」〈其十六〉と発想を通わせていることがうかがえる程度であろうか。そして何よりも、これまで見てきた先行する「春望」詩との共通点は全く見出せないのである。

おわりに

最後に、杜甫より後の詩人の、「春望」を題とし、またはこれを詩題に含む詩を何篇か見ておこう。大暦十才子の一人に数えられる盧綸(ろりん)(七四八?〜七九八?)の「長安春望」(『全唐詩』巻二七九、『唐詩選』巻五)はどうであろうか。

東風吹雨過青山　　東風　雨を吹きて青山を過ぐ
却望千門草色閑　　却(かえ)りて千門を望めば草色閑なり
家在夢中何日到　　家は夢中に在りて何れの日か到らん

春生江上幾人還
川原繚繞浮雲外
宮闕参差落照間
誰念為儒逢世難
独将衰鬢客秦関

春は江上に生じて幾人か還る
川原　繚繞たり浮雲の外
宮闕　参差たり落照の間
誰か念わん儒と為り世難に逢いて
独り衰鬢を将て秦関に客たらんとは

盧綸は河中蒲州（山西省永済県）の人だが、八歳になった頃に安史の乱に遭遇し、鄱陽（江西省鄱陽県）に移った。その後、大暦年間（七六六〜七七九）の初めに、しばしば科挙に応じたが登第せず、終南山麓の別業に住んで、長安との間を往来した。劉初棠『盧綸詩集校注』（上海古籍出版社、一九八九）は、第二句が杜甫「哀江頭」（『詳注』巻四）の「江頭宮殿鎖千門、細柳新蒲為誰緑（江頭の宮殿　千門を鎖し、細柳の新蒲　誰が為にか緑なる）」と発想を同じくすることを指摘する。さらに黄生『唐詩摘鈔』巻三は、「起聯は即ち老杜の「城春にして草木深し」の意。五・六は即ち老杜の「国破れて山河在り」の意。……長安にて吐蕃の乱に遭い、代宗は陝に幸し、綸は京に在りて作る。」と述べている。そうであるならば尾聯も杜甫「春望」の尾聯と発想が類似しないだろうか。吐蕃が入寇して代宗が長安から陝州（陝西省陝県）に逃れたのは広徳元年（七六三）、十月のことであり、十二月に戻っている。したがって吐蕃の入寇と関連があるとすればこの詩は広徳二年の春以降の作となろうか。黄生と劉初棠のこのような指摘を認めるならば、至徳二載（七五七）、三月に杜甫が「春望」を書いてから十年も経たないうちに杜甫の「春望」は、詩形こそ異なれ、その後継作品を持ったことになる。貞元元年（七八五）の進士、羊士諤（七六二?～八一九?）にも「春望」（『全唐詩』巻三三二）と題する詩がある。

莫問華簪髪已斑　問う莫かれ華簪　髪已に斑なるを
帰心満目是青山　帰心　満目　是れ青山
独上層城倚危檻　独り層城に上りて危檻に倚る
柳営春尽馬嘶閒　柳営　春尽きて馬嘶くこと閒なり

この詩は「帰心」の語から考えて、資州（四川省資中県）、巴州（湖南省岳陽市）、洋州（陝西省洋県）、睦州（浙江省建徳市）などの刺史を歴任した元和三年（八〇八）からほぼ十年間の作であろう。「華簪」の語は、陶淵明「和郭主簿、二首」〈其二〉（『晋詩』巻一六）に、「此事真復楽、聊用忘華簪（此の事　真に復た楽し、聊か用って華簪を忘る）」とある。この冒頭の句は杜甫「春望」の末句に似る。また「危檻」は、楼閣などの高所に設けられた手すり。羊士諤の用例はその早いものである。この語は杜甫の詩には見えないが、杜甫が「危」という言葉に対して「独自の感覚を発揮」し、「危楼」、「危階」、「危檣」などの語を用いたことについては鈴木修次「杜甫の詩における『乱』・『欹』・『危』」（『唐代詩人論』講談社学術文庫、一九七九所収）に指摘がある。[10] 羊士諤が杜甫の詩に親しんだという直接的な証拠は見出せないが、あるいは杜甫の「春望」が脳裏にあったかもしれない。[11]

さて松浦友久『漢詩―美の在りか―』（岩波新書、二〇〇二）には、次のような指摘がある。

「春望」とは「春の日の眺望」の意であるが、伝統的な「惜春」や「傷春」が主題ではない。……戦乱、離別、憂国、老嘆など、この詩には杜甫が吟誦し続けた主要な素材が、「律詩」という詩型の整合的な構築性を生かして、ぎっしりと詰めこまれている。しかも、それらは互いに有機的につながっており、その「主題」は一点に見定めがたい。……そして杜甫は、まさにこうした「主題」の限定しがたい詩境にこそ、その特色を見せている。

ここでは「春望」は、過去には「惜春」や「傷春」が主題とされたことが述べられている。これにつけ加えるならば、以下のようなことがいえようか。語彙の点では杜甫「春望」は先行する「春望」からも学び取り入れてはいる。主題の点ではすでに見てきたように、春の眺めは閨怨と結びついて詠じられた。それが次第に不遇感や望郷の念と結びついていったのである。南北朝期の「春望」はそのように捉えてよいであろう。唐代に入ると閨怨的な要素はほとんど見られなくなり、帰隠への願望を詠じ、春ののどかさを楽しむ詩などが現れる。しかし杜甫の「春望」はこれらのいずれの要素ともほとんど無縁である。杜甫が過去の主題を踏襲しなかった要因は、杜甫が置かれていた状況、反乱軍占領下の長安城内で書かれたということと関わろう。しかし、そのことだけに要因を帰することはできない。宗懍の場合も、やや似た環境にあったからである。それはこの「春望」が書かれた時に、過去の発想の枠内、その延長上に立ったのでは、杜甫の切迫した感情が表現できないと意識されたからに違いない。杜甫の「春望」は過去の詩語を踏まえつつも独自の地平を切り拓いている。

杜甫以降も「春望」の詩は多く残されている。杜甫の作品が後にどのような影響を与えたか、この点についてはさらに詳細な検討を要しようが、その一端は盧綸と羊士諤の詩からうかがえるのではなかろうか。

注

（1）『梁詩』巻一九は「門」に作る。『芸文類聚』によって改めた。

（2）『初学記』巻三は「望」を「傍」に作る。

（3）この詩は『全唐詩』巻五四では崔液の詩としている。佟培基編撰『全唐詩重出誤収考』（陝西人民教育出版社、一九九六）に、「冀北春望、又作崔液、『英華』二二九作崔液。『統籤』六〇『乙籤』七三崔液集収入、下注、一作崔湜詩、詩式作崔液。」といっている。崔湜は地方官としては襄州（湖北省襄樊市）と華州（陝西省華県）、両州の刺史に出たことがあるが、崔液の地方官としての官歴の詳細は不明である。したがって両者と「冀北」との関連ははっきりせず、どちらの作とも決めがたい。ただし崔液の詩は末句の「還」を「関」に作る。他の異同はない。

（4）生没年は『歴代人物年里碑伝綜表』（中華書局香港分局、一九七六）に従った。彼が「年四十三」で死を賜ったことは新・旧『唐書』とも共通している。しかし彼には、「先天二年（七一三。一二月に開元と改元）、僕　郢山の胡氏に客たり、……。」で始まる序文を有する「野燎賦」（『文苑英華』巻一二三、『歴代賦彙』巻七一、『全唐文』巻二八〇）が残る。郢州の胡履虚の家に匿れたのは弟の液であり、この賦も液の作であるかもしれない。

（5）王維にも同題の作（『全唐詩』巻一二八）があるので引いておく。
渭水自縈秦塞曲　渭水　自ずから秦塞を縈りて曲る
黄山旧繞漢宮斜　黄山　旧と漢宮を繞りて斜めなり
鑾輿迥出千門柳　鑾輿　迥かに出づ千門の柳
閣道廻看上苑花　閣道　廻かに看る上苑の花
雲裏帝城双鳳闕　雲裏の帝城　双鳳の闕
雨中春樹万人家　雨中の春樹　万人の家
為乗陽気行時令　陽気に乗じ時令を行うが為にして
不是宸遊翫物華　是れ宸遊の物華を翫するにあらず

（6）『旧唐書』巻一八七下、忠義上、及び『新唐書』巻一九〇、忠義上に伝がある。
（7）『戦国策』斉策には「国破れ君亡ばば、吾も存する能わず。」という一文は見えない。
（8）ただし、本文を「春気至れば、則ち草木産まる。」に作る。
（9）『戦国策』燕策には「騎射を習わしめ、烽火を謹む。」という一文は見えない。この一文は『史記』巻八一、廉頗伝に見える。
（10）同書に、「『乱』・『欹』・『危』で説明されるものは、対象が安定さを欠いていることを示すばかりではなく、詩人の心自体の、緊張にともなう動揺、作者の心の『ゆれ』や『ゆらぎ』をも示すものとして考えなければならない。」とある。
（11）羊士諤「乱後曲江」（『全唐詩』巻三三二）は、次のように詠じられ、転句は杜甫「春望」の起句を彷彿とさせる。

憶昔曾遊曲水浜
春来長有探春人
遊春人静空地在
直至春深不似春

憶う昔　曾て曲水の浜に遊びしを
春来れば長に探春の人有り
遊春　人静かにして空地在り
直ちに春の深きに至らば春に似ず

杜甫「春望」の頷聯について

はじめに

至徳二載（七五七）三月の作とされる、杜甫「春望」の頷聯は、「感時花濺涙、恨別鳥驚心」と詠じられる。

この二句について、「濺」「驚」の主語（主体）をどのようにとるかによって大きく二つの解釈に分かれることは、よく知られている。例えば『校注唐詩解釈辞典』（大修館書店、一九八七。「春望」の執筆は宇野直人。以下、『解釈辞典』）は「諸説の異同」で、二句の解釈を以下のように整理している。

A　作者が、花を見ても涙を流し、鳥の声を聞いても心を痛める。

B　花も涙を流すかのようにはらはらと散り、鳥も心を痛めているかのように啼く。

A説では、「時に感じては花にも涙を濺ぎ、別れを恨んでは鳥にも心を驚かす」と読み、B説では、「時に感じて花（は）涙を濺ぎ、別れを恨んで鳥（は）心を驚かす」と読むことになるのも周知のことであろう。A説に従うものは枚挙に暇がないのでここでは省略するが、[1] B説をとるものとして『解釈辞典』は以下を挙げている。[2]

南宋・羅大経『鶴林玉露』巻一〇、世阿弥『俊寛』、斎藤勇『杜甫　その人、その詩』（研究社、一九四六）、吉川幸次郎『杜甫詩注』第三冊（筑摩書房、一九七九）、楊磊『読点唐詩』、劉若愚『新しい漢詩鑑賞法』（佐藤保訳、大修館書店、一九七二）、入谷仙介『唐詩名作選』（日中出版、一九八三）、上田三四二『花に逢う　歳月のうた』――「花と鳥」（平凡社、一九八三）

なお『解釈辞典』は、「仮に頷聯をB説のように解釈した場合、やや遊戯的な印象が混じり、全体の緊迫した流れが甘くなってしまうように思われる。それは擬人化という手法が、対象の知的操作に負う面が強く、そこに精神の余裕を感じさせてしまうからであろう。」と述べ、A説に従っている。[3]『解釈辞典』の見解に異を唱えようとするわけではない。しかしこの辞典が刊行されてから既に三十年近くが経過していることもあり、いくつかのことが補えそうである。そこで、これまでの指摘には見られなかった事柄について補足しながら、疑問点も含めて以下に述べてみたい。

一

川合康三『杜甫』（岩波新書、二〇一二）において、以下のような見解が示された。川合氏はA・B

両説を比較して、次のように言う。少々長くなるが引用しておこう。

吉川幸次郎・三好達治『新唐詩選』ではこの二句について、「時に感じて花も涙を濺ぎ、別れを恨みて鳥も心を驚かす」と読んでいる。早くは謡曲「俊寛」のなかでもそう読まれていると、ほかならぬ吉川先生からうかがったことがあるが、[4] 花と鳥を主体とする魅力的な解釈ではある。……日本語にしようとすると、「花も」と読むか「花にも」と読むか決めなくてはならない。……「感時」「恨別」の主体は詩の発語者ともとれるし、花や鳥ともとれる。「濺涙」「驚心」も同様である。語と語の関わり方を明示する指標がないのだから、もともと動作の主体が何か一つに限定されていないのだ。発語者と花・鳥とが主客混淆した関係のなかで自他の区別が消滅する。その曖昧な言い方が、人(発語者)と物(花と鳥)の日常的な役割分担、ふつうだったら人が花や鳥に心を動かす、その関係性を壊して花や鳥が人の世界に心を動かすという可能性を抱え込むかのように思われる。つまり関係を明示する指標を必要としない言語であるために、人と物の関係が多義的になりえている。

「発語者と花・鳥とが主客混淆した関係のなかで自他の区別が消滅する」とする見解は注目されようが、仮に杜甫が当初から曖昧な表現を意図したとしても、日本語に移そうとすれば「発語者」か「花・鳥」かのどちらかを主語として読まなくてはならない。「主客混淆した」ことを踏まえて読むとすれば、どのような読みになるのであろうか。この見解を読みに反映させることは非常に困難である。

川合氏の見解は、A説とB説に即して言えば、この両者を統合した、C説と呼ぶべきものとなっている。ただし、このような見解は川合氏の独創とばかりは言えまい。例えば陶道恕主編『杜甫詩歌賞析集』（巴蜀書社、一九九三。「春望」の担当は、宛敏灝・鄧小軍）は「人」と「自然」が融合した句であるとして、次のように述べているからである。

由于構思細密、文字精煉、因而具有多層意蘊。……従詩歌美学的角度来説、這一聯詩体現了「以我観物、則物皆着我之色彩」（王国維『人間詞話』）的移情作用。而従文化学的角度来説、這一聯詩実際上反映了人与自然相融合的中国文化的伝統精神。

二

さて読み方について言えば、『解釈辞典』が述べるようなA説とB説だけに限られるわけではない。小杉放庵（未醒。一八八一〜一九六四）の『唐詩及唐詩人』（書物展望社、一九三九・九、初版）は、「時に感じては花に涙をそゝぎ、別れを恨みては鳥も心を驚かす」と読んでいる。主語はそれぞれ第三句が杜甫、第四句が鳥ということになり、いわばA説とB説を折衷した読み方になっている。ただし、このように読む根拠は示されていない。ただ第三句、「花に」が「花も」の、第四句「鳥も」が「鳥にも」の誤植である可能性も否定できない。そこで他の刊本を確認したところ、少なくとも『唐詩及唐詩人』（書物展望社、一九四〇・三、訂正印刷、同、和紙版発行）、『唐詩及唐詩人　上巻』（青磁社、一九四七）と『唐詩及唐詩人』（角川文庫、一九五四再版）においては、変更されていない。放庵はどうしてこのように第三句の主語を杜甫、第四句の主語を鳥としたのであろうか。あるいは、鳥は動物であって心を有するが、花は植物であって心を有しないと考えたからであろうか。

また、ここで付言しておくと、この句を使役的用法であると見なす王力『漢語詩律学』の見解については、野口宗親「杜甫『春望』の濺涙について」（熊本大学教育学部紀要、人文科学四三、一九九四）、及び同氏「杜甫『春望』の驚心について」（熊本大学教育学部「国語国文　研究と教育」三二、一九九五）に詳細な言及がある。(5) また馮至『杜甫詩選』（一九五六初版、大光出版社、一九七四再版）も使役的用法であると見なし、それぞれの句の語釈においては「因為感傷国事、見到春日花開爛漫、反而使人流涙。」、「和家人們離隔很久、聴到春鳥和鳴、反而使人驚心。」と述べている。ただし、信応挙『杜詩新補注』（中州古籍出版社、二〇〇二）は王力の説に言及し、「不可以現代語法縄之。」と言ってこの読みを否定している。王力説に従えば、「時に感じて花は〔杜甫に〕涙を濺がしめ、別れを恨みて鳥は〔杜甫に〕心を驚かしむ」となろう。いずれにせよ、これでこの聯に関するほぼ全ての読み方が出そろったことになる。

三

吉川幸次郎『杜甫詩注』第三冊（筑摩書房、一九七九）は、「また私と同じ読み方が、過去にもある。」と述べた上で、早くから行われた説として、初めに、宝慶二年（一二二六）の進士、羅大経の随筆、『鶴林玉露』十の説を挙げる。まず、これについて検討してみたい。『鶴林玉露』(6)の「詩興」の条には次のようにある。

詩は興より尚きは莫し、聖人の言語も、亦是の興を専らにする者有り。……今姑く杜陵の詩を以て之を言うに、「潭州を発す」に云う、「岸花飛びて客を送り、檣燕語りて人を留む」と、蓋し飛花　語燕に因りて、人情の薄きことを傷む。言うこころは客を送り人を留むるに、止だ燕と花と有るのみ。此れ賦なり、亦興なり。「感時花濺涙、恨別鳥驚心」の若きは、則ち賦にして興に非ざるなり。

果たしてこの一文から、羅大経は「濺ぐ」の主体が花であり、「驚かす」の主体が鳥であると解釈していると理解してよいのであろうか。羅大経は、「興」とは心に触れ感じた事柄を他のものに事寄せて表現したものであり、表面的には「比賦」と同様に見えることがあると述べてはいるが、「濺ぐ」の主体が花であり、「驚かす」の主体が鳥であることを指摘しているわけではない。「春望」の当該二句の前に引かれる「潭州を発す」（『杜詩詳注』巻二二。以下、『詳注』）の頷聯で、花が杜甫を見送り、燕が杜甫を引き留めることを言って、明らかに擬人法を用いていることに引きずられた可能性は考えられないだろうか。ただしこの聯も、言外に人々の情が薄いために、杜甫（自身）を見送り引き留めてくれるのは花と燕だけだという含意があるのであって、羅大経はこの点において「賦」でありながら「興」を兼ねていることを認めているのである。「春望」の当該二句もこれが「賦」であり、「興」ではないことを指摘するだけであって擬人法であるとの指摘はない。「賦」であるから擬人法であると見なすのは早急であろう。こう考えるのに根拠がないわけではない。和刻本『鶴林玉露』[7]はこの聯を、「時ヲ感ジテハ花ニモ涙ヲ濺ギ、別ヲ悵テハ鳥ニモ心ヲ驚ス」と読んでいるのである。

四

では『鶴林玉露』以前に頷聯の主語は花と鳥であるとする見解は見られないのであろうか。そもそも「花鳥」が擬人的に詠じられることは吉川氏も、「かく花や鳥を擬人化することは、無理であると疑うならば、例は他の唐詩からも挙げ得るのであって、……。」と述べ、王維「既蒙宥罪、旋復拝官、……」（『全唐詩』巻一二八）と常建「破山寺後禅院」（『全唐詩』巻一四四）から用例を引いているが、『全唐詩』においてはほかにも見出すことができる。いくつか引いてみよう。

冬至氷霜倶怨別　　冬至りて氷霜　倶に別れを怨み
春来花鳥共為情　　春来りて花鳥　共に情を為す
　　崔日用「銭塘永昌」（巻四六）
花鳥惜芳菲　　花鳥は芳菲を惜しみ
鳥鳴花乱飛　　鳥鳴き花乱れ飛ぶ
　　劉希夷「代閨人春日」（巻八二）
年年洛陽陌　　年年　洛陽の陌
花鳥弄帰人　　花鳥　帰人を弄す
　　盧僎「途中」（一作郭向詩。巻九九）

これらの例はすべて「花鳥」を擬人化していると考えてよいだろう。これら以外にも、杜審言（六四八？〜七〇八）の「渡湘江」（『全唐詩』巻六二）には次の句がある。

遅日林亭非旧遊　　遅日　林亭　旧遊に非ず
今春花鳥作辺愁　　今春　花鳥　辺愁を作す

「春望」の諸注は、杜審言の詩を挙げないが、杜甫の七律「江上値水如海勢、聊短述」（『詳注』巻一〇）の頷聯には次のように言う。

老去詩篇渾漫与　老い去きて詩篇　渾て漫与なり
春来花鳥莫深愁　春来りて花鳥　深く愁うる莫かれ

「春来」の句は杜審言に学んだものであろう。「江上値水如海勢、聊短述」の第四句について『詳注』は、「花鳥に対いて苦吟・愁思するを須いず。」と言っているから、もしこれに従えば、「花鳥に〔を〕深く愁うる莫かれ」と読むことになるだろう。しかし『詳注』は次の一文を引いた上で否定するのだが、趙次公の注に、「愁の字を将て花鳥に属して説う、蓋し詩人の形容は刻露し、花鳥も亦愁怕す、猶お崔日用の詩の、朝来　花鳥　情有るが若しのごときなり。」とあるように、「深く愁う」の主語を花鳥とする見解もあった。つまり花鳥を心あるものとみなす見方はそれほど稀少なものではなかったのである。

なお後になると明らかに杜甫「春望」を意識して作られたと考えられる例も見られる。紹聖四年（一〇九七）の進士、葛勝仲、字は魯卿の七律「春日野歩、三首」〈其二〉の頷聯には、次のように言う。

嫵媚花枝空濺涙　嫵媚たる花枝は空しく涙を濺ぎ
風流柳色但牽情　風流なる柳色は但だ情を牽く

この句は明らかに「花枝」と「柳色」が主語となっていよう。「嫵媚」の句が杜甫「春望」を意識していることは疑いない。葛勝仲には、「余謫沙陽、地僻家遠遇寒食、……感而賦詩五首、以杜子美無家対寒食五字為韻」（『丹陽集』巻一六）があって、杜甫「一百五日夜、対月」（『詳注』巻四）の冒頭の句を韻字とした五律の連作を試みているし、「次韻堯卿兄詩酒中興、三首」〈其三〉（『丹陽集』巻二〇）では、「伯倫子美真豪逸、風味平生願執鞭」（伯倫と子美とは真の豪逸、風味　平生　執鞭を願う）とあって、その杜甫の詩への理解と傾倒ぶりがうかがわれるからである。さらに南宋・宝佑四年（一二五六）の進士、陳著、字は子微の「弟蒞飲至酔、酔帰蹶道中荊棘中」（『本堂集』巻三一）に見える次の句はどうであろうか。

少陵非愛牛炙酒　　少陵は牛炙（ぎゅうしゃ）と酒とを愛するに非ず
花鳥感時詩涙瀉　　花鳥は時に感じて詩涙瀉（そそ）ぐ

これも「花鳥」が主語となっていないだろうか。陳著も杜甫の詩に造詣が深く、杜甫にしばしば言及しており、例えば「杜工部詩有送弟観帰藍田迎新婦、一首、……」（『本堂集』巻八）という詩があるほか、「闘戴師初食長斎」（『本堂集』巻三〇）では、「漂泊無家杜少陵、兵間奔走随蓬萍」（漂泊して家無し杜少陵、兵間　奔走して蓬萍に随う）と詠じている。

五

『鶴林玉露』についで吉川氏が挙げるのは、川合氏も言及していたように、室町時代中期の作とされる謡曲「俊寛」[8]であって、西野春雄校注『謡曲百番』（岩波書店、一九九八）が観世元雅（一三九四?～一四三二）の作とする「俊寛」には、「時を感じては、花も涙を灑ぎ、別れを恨みては、鳥も心を動かせり。」とある。その後に吉川氏が挙げるのは、氏の言及をそのまま書き写せば、「洪業氏の Tu Fu,China's Greatest Poet, 1952,p.89. 劉若愚氏の The Art of Chinese poetry,1962,p.149. デイヴィット、ホークス氏の A Little Primar of Tu Fu,1967,p.48.」であって、すべて戦後の書物である。『解釈辞典』が挙げていたものも戦後の書物という点では同様であった。斎藤勇『杜甫　その人、その詩』は、「時に感じては花も涙を濺ぎ、別れを恨んで鳥も心を驚かす。」と読み、司馬光『温公詩話』を引いて、「花鳥はいつも娯しみの象徴であるのに、今は花や鳥でさへ泣いたり悲しんだりしてゐるといふのであるから、この二行（ママ）だけでも既に胸一杯の感懐を言外に托してゐるのである。」と述べるが、このように読んだことについての説明はない[9]。

なお一海知義「春望」（『漢詩一日一首』平凡社、一九七六）は、AB両説に分かれることを述べたあとに吉川氏の発言を引き、以下のように指摘する。

私自身の理屈も、なくはない。それは詩にうたわれる「自然と人事のバランス説」とよんでもよい。中国の詩、ことに絶句とか律詩とよばれる詩型では、前半で「自然」をうたい、後半に至ってはじめて「人事」をうたう場合がすくなくない。……自然のたたずまいをもってうたいおこす本詩「春望」も、またその系列に入れてよい。とすれば、前半の四句には、人間はまだ登場してはならぬ、涙を流し心を驚かすのは人間杜甫でなく、花であり鳥でなければならぬ、というのが、私の理屈であり、私が花鳥主格説に傾く理由の、第三である。「時に感じては花も涙を濺ぎ、別れを恨んでは鳥も心を驚かす」。

一海氏は『漢詩入門』(岩波ジュニア新書、一九九八)においてもほぼ同様の見解を重ねて述べている。

六

中島和歌子「中学校国語教科書における古典教材の選択と指導法について――『おくのほそ道』と他の詩歌の連環を中心に――」(「札幌国語研究」一二、北海道教育大学国語国文学会・札幌、二〇〇七)は、一海氏と吉川氏の所説に触れた後で、次のように指摘する(傍線は原文のママ)。

吉川氏は、この対句が日本でも早くから読まれた南宋の羅大経の随筆『鶴林玉露』に擬人化の例として挙げられていることを紹介し、世阿弥作の謡曲「俊寛」の、俊寛だけが大赦に漏れたとわかった場面に、「時を感じては、花も涙を濺ぎ、別れを恨みては、鳥も心を動かせり。（中略）この島の鳥獣（とりけだもの）も、鳴くはわれを訪ふやらん」とあるのも、その影響かと述べられている（氏の引用は対句のみ）。他にも、「春望」の対句を「行春や鳥啼魚の目ハ泪」の出典として挙げる古注釈書のうち、『奥細道菅菰抄』は、「花モ・鳥モ」と訓んでいた。

中島氏が指摘するとおり、高橋（簑笠庵）梨一『奥細道菅菰抄』は、「行春や鳥啼キ魚の目ハ泪」の句について、

杜甫カ春望ノ詩ニ、時ヲ感ジテハ花モ涙ヲ濺キ、別ヲ恨テハ鳥モ心ヲ驚カス、……是等を趣向の句なるべし[10]

と述べている。『奥細道菅菰抄』（勉誠社文庫一二二、一九八四）に付された大内初夫氏の「解説」によれば、高橋梨一（一七一三～一七八三）の著になる同書は、『おくのほそ道』の注釈書としては宝暦九年（一七五九）に著された武田村径『おくのほそ道鈔』に次ぐものであり、安永五年（一七七六）に成立し、同七年（一七七八）に刊行された。これも江戸時代の中期には花と鳥を主語とする読み方が存在した証拠となろう。

七

しかしながら吉川氏に先行してこの聯を擬人法に読んだ例は、やはり少ないといえよう。ところが管見によると、擬人法に読んだ例はこれだけにとどまらない。

未完の大作「大菩薩峠」の作者として知られる中里介山（一八八五〜一九四四）の『漢詩提唱（杜甫）』（隣人社、一九三七）[11]にこの一聯について、次のような指摘がある。稀覯書というほどではないが、この書物に言及されることがほとんどないので、当該の聯について述べた部分を引用しておこう。

> 日本第一の詩人と称すべき芭蕉の如きも杜甫に負ふところが甚だ多いのである。……[12]これは有名な「奥の細道」のうちの名文章であるが、この中に如何に杜甫の影が多く射してゐるか、むしろ芭蕉と杜甫との合唱と称すべきものがある。如何に芭蕉が杜甫に共鳴し感化せられてゐるかといふことは、この一節を以てしても極めてよく分るのであるが、こゝにその淵源を成してゐる杜甫の原作を掲げて見る。……[13]。
>
> ……時（トキ）に感（カン）じては花涙（ハナナミダ）を濺（ソヽ）ぎ。別（ワカレ）を恨（ウラ）んでは鳥心（トリココロ）を驚（オドロ）かす。……
>
> 序にいふが、ある書物に此の詩を和訓にして、第三句及び四句を、「時に感じては花にも涙を濺ぎ、別を恨んでは鳥にも心を驚かす」とにもを添へて読ましてあつた、揚足を取るわけではな

いが、これは余計なことである、こゝは人を主格とせずして花鳥を主格としなければ妙味が失はれてしまふ、時に感じ別を恨んで人間が花や鳥に向つて傷心の思ひを寄せるのではない、時に感じ別を恨んで心なき花も鳥も心を傷ましめるといふことになつて一層詩の妙味が現れて来るのである、詩などといふものは一字一句の置き違ひ読み違ひにも多大の価値を生じて来ることは特に李杜あたりの名詩に於ては其の都度切実に感ぜらるることである。

芭蕉の名句に

ゆく春や鳥啼き魚の目に泪

といふのがある、これは芭蕉句中でも特に名吟のうちに属するものだが、「魚の目に泪」といふことが、杜甫の右の二句に負う処がありとしても更にそれとは別なるところの洗練がある。花が啼き、鳥が驚き、魚の目に涙がある、すべて無心のものに有心を付与したところに深い味ひがあるのである、魚を見て、人間の目に涕が宿るのでは何にもならぬ。

介山は漢詩に深い関心を寄せており、『漢詩提唱（杜甫）』を刊行する前年の十一月には『漢詩提唱（李白）』[14]を、『漢詩提唱（杜甫）』が刊行された四カ月後の同年六月には『漢詩提唱（白楽天）』を刊行している。

介山は「花鳥」を主語として読むヒントをどこから得たのであろうか。『漢詩提唱（杜甫）』百一頁以下には杜甫の詩に関する諸家の評論などを引用している。人物と書物を列挙しよう。

王安石、元稹、白楽天、『唐宋詩醇』、傳与礪[15]、『詩藪』、蘇子瞻[16]、陶開虞、厳滄浪、秦淮海、宋祁『新唐書』本伝、趙翼、清・乾隆帝

介山がこれらをどこから引用したのか、はっきりしないが、書名を挙げないもののうちに『詳注』「諸家論杜」からの引用が含まれていることは確かである。このほか唯一、日本人の名が見えるのは森槐南（八三頁）である。介山は森槐南『杜詩講義』中巻[17]の「投贈哥舒開府、二十韻」に関する解説の中から、長律において杜甫の占める位置について森槐南が述べた部分を十八行にわたって引用[18]している。このことからも介山が『杜詩講義』に目を通していたことは間違いない。しかし、森槐南は「春望」の当該の聯（上巻、一一四頁）について、

……元来国破れて山河在り其間に居ります我も亦時を慨して居りますから花を見て涙を濺ぐ種となり、夫から別を恨んで居ります我身でありまするに依つて、鳥を聞いても心を驚すところの媒と相成りますものであるが眼に触れ耳に聴くところのもの何れも悲感を惹かざるなしと申します次第で……。

と述べている。同書は杜甫の詩に返り点を付して引用するが、書き下し文はない。しかし森槐南は、主語は杜甫であると解しているのであって、介山がこの見解を踏襲することはない。つまり介山には特定の書物に拠って杜甫の詩を解釈しようとする意図はなかったのではなかろうか。それが「春望」

の頷聯を擬人法に読んだ要因となっていよう。

付記しておくならば、このほか、B説で管見に入ったもののうち、中国の研究者のものとしては、林庚・馮沅君主編『中国歴代詩歌選　上編（二）』（人民文学出版社、一九六四第一版、一九九一第一八次印刷）がある。これははっきりと擬人法であると認め、以下のように述べる。

「感時」二句、是擬人写法、意思是、自己感歎時局、見花而濺涙、覚得花也在濺涙、悵恨離別、聞鳥而驚心、覚得鳥也在心驚。

また葛暁音『杜甫詩選評』（上海古籍出版社、二〇一一）もB説に加えられよう。同書は以下のように述べている。

但是山河草木雖然無情、詩人却使它們都変成了有情之物、花鳥会同詩人一様因感時而濺涙、因恨別而傷心。足見人間深重的苦難也難能驚動造化。花児帯露・鳥児啼鳴不過是自然現象、而所濺之泪和所驚之心実出自詩人。因此花和鳥的濺泪和驚心只是人的移情。

花が涙を濺ぎ、鳥が心を驚かすというのは杜甫の感情が投影したものだというのである。

おわりに

既に述べてきたことと重なるが、小杉放庵と中里介山の読み方を紹介した研究を寡聞にして知らない。放庵の書物は先に述べたように、戦後になっても出版社を変更して刊行されているから、一定の読者層を有したことは確実である。一方、介山の書物が紹介されないということは、その影響がかなり限定的であったことを示しているかもしれない。しかし、以上に見てきたように、「春望」の頷聯の読みは、C説を別とすれば、決してA説とB説のどちらかの読みに限って採用されてきたわけではなく、B説にも強い支持があったことは確かである。どちらの説に与しようとも、「春望」の頷聯がどのように読まれてきたのか、その歴史をたどろうとするのであれば、本稿では簡略にしか触れられなかったが、唐詩の擬人法について再度検討を加えるとともに、我が国の古典を含めて、もう少し検討の範囲を拡大する必要がある。その際には我が国においては高橋梨一や小杉放庵と中里介山の読み方が存在していたことも記憶に留めておくべきではなかろうか。

注

（1）『解釈辞典』刊行以前のもので目に入ったものでは、内田泉之助『新選唐詩鑑賞』（明治書院、一九五六）が、「花にも涙を濺ぎ、……鳥にも心を驚かす」と読んで、「なおこの前聯を『時に感じて花は涙を濺ぎ、別れを恨んで鳥は心を驚かす』と読んで、時に感ずるもの、涙を濺ぐものは花と見、同じく別れを恨み、心を驚かすものを鳥と見る説（新唐詩選）もある。文法的には無難であろう。しかし花鳥はもと無心、有心は人にある。解釈としては従い難い。」と述べ、目加田誠『唐詩三百首2』（東洋文庫、一九七五）が、「花に涙を濺ぎ、……鳥に心を驚かす」と読み、また同氏『唐代詩史』（目加田誠　著作集六、龍渓書舎、一九八一）では、「花にも涙を濺ぎ、……鳥にも心を驚かす」と読んでおり、刊行以後のものでは、興膳宏『杜甫―憂愁の詩人を超えて』（岩波書店、二〇〇九）、宇野直人『杜甫―偉大なる憂鬱』（鳳凰出版社、二〇一四）がある。近年のものでは張忠綱・孫微『杜甫集』が、「感時、感傷時局。花濺涙、見花開而濺涙。鳥驚心、聞鳥鳴而心驚。」と説明している。

（2）夏松涼『杜詩鑑賞』（遼寧教育出版社、一九八六）も擬人法を用いると見なして以下のように述べる。

頷聯是采用擬人手法、渲染詩人憂国思家的痛苦心情。……「花濺涙」、是説花草也因国家的残破和人民的苦難而同情而驚恐啼鳴。当詩人在春天的早晨、詩人所看到的是一片寂寞荒涼景象、這更激起他内心的無限苦痛。于是、在他看来、春天早晨鮮花上晶瑩的露珠、也成了花的傷心的涙水」、樹間春鳥的啼叫、也成了国破家亡的驚恐哀鳴了。人対花流涙、花対人流涙、人与花的涙水流在一起了、鳥対人哀鳴、人対鳥嘆息、人与鳥的感情融成一片了。這種擬人手法、用来抒写詩人内心的悲苦、特別深刻有力、在我国古典詩詞中被常常運用。

（3）『解釈辞典』は言及しないが、横山伊勢雄『中国古典詩聚花―政治と戦乱』（小学館、一九八四）の指摘も以下に引いておく。

頷聯の「花濺涙」と「鳥驚心」の句を、「花（も）涙を濺ぎ、鳥（も）心を驚かす」と読んで、花と鳥を主格にした擬人化と見る解釈もあるが、この詩の場合は適切でない。花や鳥が人間の悲惨な情況に同情しているとみると、詩情が感傷に流されて弱くなってしまうからである。首聯の山河・草木を承けた頷聯の花・鳥はあくまで不変の姿と秩序をもって非情に存在する自然の側のものでなければならない。

(4) 吉川幸次郎『杜甫Ⅱ』(筑摩書房、一九七二)に、「謡曲『俊寛』が、「時に感じては、花も涙を濺ぎ、別れを恨みては、鳥も心を動かせり」というのも、その影響が、五山の禅僧を通じて、作者世阿弥に及んでいるのかも知れない。」とある。

(5) 同氏「杜甫『春望』の濺涙について」の注(3)に、以下のようにある。

王力『古代漢語』下冊第二分冊(中華書局、一九六四)一三七五頁。高橋君平「杜甫『春望』の解釈」(『九州中国学会報』一八、一九七二)も同様の読みを主張する。この読み方では文法上の主語は花と鳥だが、実質的に涙し心驚くのは作者であるのでA〔主語を作者に読む説=筆者注〕に入れた。

また、同氏「杜甫『春望』の驚心について」の注(4)には以下のように言う。

王力『漢語詩律学』では「春望」の頷聯を「花使涙濺、鳥使心驚(花は涙をして濺がしめ鳥は心をして驚かしむ)」と、「濺」「驚」の自動詞を他動詞として用いた例とする。(『王力文集』第十四巻所収、一九八九年、山東教育出版社、三一〇頁)

(6) 王瑞来点校『鶴林玉露』巻四、乙編(中華書局、一九八三)による。

王力『漢語詩律学』(中華書局香港分局、一九七三)第一章、近体詩、第二十節、近体詩的語法(上)、1、詞的変性の項では、「(五)不及物動詞作及物動詞用(使動)」の例として「春望」の頷聯が引かれる。

(7) 慶安元年(一六四八)京都林甚衛門刊本。和刻本漢籍随筆集八、汲古書院、一九七三影印。

(8) 小山弘志・佐藤喜久雄・佐藤健一郎『謡曲集二』(小学館、一九七五)には、「世阿弥作という確証はないが、『能本作者註文』『いろは作者註文』『歌謡作者考』『二百拾番謡目録』等すべて世阿弥の作とする。」とある。
（9）同書二〇二頁。なお六〇頁には、「時に感じては花にも涙を濺ぐ」とある。
（10）『おくのほそ道　付奥細道菅菰抄』（岩波文庫、一九七九第一刷、二〇〇七第五三刷）によった。
（11）表紙に「隣人社発行」とあり、奥付には発行所として「隣人之友社」とある。隣人之友社は「大菩薩峠」のほか、介山の個人雑誌「隣人之友」「峠」などの発行所。『漢詩提唱（杜甫）』では上巻で二五篇、下巻で七篇が取り上げられる。
（12）「三代の栄耀一睡の中にして、」より「夏草や兵（つはもの）どもが夢の跡」までの引用があるが省略した。
（13）一三頁以降に「春野」として「春望」を引用するが、前後の句は省略する。「春野」は誤植。四三頁では「春望」となっている。
（14）『中里介山全集』第一七巻（筑摩書房、一九七一）所収。杜甫と白楽天は全集に未収録。なお、「白楽天」までは刊行されたが、刊行が予告された「高青邱」以下は未刊に終わった。
（15）「傳」は「傅」の誤り。傅与礪（初字は汝礪）は元・傅若金（一三〇四～一三四三）。
（16）「膽」は「瞻」の誤り。
（17）文会堂、一九一二・四初版、一九一二・五第三版。
（18）ただし原文の「此律体」を「長律体」に、「今体」を「近体」に、「声調」を「格調」に改めるなど、改変した箇所がある。
〔付記〕　本稿は二〇一四年六月、北海道教育大学札幌校で開催された中国文化学会の大会におけるシンポジウム「漢詩教材としての杜甫の詩」において口頭報告した「杜甫の詩をどう読むか——『春望』の頷聯」の発表原稿を補訂したものである。当日、御示教くださった参加者に感謝する。

杜甫の詩における「山河」と「山川」、「江山」

はじめに

杜甫「春望」（『杜詩詳注』巻四。以下、『詳注』）の冒頭の句、「国破山河在（国破れて山河在り）」について、国が何を指すのかについてはしばしば論じられてきた[1]。しかし従来、「山河」の語についてはは詳細に検討されることが少なかったのではなかろうか[2]。その中で吉川幸次郎『杜甫詩注』第三冊（筑摩書房、一九七九。以下、『吉川注』）の説明は詳細である。

〔山河在り〕存在として〔在〕るのは〔山河〕のみである。宋の司馬光の「詩話」に、「余の物無きを明らかにする也」。……〔山河〕の語、もとより人事国家の興亡変化に超然として存在する自然をいうが、ことに軍事的要害としてのそれであること、しばしば。「文選」の顕著な例は、五十六、晋の張載の「剣閣の銘」の「山河の固め」。李善注、「史記」の呉起の伝に、この兵法家と、主君、魏の武侯との、会話を引く。「魏の武侯、西河に浮かびて下る。中流にして顧りみて呉起に謂いて曰わく、美なる哉乎山河の固め、此れ魏の国の宝也。」呉起はいった、「徳に在りて険に在らず」、国を保つのは道徳によってこそであり、要害ではないと答え、要害の地に都しながら亡国した例を、列挙する。そのとおりに、唐帝国も、要害の〈山河〉の一つである潼関、あえなく陥落して、賊軍が長安にはいっている。潼関をはじめとして、帝国の〈山河〉はそのままに存在するけれども。

ここに指摘されるように、「山河」は不変の存在である自然の象徴であるとともに、「軍事的要害」としての意味も含むであろう。では類似する構成を持つ「山川」、「江山」との相違はないのだろうか、「山河」と「山川」「江山」は杜甫の詩においてどのように用いられているのだろうか、『吉川注』の指摘を念頭に置きながら考えてみたい。なお、『漢語大詞典』は「山河」を「①大山大河。多指自然形勝。②指江山、国土。」と説明し、①に杜甫「春望」を引いており、「山川」の項では「①山岳・江河。②指名山大川。」と説明して、①に沈佺期「興慶池侍宴、応制」（『全唐詩』巻九六）から「漢家城闕疑天上、秦地山川似鏡中（漢家の城闕　天上かと疑い、秦地の山川　鏡中に似たり）」の句を引き、さらに「江山」を「①江河山岳。②借指国家的疆土・政権。」と説明して、①に杜甫「宿鑿石浦」から「早宿賓従労、仲春江山麗（早宿　賓従労る、仲春　江山麗し）」の句を引いている。杜甫の詩句については後に触れよう。なお「山河」、「山川」、「江山」はいずれも平声と平声の組み合わせからなる語であり、平仄を考慮して使い分けることはない。

一一　『文選』中の「山河」

『文選』に収録された作品中で「山河」はどのように用いられているのであろうか。『文選』には『吉川注』が引いている張載「剣閣銘」以外に八例が見られる。陳琳（?～二一七）の「為曹洪与魏文帝書」（巻四二）には「焉んぞ星のごとく流れ景のごとく集まり、飈のごとく奪い霆のごとく撃ち、山河を長駆し、朝に至りて暮れに捷つこと、今の若き者有らんや。」とある。曹洪が蜀の張魯を破ったことを述べた部分であり、曹洪の率いる軍が遠く蜀の「山河」を駆け回って勝利を収めたことをいう。この一文の前には蜀の地は堅固であったが張魯の徳が「中才」にも及ばなかったために亡んだことをいうから、この「山河」には蜀の地が天然の要害に囲まれた地であったことも含まれているであろう。

　曹植の「王仲宣誄」（巻五六）には、王粲の遺児が、曹操の呉征討に従軍し、途中で病没した父を帰葬するために淮水のほとりまで出かけたことを、「軫を北魏に発し、遠く南淮に迄る。山河を経歴し、泣涕　頽つるが如し。」と述べる。後半は劉向『楚辞』九歎・憂苦に「登山長望中心悲兮、菀彼青青泣如頽兮（山に登りて長く望めば中心悲しむ、菀たる彼の青青　泣くこと頽るるが如し）」とあるのを踏まえ、北方の魏から南方へと旅立ったことを強調するために、「登山」を「経歴山河」と言い換えたものである。呂向注は「粲の子　魏より南淮に至りて喪を迎うるを謂うなり。」といっている。

詩に目を向けると、陸機の「呉趨行」（巻二八）に、呉の名家である四姓が文武ともに優れていたことを讃えた「文徳熙淳懿、武功侔山河（文徳は淳懿を熙め、武功は山河に侔し）」の句がある。李善注は『漢書』巻十六、高恵高后文功臣表第四の「封爵の誓いに曰う、黄河を帯の如く、泰山を礪の若くならしむるまで、国は以て永く存し、爰に苗裔に及ぼさんと。」を引く。花房英樹『文選四』（集英社、一九七四）が「武功」の句を「武事の功績は、黄河や泰山が国を守るのにも似ている。」と訳すのは、『漢書』が河を黄河と、山を泰山と解していることによるのであろう。

陸雲にも一例があり、「為顧彦先贈婦、二首」〈其一〉（巻二五）に「山河安可踰、永路隔万里（山河安くんぞ踰ゆ可けん、永路　万里を隔つ）」とあるのは、遠く離れている夫との間を隔てる「山河」である。李善はこの「山河」には注を付さない。

劉琨の「答盧諶」（巻二五）には「斯罪之積、如彼山河（斯の罪の積もれること、彼の山河の如し）」とある。段匹磾のもとに去った盧諶に対して、并州刺史としての職責を十分に果たせなかったことを述べた部分であり、李善注は『詩経』鄘風・君子偕老から「委委佗佗、如山如河、象服是宜（委委佗佗として、山の如く河の如く、象服　是れ宜し）」の句を引いている。これは女性の容姿や態度の形容であって、「答盧諶」で罪の大きさの比喩として用いられているのとは意味上の関わりはない。顔延之（三八四～四五六）の「秋胡詩」（巻二一、『玉台新詠』巻四）には「勤役従帰願、反路遵山河（勤役して帰願に従い、反路に山河に遵う）」の句がある。ようやく帰ることを許された夫の立場にたって、「山河」

を越えて秋胡のもとへと急ぐことを詠ずる部分である。この前の部分では「悲哉遊宦子、労此山川路（悲しいかな遊宦の子、此の山川の路に労しむ）」と述べているから、「山川」との重複を避けたものであろう。李善注は前者においては『詩経』小雅・漸漸之石から「山川悠遠、維其労矣（山川は悠遠にして、維れ其れ労しめり）」の句を引いている。顔延之にとって「山河」と「山川」の差異はなかったと認められる。鮑照（四〇五～四六六）の「代君子有所思」（巻三一）には「蟻壌漏山河、糸涙毀金骨（蟻壌山河を漏らし、糸涙 金骨を毀る）」の句がある。「蟻壌」の句は『韓非子』喩老篇の「千丈の堤も、螻蟻の穴を以て潰え、百尺の室も、突隙の熛を以て焚かる。」を踏まえ、[3] 大事は小事から始まることをいう。李善注が傅玄「口銘（口誡）」（『全晋文』巻四六）の「蟻孔は河を潰え、溜穴は山を傾く。」を引くのは、これに山と河がそれぞれ用いられているからであろう。「代君子有所思」の場合は、山と河は不変の状態を保つことが前提になっていよう。江淹の「雑体詩十首、王侍中・懐徳」（巻三一）には、次の句がある。

崤函復丘墟　　崤函　復た丘墟となり
冀闕緬縦横　　冀闕　緬かにして縦横なり
倚棹汎涇渭　　棹に倚りて涇渭に汎かび
日暮山河清　　日暮れて山河清めり

崤函は函谷関と崤山。いずれも長安の東方に位置する関所。王粲は後漢末期の混乱の中、長安を離れ、劉表を頼って荊州（湖北省荊沙市）に行ったことがあった。この部分は王粲が旅立とうとした時の長安の風景を描写する。「山河」の山は具体的には函谷関と崤山を、河は涇水と渭水を指すことになる。

『文選』中の「山河」は、天然の要害の地、越えなければならない険阻な山と河という意味で用いられており、確固とした不変の存在という意味には限定されていないと考えてよいだろう。

一―二　杜甫の詩における「山河」

では杜甫の詩における山河はどのように用いられているのであろうか。「春望」を除く六例を見てみよう。最も早くこの語が用いられるのは五律「過宋員外之問旧荘」（『詳注』巻一）である。この詩は朱鶴齢『杜工部詩集輯注』巻一によれば、杜甫は開元二十九年（七四一）の寒食節に、首陽山のふもとに陸渾荘を築き、遠祖の当陽君・杜預を祭ったが、この時に宋之問の別荘に立ち寄って書かれたとされる。後半を引こう。

淹留問耆老　　淹留して耆老（きろう）に問い
寂寞向山河　　寂寞として山河に向かう
更知将軍樹　　更に知る将軍の樹

悲風日暮多　悲風　日暮に多きを

『詳注』は「向山河」について、「其の跡在りて人亡きを傷むなり。」といい、先に見た曹植「王仲宣誄」の一文を引く。また趙次公注（『九家集注杜詩』巻一八）は、「員外亡く、其の荘は空しく存す。此の山河に対いて徒らに寂寞たるのみ。」といい、これも先に見た劉琨「答盧諶」の一文を引いている。劉琨の句は前趙の劉聡の軍に敗れ、父母を殺害されたことを後悔とともに述べたものであり、李善注は、『詩経』鄘風・君子偕老の、夫人の容姿が、しとやかで山のようにゆったりとしており、河のように大らかであることを比喩的に述べた句を引いていた。先にも述べたように、劉琨の句は自己の罪悪が山のように高く河のように深く大きいことをいうのであって、『詩経』の比喩とは異なる。「過宋員外之問旧荘」の「山河」は、宋之問がこの世を去っても、彼の住んでいた別荘を変わることなく取りまいている山と河を指す。ついで天宝八載（七四九）の冬の作である「冬日洛城北、謁玄元皇帝廟」（全二八句。『詳注』巻二）を見よう。中間の四句を引く。

5 碧瓦初寒外　碧瓦　初寒の外
6 金茎一気旁　金茎　一気の旁
7 山河扶繡戸　山河　繡戸を扶け
8 日月近彫梁　日月　彫梁に近し

玄元皇帝廟、すなわち老子の廟は洛陽城の北、北邙にあった。『詳注』は「山河」について、ここでは陳の後主・陳叔宝の「入隋侍宴、応詔」（逯欽立『陳詩』巻四。以下、逯欽立を省略）の句、「日月光天徳、山河壮帝居（日月　天徳を光かせ、山河　帝居を壮んにす）」を引く。第七・八句は『詳注』が、「山河　戸を拱すは、其の雄壮なるを形し、日月　梁に近しは、其の高華なるを状す。」というように、廟の周囲の山河が美しく飾られた建物を支えるかのように取り囲んでおり、日と月が彫刻のある棟木に近く輝いていることをいう。

「投贈哥舒開府翰、二十韻」（『詳注』巻三）には次の句がある。

25茅土加名数　　茅土　名数を加えられ
26山河誓始終　　山河　始終を誓う

『詳注』はこの二句について「茅土河山は、王の食邑に封ぜらるるを謂う。」といい、先に引いた『漢書』、高恵高后文功臣表第四の一文を引くように、杜甫の句は天宝十二載（七五三）の九月に哥舒翰が西平郡王に封じられたことを述べる。この「山河」は哥舒翰の食邑としての領地、西平郡（青海省楽都県）を指している。

杜甫「春望」の「山河」について、『詳注』は庾信「将命至鄴」（『北周詩』巻二）から「風俗既殊阻、山河不復論（風俗は既に殊に阻たり、山河は復た論ぜず）」の句を引く。この詩は大同十一年（五四五）、梁の使者として東魏の都・鄴（河南省臨漳県）へと赴いた時の作である。梁と東魏では風俗が隔っているばかりでなく、東魏の版図に属する「山河」のたたずまいも梁のそれとは異なっていることをいう。

「遺興」(全一二句。『詳注』巻四)も「春望」と同じく、反乱軍占領下の長安で、鄜州(ふしゅう)・三水県(陝西省富県)にいる幼い息子を思っての作であり、至るところで旗指物が翻り、長安周辺の「山河」のあちこちでは戦で吹かれる角笛の音が悲しげに響き渡っていることを詠ずる。

9 天地軍麾満　　天地　軍麾(ぐんき)満ち
10 山河戦角悲　　山河　戦角悲しむ

五律「散愁、二首」〈其二〉(『詳注』巻九)は上元元年(七六〇)の作である。前年の歳末、成都に入った杜甫はこの年、李光弼が安太清・史思明の軍を破ったことを聞き、敵が支配する燕・趙一帯をも回復してくれることを願った。

3 蜀星陰見少　　蜀星　陰(くも)りて見ゆること少なく
4 江雨夜聞多　　江雨　夜　聞くこと多し
……　　……
7 司徒下燕趙　　司徒　燕趙を下して
8 収取旧山河　　旧山河を収取せよ

『詳注』などが「旧山河」の出典を示さないことでも明らかなように、この語は杜甫以前の用例を見ない。後になっても例えば趙嘏の五絶「経汾陽旧宅」（『全唐詩』巻五五〇）に、「門前不改旧山河、破虜曾軽馬伏波（門前　改まらず旧山河、破虜　曾て軽んず馬伏波）」とあり、韋荘の七律「又聞湖南荊渚相次陥没」（『全唐詩』巻六九六）に、「莫問流離南越事、戦余空有旧山河（問う莫かれ南越に流離せし事、戦余　空しく旧山河有り）」とある例などが目につく程度である。「散愁」の「旧山河」は、第七句の「燕趙」を承けていっているように、黄河以北の河北省、山西省一帯の唐の国土を指している。第四句に杜甫のいる成都の川を指して「江」といっているから、これとは明確に区別されていることがわかる。

「晴明、二首」〈其二〉（全一二句。『詳注』巻二二）は大暦四年（七六九）の春、湘江を溯って潭州（湖南省長沙市）に至った時に書かれた。

9 秦城楼閣烟雨裏　　秦城の楼閣　烟雨の裏
10 漢主山河錦繍中　　漢主の山河　錦繍の中

『詳注』は「秦城・漢主は、長安を思えども見えざるなり。」といって、ここでも出典を示さない。この「山河」については、『九家集注杜詩』巻三十六に、「荊州は、劉備の自ら起つ所、故に漢主の山河と言う。」とあるように、「漢主」を蜀漢の劉備と見なし、「山河」を荊州（湖北省荊沙市）一帯の山河を指すとする説もあるが、黄希注（『補注杜詩』巻三六）はこの見解を否定して、「旧本の注に云う、荊州は劉備の自ら起つ所、故に子美は漢主の山河と言う、と。今本は載せず、然るに詩意を詳らかにするに、此れ蓋し長安を指して公　故郷を思うを云うなり。」と指摘するように、「秦城」と対応して長安一帯の山河を指していうと考えてよいだろう。これ以後の杜甫の詩に「山河」は見られない。

二―一　『文選』中の「山川」

ついで「山川」の用例を見よう。この語は既に『詩経』小雅、漸漸之石に、「山川悠遠、維其労矣（山川は悠遠にして、維れ其れ労す）」、「山川悠遠、曷其没矣（山川は悠遠にして、曷ぞ其れ没きん）」と見えていて、出征する兵士が越えて行かなければならない遙かな山と川の意味で登場する。

以下、『文選』の詩賦から用例を拾ってみよう。班固「西都賦」（巻一）には「礼上下而接山川（上下を礼して山川に接す）。」とあって、天地に礼して山川を祭ることをいう。左思「蜀都賦」（巻四）には「公擅山川、貨殖私庭（公わに山川を擅にし、私庭に貨殖す）。」とある。富豪の卓王孫らが山川からあがる利益を独擅して私宅に蓄えたことをいう。

潘岳「征西賦」（巻一〇）には、「眄山川以懐古、悵攬轡於中塗（山川を眄みて以て古を懐い、悵として轡を中塗に攬る）。」という。乳児を亡くした新安（河南省義馬市）の山川を振り返り、悲しみつつ手綱をとって長安へと向かうのである。

詩における用例も見てみよう。曹植「送応氏、二首」〈其二〉（全一六句。巻二〇）には、「山川阻且遠、別促会日長（山川は阻しくして且つ遠し、別れは促りて会う日は長かなり）」という句がある。これは『詩経』秦風・蒹葭の「遡洄従之、道阻且長（遡洄して之に従わんとすれば、道は阻しくして且つ長し）」の句を踏まえた表現であり、応氏が向かう北方への道が険しく遠いことをいい、「蒹葭」でいう「道」と「山川」とが対応している。「古詩、十九首」〈其一〉（巻二九）には「道路阻且長、会面安可知（道路は阻しくして且つ長し、会面安んぞ知る可けん）」とあるが、曹植の句はこれとも似る。

また、潘岳「在懐県作、二首」〈其二〉（全二二句。巻二六）には「眷然顧鞏洛、山川邈離異（眷然として鞏洛を顧みれば。山川は邈かにして離異す）」の句がある。懐県（河南省鞏義市）と洛陽の方を眺めやると山や川が遥か遠くに距たっているのである。この「山川」は懐県と洛陽の間にある山川を指し、具体的には「川」は黄河を指す。陸機「赴洛道中作、二首」〈其二〉（全一二句。巻二六）の冒頭には、「遠遊越山川、山川脩且広（遠遊して山川を越ゆ、山川は脩くして且つ広し）」という。故郷の呉郡（江蘇省蘇州市）から洛陽に赴く途中には山や川がはるばると続いていることをいう。また「擬古詩、十二首（擬渉江采芙蓉）」（全八句。巻三〇）には、「故郷一何曠、山川阻且難（故郷は一に何ぞ曠かなる、山川は阻しくして且つ難し）」とある。ここでも「山川」は故郷への行く手を阻むものとして詠じられる。

顔延之の詩には二例がある。「秋胡詩」（全九〇句。巻二一）には、「悲哉遊宦子、労此山川路（悲しいかな遊宦の子、此の山川の路に労しめり）」とある。行役の途中にある山や川を苦しみつつ越えるのである。この詩の第四十一・四十二句には「勤役従帰願、反路遵山河（勤役して帰願を従され、反路に山河に遵（したが）う）」とある。こちらは家に帰ることを許されて山や河に沿って戻ることをいう。同語を用いることを避けたのであって、この詩において「山川」と「山河」の含意に違いはない。「応詔、観北湖田収」（全二六句。巻二二）の冒頭には、「周御窮轍跡、夏載歴山川（周御は轍跡を窮め、夏載は山川を歴（へ）たり）」の句がある。禹王が治水のために全土の山や川を巡り歩いたことをいう部分である。謝霊運「斎中読書」（全一六句。巻三〇）の冒頭部を引こう。

昔余遊京華　　昔余（われ）　京華に遊ぶも
未嘗廃丘壑　　未だ嘗て丘壑を廃（す）てず
矧廼帰山川　　矧（いわ）んや廼（すなわ）ち山川に帰りて
心迹双寂寞　　心迹　双（ふた）つながら寂寞たるをや

以前、都の建康（江蘇省南京市）で仕えていた時にも山水を愛でる楽しみを棄てたことはなく、山と川に囲まれた永嘉郡（浙江省温州市）に戻ると、精神も太守としての公務もゆったりするというのである。

『文選』の詩における「山川」は北方の地であると南方の地であるとに関わらず用いられるが、謝霊運の詩において心身の充足をもたらす存在であることを例外として、そのほとんどが目的地、あるいは対象となる人物との距離が遠く離れており、到達を困難にすることを示すものであることが知られよう。(4)

二―二　杜甫の詩における「山川」

「山川」は杜甫の詩に五例が見えている。最も早いのは、天宝十一・十二載（七五二・七五三）頃、長安の東南にある何将軍の別墅を訪ねた時の作、七律「陪鄭広文、遊何将軍山林、十首」〈其六〉（『詳注』巻二）であり、尾聯に次のようにある。

祇疑醇樸処　　祇だ疑う醇樸の処
自有一山川　　自ずから一山川有るかと

『詳注』に引く「洪注」(5)が「另に一山川有りとは、暗に桃花源の事を用う。」といい、陶淵明「庚子歳五月中、従都還、阻風於規林、二首」〈其二〉の句、「山川一何曠、巽坎難与期（山川　一に何ぞ曠かなる、巽坎　与に期し難し）」を引く。詩は都の建康から荊州（湖北省荊州市）への帰途が困難に満ちていることをいう。ただし、杜甫の詩は、洪舫が指摘するように、何将軍の別墅が別天地であることをいうのであって、陶淵明の詩と内容上の関わりはない。「成都府」（全一八句。巻九）は乾元二年（七五九）の年末、同谷（甘粛省成県）から剣門（四川省剣閣県）を越え、成都（四川省成都市）にたどり着いた時の作である。

3我行山川異　　我行きて山川異なり
4忽在天一方　　忽ち天の一方に在り

『詳注』は、「初めて成都の人物を見て、遊子　帰らざるを歎ずるなり。」といい、先に見た潘岳「在懐県作、二首」〈其二〉から、「山川邈離異（山川は邈かにして離異す）」の句を引いている。杜甫の詩の「山川」は同谷から成都に至る旅の途中にあった聳え立つ山や深い渓谷を指している。「閬州東楼筵、奉送十一舅往青城、得昏字」（全二〇句。巻一二）は、広徳元年（七六三）の晩秋、閬州（四川省閬中市）で書かれた。母・崔氏の兄弟であるおじの崔十一舅が青城県（四川省都江堰市の東南）へと赴くのを送別する詩である。後半の四句を引こう。

13今我送舅氏　　今　我　舅氏を送る
14万感集清樽　　万感　清樽に集まる
15豈伊山川間　　豈に伊れ山川の間つるのみならんや
16回首盗賊繁　　首を回らせば盗賊繁し

『詳注』は、「山川の二句は、長安の乱離を傷むなり。」と述べて、長安と閬州とは山や川によって遠く隔てられているばかりでなく、おじが発ってきた長安も混乱に陥っていることを指すと解するが、例えば趙次公注（『九家集注杜詩』巻八）が、「一別の後、豈に只に是れ山川の間隔するのみならんや、首を回らせば則ち盗賊は繁多にして憂う可しと為すこと有るを言う。蓋し吐蕃の勢いは未だ已まず、蜀を呑まんとするの意有り。」と述べるように、おじが青城県に行ってしまえば、閬州との間を山や川が隔ててしまうだけでなく、成都も吐蕃侵入の危機にさらされているので、会うことはいっそう困難になるだろうと解するのが妥当であろう。なお『詳注』は出典として『穆天子伝』巻三から、「西王母　天子の為に謡いて曰う、白雲　天に在り、山陵　自ずから出づ、道里　悠遠にして、山川　之を間つ、と。」という一節を引いている。

五律「季秋江村」（巻二〇）は大暦二年（七六七）の晩秋、夔州（重慶市奉節県）での作である。頸聯と尾聯を引こう。

登俎黄甘重　　俎に登りて黄甘重く
支牀錦石円　　牀を支えて錦石円し
遠遊雖寂寞　　遠遊すれば寂寞たりと雖も
難見此山川　　見難し此の山川

尾聯については「遠遊」の語の理解によって解釈が異なる。『詳注』は「顧注」に、「公　方に出峡を図らんとし、而して「見難し此の山川」と曰えば、則ち出峡の故は、山水の居る可からざるが為に非ざるを知るなり。」とあるのを引く。峡谷の地である夔州を出ようとするのは、夔州の「山水」が住むのに不都合だからというわけではないと、「遠遊」を、三峡を下って遠く旅する意にとって解釈している。一方で『杜臆』巻九は、「世乱れて久しく客たれば、宜しく好懐無かるべし、而るに興の至る所、白首　霜天を望むと雖も、亦自ずから趣を成す。況んや黄柑・錦石は、他方に無き所にして、遂に遠遊の寂寞たるを忘る。」という。楽しみの少ない夔州での生活だが他の地方には産出しない「黄柑」や「錦石」といった珍しい産物があるので、これらが「遠遊」、遠い旅に出ている寂しさをまぎらしてくれる、というのである。鈴木虎雄『杜少陵詩集』が「みやこをはなれてこんな遠方に飄遊してゐるのはさびしくはあるが、ここの様ないい山川もめつたにはみられぬ。」と訳し、「山川」を「いい山川」と見なしているのはこれを踏まえて訳出したものであろう。韓成武・張志民『杜甫詩全訳』（河北人民出版社、一九九七）が二句を、「到此遠游縦然形神寂寞、但在別処難見到這様的山川（遠く旅をしてこの夔州に来るともの寂しく感じられるが、他所では見られないこのような山川がある）。」と訳すのも同様の見解を示している。

「山川」の語が最後に見えるのは、大暦三年（七六八）の春、長江の中洲、葛洲にある古城店（湖北省宜昌市）に泊まり、長江の船旅を続けた時の作である「行次古城店泛江作、不揆鄙拙、奉呈江陵幕府諸公」（全一二句。巻二二）の冒頭である。

老年常道路　　老年　常に道路
遅日復山川　　遅日　復た山川

老齢になるまで常に旅路をたどってきて、暮れるのが遅い春の日差しのなか、再び「山川」を越えて行くことになったというのである。『詳注』は、「一二敍行（一二は行を敍ぶ）。」と簡潔に述べている。

三―一　『文選』中の「江山」

最後に「江山」の語を検討しておこう。この語は『文選』にはわずかに二例しか見えない。郭璞「江賦」（巻一二）に、「於是蘆人漁子、擯落江山（是に於いて蘆人漁子は、江山に擯落す）。」とあるのは、長江のほとりには、蘆を刈る人や漁師たちがひっそりと住んでいることをいう。また、鍾会「檄蜀文」（巻四四）に「然れども江山の外は、政を異にし俗を殊にし、率土の斉民は、未だ王化を蒙らず。」とあるのは、呉・蜀は政治や風俗習慣が中原とは異なっていて、魏の徳化が行き渡っていないことをいう。「江山の外」とは蜀の地が魏の都・洛陽から遠く隔たっていることを指す。『文選』中の「江山」は用例も少なく、特定の傾向を見出すことはできない。

三―二　杜甫の詩における「江山」

「江山」[6]の語は「山川」よりも多く、「江山麗」三例、「江山好」、「江山静」の各二例を含めると杜甫の詩には二十一例が見えている。そのいくつかを見ておこう。

この語が最初に杜甫の詩に見えるのは、天宝十四載（七五五）の冬、奉先県（陝西省蒲城県）の尉、劉単の宅で見た、山水を描いた衝立を詠ずる「奉先劉少府新画山水障歌」（全三六句。『詳注』巻四）の冒頭である。

堂上不合生楓樹　堂上　合（まさ）に楓樹を生ずべからざるに
怪底江山起煙霧　怪しむ底（なん）の江山か煙霧起こる

もやが湧き起こるかわと山を詠じていて、この「江山」からは杜甫が抱いた感情を推しはかることはできない。

五律「後遊」（『詳注』巻九）は、上元二年（七六一）、新津県（四川省新津県）の修覚山にある修覚寺を再訪した時の作である。

寺憶曾遊処　寺には憶う曾遊の処
橋憐再渡時　橋には憐れむ再渡の時
江山如有待　江山　待つ有るが如し
花柳更無私　花柳　更に私無し
野潤烟光薄　野潤いて烟光薄く
沙暄日色遅　沙暄（あたた）かくして日色遅し

客愁全為滅　客愁　全て為に滅ず
捨此復何之　此れを捨きて復た何くにか之かん

『詳注』が「江山花柳は、上の曾遊を足し、烟光日色は、下の減愁を起こす。末聯と前章とは互いに応じ、蓋し家を思えば則ち愁いを生じ、景を覩れば則ち愁いを銷すなり。待つ有るが如しは、依然として人を待つこと、更に私無く、常に賞玩するを得るなり。」と説明するように、修覚寺を取り囲むかわや山は杜甫を待っていたかのようであり、花や柳は常に賞玩の対象となって、愁いを晴らしてくれるのである。(7)

宝応元年（七六二）、浣花草堂で書かれた七絶「重贈鄭錬絶句（重別鄭錬赴襄陽）」（『詳注』巻一〇）の転・結句に、

江山路遠羇離日　江山　路遠し羇離の日
裘馬誰為感激人　裘馬　誰か感激の人為る

とあるのは、襄陽（湖北省襄樊市）へと旅立つ鄭錬が越えなければならないかわと山を指す。また、宝応元年（七六二）夏の作である「大麦行」（全八句。『詳注』巻一一）に、

5豈無蜀兵三千人　豈に蜀兵三千人無からんや
6部領辛苦江山長　部領　辛苦　江山長し

というのは、麦の収穫時期になるとそれを掠奪するために異民族が侵入するので、もし蜀の部隊がこれを討伐するならば険しい「江山」を越えて行かなければならないことを詠ずる。

宝応元年（七六二）の作である五律「東津送韋諷摂閬州録事」（『詳注』巻一一）の冒頭には次のようにいう。

聞説江山好　聞説らく江山好しと

憐君吏隠兼　憐れむ君が吏隠を兼ぬるを

『詳注』が「吏にして隠を兼ね、江山の佳勝を領するを得たり。」と述べるように、韋諷が赴任する閬州（四川省閬中市）は、「江山」の風景が美しいことを聞き及んでいると言って、彼を励ますのである。

広徳二年（七六四）、成都での作「絶句、二首」〈其一〉（『詳注』巻一三）の冒頭の句は、『詳注』に「此の章は春景の楽しむ可きを言う。」とあるように、春の一日、成都周辺の「江山」が華麗な姿を見せて杜甫を楽しませるのである。

遅日江山麗　遅日　江山麗しく

春風花草香　春風　花草香し

夔州（重慶市奉節県）に移った大暦元年（七六六）、西閣での作、五律「中夜」（『詳注』巻一七）の冒頭では、夜中に「江山」が静かなたたずまいを見せていることを、「中夜江山静、危楼望北辰（中夜江山静かに、危楼 北辰を望む）」と詠ずる。夔州では「江山」の語がしばしば用いられる。「中夜」以外にも同じく大暦元年（七六五）、夔州での作、七律「詠懐古跡、五首」〈其二〉（『詳注』巻一七）では、

5江山故宅空文藻　　江山の故宅　空しく文藻あり
6雲雨荒台豈夢思　　雲雨　荒台　豈に夢思ならんや

という。宋玉の故宅はなくなったが、その文章は後世に伝わっているのであり、「江山」は故宅を取り巻くかわと山などの自然を指す。

大暦二年（七六七）夏、瀼西での作、五律「園」（『詳注』巻一九）にも「江山静」という描写がある。

5始為江山静　　始めは江山の静かなるが為にし
6終防市井喧　　終に市井の喧しきを防ぐ

『詳注』が二句について「始めて此の園を置くは、本と以て静かなるを求む、今 市の喧しきを厭う、故に此れを避く。」というように、住居を瀼西へと移したのは、まずは街中の喧噪を避けて周辺の静謐さを求めたためなのである。

五律「日暮（牛羊下来久）」（『詳注』巻二〇）は同じく大暦二年（七六七）、瀼西での作であり、風と月

は清らかだが、「江山」のたたずまいは故郷のそれとは異なっていることを詠ずる。

3風月自清夜　風月　自ずから清夜
4江山非故園　江山　故園に非ず

『杜臆』巻九が、「風月　自ずから清夜の一聯は、其の意　極めて悲しくして、色相を着けず。」と指摘するのは、「風月」など自然の描写は淡々としているが、それだけに悲哀が際立つというのであろう。

五律「送孟十二倉曹赴東京選」（『詳注』巻二〇）も大暦二年（七六七）の冬の作である。孟十二倉曹は杜甫の近所に住む友人であり、杜甫がその家を訪ねたり、彼が新酒と醬油を差し入れてくれたりしたことがあった。

3藻鏡留連客　藻鏡　留連の客
4江山憔悴人　江山　憔悴の人

趙次公注（『九家集注杜詩』巻二四）に、「江山憔悴の人は則ち客遊して歴し所は江山の勝と雖も、亦憔悴の人と為る。」とあるが、孟十二の履歴は夔州の倉曹参軍であったこと以外は不詳であり、果して「江山の勝」を旅した経歴を有するかどうかははっきりしない。ただ杜甫「孟氏」（『詳注』巻一九）に、「孟氏好兄弟、養親惟小園、……、負米夕葵外、読書秋樹根（孟氏は好兄弟、親を養うは惟だ小園、……、米を負う夕葵の外、書を読む秋樹の根）」という句があるので、苦労人だったことは確かである。「江山」の句は、彼が夔州の地に留まって辛酸をなめていることをいうのであろう。(8)

大暦二年（七六七）冬の作で崔公輔・蘇纓・韋某に寄せた詩、五律「戯寄崔評事表姪蘇五表弟韋大少府諸姪」（『詳注』巻二〇）にも「江山麗」という表現が見られる。

5忍待江山麗　　江山の麗しきを待ちて
6還披鮑謝文　　還た鮑謝の文を披くに忍びんや

『詳注』に、「江山麗しは、秋日の晴光を謂う。」というのは、起聯に、「隠豹深愁雨、潜竜故起雲（隠豹　深く雨を愁え、潜竜　故に雲を起こす）」とあるので、「江山麗」を、雨が上がって「江山」、かわや山などの風景がすっきりとした美しい姿を見せている、と解したのである。

同じく大暦二年（七六七）冬の作、「別李義」（全四六句。『詳注』巻二一）には次の句がある。

25三峡春冬交　　三峡　春冬の交
26江山雲霧昏　　江山　雲霧昏し

成都へ旅立つ李義に向かって、三峡を控える夔州の地は冬と春のあいだにあって、「江山」が雲や霧に暗く閉ざされていることをいう。この「江山」も前詩と同じく風景を指すが、より限定的には夔州を流れる長江とこれを取り囲む深山といった意味である。

大暦三年（七六八）の正月、夔州を離れて、弟の杜観のいる当陽（湖北省当陽市）へ向かおうとする決意を伝えた「続得観書、迎就当陽居止、正月中旬、定出三峡」（全一六句。『詳注』巻二一）には次の句がある。

13 俗薄江山好　　俗薄きも江山好し
14 時危草木蘇　　時危うきも草木蘇る

当陽の地は、風俗は軽薄であろうが夔州よりも開放的な風景はすばらしかろうと、期待をこめて想像した句である。『詳注』は、「末は当陽の風土に及び、終に北帰するを思うなり。」と述べている。

大暦三、四年（七六八・七六九）の間に湖南で書かれた五律「帰夢」（『詳注』巻二二）の冒頭には次のようにある。

道路時通塞　　道路　時に通塞す
江山日寂寥　　江山　日びに寂寥たり

「江山」の句は、時には傷心を慰めてくれた風景も日々にひっそりとしてもの寂しく感じられるようになったことをいう。

最後に「江山」の語が用いられるのは、大暦四年（七六九）二月初めの作、五律「宿鑿石浦」（全一四句。『詳注』巻二二）の冒頭である。

早宿賓従労　　早宿　賓従労る
仲春江山麗　　仲春　江山麗し

潭州（湖南省長沙市）から衡州（湖南省衡陽市）へと湘水を溯る途中、船客と船頭が力を合わせて舟を進めるのに疲れ果ててしまったので、早めに宿をとることにしたところ、鑿石浦周辺の「江山」が美しい風景を見せ、旅に疲れた晩年の杜甫を慰めたのである。

おわりに

以上、「山河」、「山川」、「江山」の語について見てきた。「山河」は時に蜀地の山やかわを指すこともあるが、『吉川注』に、「人事国家の興亡変化に超然として存在する自然をいう」とあったように、人の感情の在り方如何とは関わりなく、地上に存在する山とかわである。この場合、より限定的には河は黄河を、山は泰山を指し、あるいは山は函谷関と崤山を、河は涇水と渭水を指すことがあるように、中国北方の山とかわを指すことが多い。ただし、謝霊運においては精神の充足をもたらす存在であったが、これは例外的であろう。また自明のことではあるが(9)、杜甫の詩においてはこれが北方、とりわけ長安周辺の山河を指していることも理解しておいてよいだろう。

「山川」は「江山」と同様に用いられることもあるが、謝霊運の詩を除いて、そこを経過して行かなければならない険阻な存在、あるいは親しい者との間を隔てる障害という意味合いが強い。すでに『文選』においてもそうであったが、杜甫の詩においても「季秋江村」といったようなわずかな例外はあっても多くはそのような意味で用いられる。

「江山」には杜甫のその時々の感情が反映する。そしてその多くは人間に近しく好ましいたたずまいを見せ、時には杜甫を待ち受け、時には慰安を与える存在と意識される。「江山麗」(10)、「江山好」、「江山静」といった描写はこのような感情を端的に表現したものである。この点では杜甫は謝霊運における「山川」が精神の安定と充足をもたらす存在であったことを「江山」の語に表現したのであり、『文選』には二例しか見えないこの語に新たな想念を盛りこんだのである。言い換えれば杜甫は「山河」、「山川」、「江山」の語のそれぞれについて、鋭敏に感じ取った微妙な差異を反映させていたといえよう。

注

(1)『校注唐詩解釈辞典』(大修館書店、一九八七)は、「語釈」で「「国家」の意とする説と「国都(長安)」の意とする説とがあるが、ここでは前者に従う。」と述べて〔諸説の異同〕で詳説する。

(2) 例えば鈴木虎雄『杜少陵詩集』(続国訳漢文大成、国民文庫刊行会、一九三一)は、「字解」には取り上げず、「詩意」では「山や河は依然として存在している。」という。

(3) 前述した『漢語大詞典』の「山河」の項には、①の用例として『史記』巻六五、孫子呉起列伝の一文を、『文心雕龍』神思から「或いは理は方寸に在りて、之を域表に求め、或いは義は咫尺に在りて、思は山河を隔つ。」の一文を引き、さらに「春望」の句を引き、「②指江山、国土。」として『世説新語』言語から「過江の諸人、美日に至る毎に、輒ち相い邀えて新亭に出、卉を藉きて飲宴す。周侯 中坐にして歎息して曰く、風景は殊ならざれども、正に自ずから山河の異なる有り、と)。」の一文を引く。

（4）謝霊運の山水観については、例えば小尾郊一『中国文学に現れた自然と自然観―中世文学を中心として―』（岩波書店、一九六二）に、謝霊運「遊名山志」の序を引き、「かくて彼の望む所は、清閑の地に別墅を営み、静かに山水の風光を楽しむことであり、彼の「宿心」でもあったのである。かく衣食名利の俗塵に対する卑下は、清く明るい自然の高揚となり、その自然を心の糧とするのが「賞心」であり、形をとって現れたのが、彼の麗しい山水の詩である。」と述べている。また安藤信廣「謝霊運の資性と文学」（『鎌田正博士八十寿記念漢文学論集』大修館書店、一九九一）は、小尾氏の所論にも触れつつ、「……彼が〈山水〉に求めたものは、外への不満の解消ではなく、根柢的には内面にわだかまる「褊激」なる資性からの自己開放――救済であった。」と指摘している。

（5）周采泉『杜集書録』（上海古籍出版社、一九八六）によれば、「洪」は『苦竹軒杜詩評律』六巻の著者、洪舫、原名は仲、字は方舟。『詳注』には六条が引かれる。

（6）一海知義「やさしい漢字」（「漢語の散歩道」日中友好新聞、二〇一二・四・二五付け）は杜甫「春望」の冒頭の句を取り上げて、「日本ではこれを「国破れて山河在り」と読む。わかりやすい句だと思い、辞書を引く人は稀だろう。しかし、やさしそうに見えるこの句について、次のような質問をされると、戸惑う人がすくなくない。」と述べて四点を指摘する。3には次のようにいう。

3、「山河」には、「江山」という似た意味の言葉がある。同じく唐代の詩人曹松（八三〇？〜

九〇一）の「己亥の歳」に、

沢国の江山　戦図に入る

杜甫はなぜ江山といわず、山河といっているのか。……。

（7）なお『詳注』は庾信の詩として、「暫遊江山趣（暫く遊ぶ江山の趣）」の句を引くが、これは何遜「暁望」（『梁詩』巻九）に「且望沿泝劇、暫有江山趣（且く沿泝の劇しきを望み、暫く江山の趣有り）」とあるのを引くのが適切であろう。ちなみに「中夜」では何遜の句を引いている。

（8）前掲注（2）鈴木虎雄『杜少陵詩集』の「字解」は「江山」について「蜀地をいふ。」という。

（9）例えば『新漢語林』（大修館書店、二〇〇四初版）は、「河」について、「……大きい川を「河」、小さい川を「川」と使いわける習慣がある。……なお中国の河川名は、長江より北はほとんどが「河」、長江より南は「江」と呼ばれている。」といい、『漢字源』（学研、改訂第四版、二〇〇七）では同じく、「①黄河のこと。②かわ。大きなかわや、水路。特に中国北部の川。南部の川は江という。」という。

（10）元・方回『文選顔鮑謝詩評』巻一に、杜甫の「遅日江山麗」の句は、謝霊運「従遊京口北固、応詔」（『文選』巻二二）の「遠巌映蘭薄、白日麗江皐（遠巌　蘭薄に映え、白日　江皐に麗し）」の句から発想を得たという指摘がある。もちろん杜甫は謝霊運の詩からも多くを学んでいたであろう。ただしこの場合、謝霊運の句では、麗しいのは白日であって、杜甫が江山が麗しいと詠ずるのとは異なる。

〔附記〕本論執筆後に某書店の近刊案内で、蕭馳「杜甫夔州詩作中的〝山河〟与〝山水〟」（『中華文史論叢』二〇一六年第一期（総第一二一期）、上海古籍出版社）が刊行されていることを知ったが、未入手であり、参照するには至らなかった。

Ⅱ　杜甫の詩と詩語

杜甫「旅夜書懐」の「星垂」はどのように読まれてきたか

はじめに

杜甫の「旅夜書懐」（『杜詩詳注』巻一四。以下、『詳注』）は『詳注』が引く黄鶴の注によれば、永泰元年（七六五）の五月に成都の浣花草堂を去り、渝州・忠州を目指して長江を下っていた途中の作とされる。ただし、大暦五年（七七〇）三月、衡州から潭州へと行こうとしていた時の作とする説もある。(1) 全篇を引いておこう。(2)

細草微風岸　　細草　微風の岸
危檣独夜舟　　危檣（きしょう）　独夜の舟
星垂平野闊　　星垂れて平野闊（ひろ）く
月湧大江流　　月湧きて大江流る

名豈文章著　　名は豈に文章もて著(あらわ)れんや
官応老病休　　官は応(まさ)に老病にて休(や)むべし
飄飄何所似　　飄飄　何の似たる所ぞ
天地一沙鷗　　天地の一沙鷗

この詩の頸聯、とりわけ第五句をどのように解釈するかについてはさまざまな発言がなされてきた。(3)しかし、頷聯、特に「星垂」という表現についても解釈が一致しているわけではない。本論においては「星垂」という表現を取り上げて考察する。なお、「星垂」は、例えば明・張綖撰『杜工部詩通』巻十二、『唐詩品彙』巻六十二などがそうであるように、「星随」に作る可能性がないわけではないが、本論では「星垂」として考える。

一　「星垂」の用例

まず第三句の出典について見ておこう。出典を示すほとんどの注釈書が第四句については謝朓「暫使下都、夜発新林至京邑、贈西府同僚」（『文選』巻二六）の「大江流日夜、客心悲未央（大江　日夜に流れ、客心　悲しみ未だ央(や)まず）」という句を引く。(4)『詳注』が『易』繋辞伝上の、「天　象を垂れて吉凶を見(あらわ)し、聖人　之に象(かたど)る。」という一節を引くのは唯一の例外である。『易』の「象」は日月星辰の象を指して言うのだから、これを星にあてて「星垂」と読めないことはない。「天　象を垂る」とは「天は旱や雨や彗星などの天象を降」すこと（本田済『易』、朝日新聞社、一九六六）だとも、「天は日月星辰の象を人間に垂れ示」すこと（鈴木由次郎『易経』、集英社、一九七四）だともいう。

ではこれら以外に杜甫の詩に先行する用例は求められないのであろうか。唐代以前の、類似した用例は史書に散見する。『宋書』巻二十九、符瑞志下に、沈演之が奏上した「嘉禾頌」が載せられ、〈其二〉に「巨星　采を垂れ、景雲　慶を立つ。」という一文が見える。また、『南斉書』巻一、高帝（蕭道成）本紀上に、劉宋・順帝（劉準）の斉公・蕭道成に対する「策」に「是を以て秬草は芳を郊園に騰げ、景星は暉きを清漢に垂る。」とある。「秬草」は、くろきび。「景星」は、瑞星と同じ。星が輝くことは瑞兆として描かれている。ただしこれらの例は、いずれも星が「采」、「暉」といった彩りや輝きを放っているのであって、星自体について「垂」と言ったものではない。

唐代に入っても「星垂」という用例は少ない。楊炯「唐贈荊州刺史成公神道碑」の「系」（『全唐文』巻一九四）には「列星　象を垂れて天光を炳かせ、白露　霜と為りて人裳を沾す」とある。これも『易』を踏まえた表現であって、六朝期の用例の延長上にある。

詩ではどうであろうか。銭起「奉和中書常舎人晩秋集賢院即事、寄徐・薛二侍御」（『全唐詩』巻二三八）の冒頭には次の句がある。

文星垂太虚　　文星　太虚に垂れ

辞伯綜群書　辞伯　群書を綜ぶ

詩題に見える常舎人は常袞のこと。徐・薛は徐浩と薛邕であって二人の文才を称える。「文星」は文昌星。文才を掌るとされる。また銭起の詩では乾元元年（七五八）の作である「過王舎人」（『全唐詩』巻二三八）にも「彩筆有新詠、文星垂太虚（彩筆　新詠有り、文星　太虚に垂る）」と、同じ句が見えている。王舎人は王維。これも王維の文才を讃えたものである。

大中八年（八五四）の進士、李頻（?～八七六）の五律「送友人往振武」（『全唐詩』巻五八七）は振武軍（内蒙古自治区）へと赴く友人を送る詩であり、頷聯は「磧夜星垂地、雲明火上楼（磧　夜にして星地に垂れ、雲　明らかにして火　楼に上る）」と詠じられる。第三句は、星が石礫砂漠の地表近くにまで輝いているように見えることを言うのであろう。

咸通四年（八六三）の進士、李昌符の五律「夜泊渭津」(5)（『全唐詩』巻六〇一）には「遠処星垂岸、中流月満船（遠処　星は岸に垂れ、中流　月は船に満つ）」とある。李昌符は杜甫よりものちの人だが、第三句の描写は「旅夜書懐」に近い。咸通十二年（八七一）の進士で、李昌符らとともに咸通十哲に数えられる許棠の五律「送従弟帰泉州」（『全唐詩』巻六〇三）の頸聯には「瘴雑春雲重、星垂夜海空（瘴雑りて春雲重く、星垂れて夜海空し）」とある。泉州（福建省泉州市）では星が夜空に懸かり、星空の下には大海が広がっているというのであろう。或いは李頻以後の用例は、杜甫の詩に触発されたものではなかっただろうか。

唐詩の用例はこれらに尽きると思われる。ただし賦に目を転ずると、田沈「明賦」(『文苑英華』巻二〇)に「衆星耀(かがや)きを穹昊(きゅうこう)に垂る」という句があり、何類瑜「徳星聚賦」(『文苑英華』巻一〇)に「星は天際に垂れ、彼の潁上に応ず」という句がある。田沈と何類瑜の事跡は一切不明である。これらの賦はいずれも実景を描写するものではないが、前者は多くの星が天空に煌めいていることを言うのであり、後者は星が天空の果てに輝いていることを言うのであろう。つまり、杜甫以前、さらには唐代の詩賦を見ても「星垂」という表現は極めて少ないことが確認される。

二 「星垂」の解釈

では、従来の注釈書は「星垂」をどのように説明し、解釈しているのであろうか。元・趙汸撰『杜律趙註』は「三・四は、夜景の遠くして大なる者を言う。」と述べる。両句が壮大な夜景を描写していると〔6〕いう指摘に異論を挟む余地はない。胡震亨(一五六九~一六四五)の『唐音癸籤』巻九の指摘は次の通りである。

「山は平野に随って闊く、江は大荒に入りて流る」は、太白の壮語なり、杜の「星垂れて平野闊く、月湧いて大江流る」は、骨力　之に過ぐ。

描写の力強さでは杜甫の詩の方が李白の五律「渡荊門送別」(『全唐詩』巻一七四)よりも勝るという

のである。

黄生（一六二二～一六九六？）の『杜詩説』巻五も李白の詩と比較しつつ、次のように言う。

姚崇に「草を聴いて遥かに岸を尋ぬ」の句有り[7]、起語は較渾て妙なり、此れ初・盛の句法の別なり。三・四の上二字は下三字に因る。李白に亦「山は平野に随って尽き、江は大荒に入りて流る」の句有り[8]、句法は略同じ。然るに彼は止だ江山を説き得たるのみ、此れは則ち「野闊し」・「星垂る」・「江流る」・「月湧く」にして、自ら是れ四事なり。

「旅夜書懐」は、李白の詩が二句に二件の要素を描写しているのみであるのに対して、杜甫の詩は二句に四件の要素を取りこんで夜景の壮大さを描写することに成功しているというのであろう。なお『詳注』は「上四は旅夜、下四は懐いを書す。……岸上に星垂れ、舟前に月湧く、両句　分承す。」とも言っているが、これらの注は「垂」について具体的に説明を加えることはない。ここで注意されるのは清・梁運昌（一七七一～一八二七）の『杜園説杜』巻十に見える説である。梁運昌は「星垂るの句は、声名　遠く被うに喩え、月湧くの句は、跡に従って漂流するに喩う。」と言う。「星垂」を「名垂」と類義であると考え、名声が遠方まで及んでいると考えたのであろう。この句を比喩と見なす説は他には見えない。ただし梁運昌の解釈は第四句との繋がりがはっきりしない。

我が国の注釈はどうであろうか。諸説を整理しながら詳細な解説を加えているのは『校注唐詩解釈辞典』（大修館書店、一九八七、以下『解釈辞典』。「旅夜書懐」の執筆は宇野直人）である。『解釈辞典』はまず「垂」の「語釈」において、「空漠たる平野をさえぎるものが何も無く、満天の星がかなたの地平線に垂れ下がっているように見える、というのであろう。」と言い、ついで「備考」の「頸聯の訓読について」では次のように述べている。

頸聯の訓読は、従来、次の三種がある。①「星は平野に垂れて闊く、月は大江に湧きて流る」、②「星は垂れて平野闊く、月は湧きて大江流る」、③「星は平野の闊きに垂れ、月は大江の流るるに湧く」。斎藤勇『杜甫』によれば、①は享保刊『唐詩選』や安永刊『唐詩集註』、②は万治刊『杜律集解』などに見える。同書ではさらに、①の読み方によれば「星が闊く、月が流れる」ことになって非論理的であり、②も、「星が垂れているから平野がひろく、月が湧いて出たから大江が流れている」ということになる、と述べて、③の読みを提唱している（二四八〜二五〇頁）。一方、宇野精一「月移花影上闌干」は、①は文法的には②③に比べて不明瞭だが、「その情景を思ひ浮べてみると、②③では単純で深みや動きがないのに反し、①ならば、星が地平線まで垂れ下がつてゐて、その大平原は見渡す限り広がつて居り、月は大江（揚子江）から湧き出したやうに上つて来、その大江は月の光を浮べて流れてゐる、といつた動きのある解釈となる」と述べて、①を支持する。内田泉之助『新選唐詩鑑賞』も、①の方が、「星や月を躍動させるとおもわれる」と述べている。ただし、①の読み方を取る場合でも、主述関係の捉え方に二説ある。「闊」の主語を「平野」、「流」の主語を「大江」とするもの（猪口篤志『評釈中国歴代名詩選』）、「闊」の主語を「星」、「流」の主語を「月」とするもの（大川忠三『唐詩三百首』）とである。本稿では〔語釈〕のように解釈した。

『解釈辞典』を含め、いずれの解釈においても「垂」を、垂れ下がっていると解する点では共通している。では『解釈辞典』が言及していない他の注釈書ではどうであろうか。

細貝香塘『杜詩鑑賞』（帝国教育会出版部、一九二九）は、「意訳」として、「窓を開いて遥か向ふを見渡せば、広闊（ひろびろ）として限り知れぬ処に、天上の星が燦爛（きらきら）と輝き、其れは平野の上に垂れかゝつて居るかとばかり思はれ、……。」と言う。いったん「星が燦爛と輝き」と訳しているところが注意されよう。鈴木虎雄『杜少陵詩集』（続国訳漢文大成、国民文庫刊行会、一九三一）は、「詩意」において、「ずつとひろがつた野はらに星の光は垂れさがつてをり、……。」と述べる。黒川洋一『杜甫』（岩波中国詩人選集九、一九五七）は、「星空が地に垂れるあたりまで平野はうちひろがっており、……。」と訳す。同じ著者の『杜甫』（岩波文庫、一九九一）の訳でも変更はない。前野直彬『唐詩選』（岩波文庫、一九六二）は、「星垂」の句について、「この一句には、前に出した読みかた〔筆者注＝星垂れて平野闊く、月湧いて大江流る〕のほかに、『星は平野に垂れて闊く』『星は平野の闊きに垂れ』という二通りの読みかたがある。いずれにしても、広大な平野の周囲を、星座のカーテンをおろしたように夜空が覆っていることをいう。」と説明し、「垂れさがる星空に覆われて、はてもなくひろがる平野。」と訳している。目加田誠『唐詩選』（明治書院、一九六四）は、「星垂れて平野闊く、月湧いて大江流る」と読んで、「星は空いちめん平野の端まで垂れてまたたき、平野ははてもなく広がっている。」と訳し、「垂平野」の「語釈」では、「地平線の際まで、無数に星が出ている様子をいったもの。」と言い、さらに「余説」で、次のように言う。

……この句の意味は、しいていえば、星は平野に垂れている、その平野は限りなくひろい。月は大江に湧き、その大江は流れている、ということになる。且つ星が垂れるといえば、空もひろく、平野もひろいことがあらわされ、月が湧くといえば、月光が流れにゆらめき、流れは月光をゆらめかせて、大きくうねって流れてゆく光景が思われよう。

同じ目加田誠『杜甫』（集英社、一九六五）では、「星は地に低く垂れてまたたき、その下に平野ははてもなく広がり、……。」と訳している。

高木正一『唐詩選』（朝日新聞社、一九六六）には、「またたく星が地に垂れさがるあたりまで、ひろびろとした原野がうちひろがり、……。」とある。また同じ著者の『杜甫』（中公新書、一九六九）では、「無数の星くずのチカチカとまたたく夜空が、はるかかなた地平に垂れるあたりにまで、はてしもない平野はくろぐろとうちひろがり、……。」と言っていて、「夜空」が「地平に垂れる」という解釈が特異である。福原龍蔵『杜甫』（講談社現代新書二一二、一九六九）の「通釈」は、「（大空を見上げると）無数の星が、広々とした平野の全面に落ちかかるようにきらめいており、……。」となっており、「無数の星が」「落ちかかる」としている点が注意される。田中克己・小野忍・小山正孝編訳『唐代詩集』（平凡社、一九六九）は、「ひろびろとした野原の上に星はたれ下がるように光っている」と訳す。鈴木修次『漢詩』（学燈文庫、一九七八）は、「星垂平野闊」の句の「語釈」で、「星はその輝きを平野に垂らし、そして平野は限りなく広いという意味のことを圧縮していったもの。」と説明し、「星はその光を地に垂れつつ、平野は一面に広がり、……。」と「通釈」する。森野繁夫『杜甫』（集英社、一九八二）は、「満天の星は地平にまで垂れてまたたき、その下に平野がどこまでも広がっている。」と訳す。松枝茂夫編『中国名詩選』（岩波文庫、一九八四）の訳は、「星くずはひろい平野の上にこぼれ落ちてきそうだ。」というものである。「垂」を「こぼれ落ち」るとする点に工夫が見られよう。鈴木修次編『漢詩漢文名言辞典』（東京書籍、一九八五。「旅夜書懐」の執筆は松本肇）の「解釈」は、「ホシは夜空からの光の滴を滴らせて、平野ははるかかなたまで広がり、……。」と述べ、「解説」では、「『星垂』とは、星が平野を照らすこと。平野が広く何もさえぎるものがないために、星が夜空から光のカーテンを下ろしたように見えるのをいう。」と述べる。「星垂」を「星が平野を照らすこと」と、簡明に説明する点は他には見られない。

松原朗「杜甫『旅夜書懐』詩の制作時期について」（『中国文学研究』一六、一九九〇）は、「星は天球の回転に随って西へと傾き、地平線に落ちかかる。そして星々を受けとめるのは、天と地が接する地平線に向かってどこまでもはてしなく広がる平野である。」と述べる。「天球の回転」に着目した指摘はこれも他には見られない。

松浦友久『中国名詩集』（朝日文庫、一九九二）は、「無数の星は、平野いちめんに降るように広がり、……。」と訳している。ここでは「垂」を「いちめんに降る」と解していることが注意される。

加藤国安「杜甫の風の象徴詩―『旅夜書懐』論」(「愛媛国文と教育」二八、一九九五)は「微風」との関係に注目しながら、「天上の星は永遠の瞬きを大地に放ち、……。」と言い、さらに「帆檣の遥か頭上には、星がさかしまに懸かり『微風』に瞬く。」とも述べている。

宇野直人・江原正士『杜甫』(平凡社、二〇〇九)は本文を「星は平野に垂れて闊く、月は大江に湧いて流る」と読んだ上で「三・四句は遠景、目の前に広がる大きな夜景を描きます。まず夜空に満天の星。『星は地上の野原に降り注ぐようにたくさん輝いていて』。星降る夜空とよく言いますが、ああいう感じでしょうか。」と説明している。また興膳宏『杜甫』(岩波書店、二〇〇九)は、『星空が裳裾を垂れる彼方まで平野は広がり、……。」と訳し、「『星垂れて平野闊し』は、満天の星空が遥かな地平線の彼方にまで垂れている状態であるとともに、星空の下にある平野が限りなく広がってゆく状態でもある。」と解説している。

まだまだ検討すべき資料はあろうが、多くの論者が「垂」を「低く垂れて」、「垂れさがる」、「輝きを垂らし」、「裳裾を垂れる……」などと訳していることがわかる。「落ちかかる」、「こぼれ落ちてきそうだ」「降るように広がり、……。」というのも、方向性としては変わらない。しかし、ここに挙げた中では、加藤国安論文が「懸かり」と言って、「垂れる」「降る」などとは解していないことが注意されよう。

三　中国における近年の解釈

中国における近年の注釈書類はどうであろうか。管見に入ったものをいくつか挙げてみよう。蕭滌非『杜甫研究』（山東人民出版社、一九五七）は、「因平野闊、故見星点遥挂如垂、……。」と言う。平野が広いので、星が（天空に）かかっている様子は垂れ下がっているようだというのである。金啓華・陳美林『杜甫詩選析』（江蘇人民出版社、一九八一）は、「星垂句、因平野広闊、星辰好似垂挂下来。」と述べ、「三・四両句写岸上星垂、舟前月涌、分承前両句。近看岸辺微風吹動細草、遠望平野夜幕遥挂辰星、這都是岸上的景色、……。」と説明する。夜のとばりが降りる中、遥かに星がかかっている、というのであろう。

夏松凉『杜詩鑒賞』（遼寧教育出版社、一九八六）の「注釈」は、「遠処天辺的星斗若与地平線相接、故曰『星垂』。」と述べ、「詩人倚着船窗向遠処凝神眺望、原野平闊、一直伸向遠処、与天際相連、天似穹廬、籠罩四野、群星点点、遥挂欲垂、……。」と説明する。遠い天空に出ている星が地平線と接するように見えることを「星垂」と言ったと解し、多くの星が空にかかって垂れそうだと言っているのと見なすのである。陶道恕主編『杜甫詩歌賞析集』（巴蜀書社、一九九三。「旅夜書懐」の項の執筆者は李華）は、「再看三・四句、説是遠望天辺、星点低垂、襯出平野的遼闊曠遠。」と言う。これも星が低く垂れると解している。韓成武・張志民『杜甫詩全釈』（河北人民出版社、一九九七）は、「星児垂挂在遠天、顕出平野的遼闊。」と訳す。星が遠い空に垂れてかかっているというのである。王朝謙・林恵君主編『巴蜀古詩選解』（四川大学出版社、一九九八。「旅夜書懐」の執筆は程俊）の「注釈」は、「垂、低垂。平闊的原野在天幕覆蓋下、四辺的星宿好像嵌在天空和地面相聯接処、故曰『垂』」。と説明する。周囲の天空にはめこまれたような星座が地面と接しそうに見えている状態を「垂」と言うと捉えるのである。葛暁音『杜甫詩選評』（上海古籍出版社、二〇〇二）は「星空低垂、平野広闊無際、……。」と言う。星空が低く垂れていると解するのである。趙国華主編『挿図本杜甫詩集』（万巻出版公司、二〇〇八）は、「這両句写景非常闊大雄壮、……。因平野開闊、因此能看見星点遥挂如垂、……。」と言っていて、蕭滌非の説明と変わらない。

近年の中国の注釈では、解釈に多少の幅はあっても、単に「垂れる」のではなく、ほぼ共通して、「挂（掛）」、つまり天空にかかっていることが前提となって解釈されていると言えるであろう。

四　杜甫の詩と「垂」

では、杜甫の詩において「垂」はどのように用いられているのであろうか。この点について確認しておきたい。

まず「〇垂」の例を見よう。「陪鄭広文遊何将軍山林、十首」〈其五〉（『詳注』巻二）に「緑垂風折笋、紅綻雨肥梅（緑は垂る風に折るる笋、紅は綻ぶ雨に肥ゆる梅）」の句が見える。生長した緑のタケノコが風に折られて垂れ下がるのである。「名垂」も「酔時歌」（『詳注』巻三）に、「徳尊一代常坎軻、名垂万古知何用（徳は一代に尊きも常に坎軻たり、名は万古に垂るるも何の用なるかを知らんや）」と見える。この「垂」は、後世に広く伝わる、の意味である。「名垂」は、「奉送魏六丈佑少府之交広」（『詳注』巻二三）にも見える。杜甫は「雨過蘇端」（『詳注』巻四）で、「況蒙霈沢垂、糧粒或自保（況んや霈沢の垂るるを蒙り、糧粒　或いは自ら保たんをや）」とも言う。「垂」はここでは、ほどこし与えること。「紫宸殿退朝、口号」（『詳注』巻六）には、「戸外昭容紫袖垂、双瞻御座引朝儀（戸外の昭容　紫袖垂る、御座を双瞻して朝儀を引く）」という用例が見える。「戸外」の句は、女官の昭容が紫色の長い袖を垂らしながら朝臣を殿内へ先導することを言う。「雷雨垂」は、韋偃の描いた二本の古松の図を見て書かれた「戯為韋偃双松図歌」（『詳注』巻九）に見える。

白摧朽骨竜虎死　　白きは朽骨摧けて竜虎死し
黒入太陰雷雨垂　　黒きは太陰に入りて雷雨垂る

この二句は前掲『杜甫詩全釈』では、風化して損なわれた松の幹は竜と虎の白骨のようであり、薄暗く茂った葉は低く垂れこめた雷を伴う雨のようである、と解している。(9)

「翅垂」という言い方も「後苦寒行、二首」〈其二〉（『詳注』巻二一）に「玄猿口噤不能嘯、白鵠翅垂眼流血（玄猿　口噤みて嘯くこと能わず、白鵠　翅垂れて眼　血を流す）」と見えるほか、「朱鳳行」（『詳注』巻二三）、「贈崔十三評事公輔」（『詳注』巻一五）にも類似した例が見える。「後苦寒行、二首」〈其一〉では厳しい寒気のために白いおおとりが凍えて翼をすぼめていることを、「朱鳳行」では朱い羽の鳳凰が疲れ果てて力なく翼を垂れ、口を閉ざしていることを自身に喩えている。つまり「翅垂」とは、疲労困憊していることを比喩的に述べたものである。「垂○」という形をとった場合はどうか。杜甫の詩には「垂鞭」「垂翅」「垂翮」「垂鬢」「垂白」「垂素」「垂血」「垂頭」「垂綸」「垂蘿」などの語が見えているが、「垂」の対象となっているのはムチや翼、頭髪や釣り糸、蔦葛などであって天体ではない(10)。天体と関わってはわずかに「素月垂秋練」、「垂光」という表現が用いられる。前者は「冬末以事之東都、湖城東、遇孟雲卿、復帰劉顥宅宿、宴飲散、因為酔歌」(『詳注』巻六)に見えている。

照室紅炉簇曙花　　室を照らす紅炉は曙花を簇(むら)がらせ
縈窗素月垂秋練　　窗(まど)を縈(めぐ)る素月は秋練を垂る

これは沈約「八詠詩、登台望秋月」(『全梁詩』巻七)の冒頭の句、「望秋月、秋月光如練(秋月を望めば、秋月　光は練(ねりぎぬ)の如し)」を踏まえたものであろう。杜甫の詩では、皎皎と照る月光が差しこむさまは、練り絹のとばりを垂らしたようであると言っているのであって、月自体について「垂」と述べているわけではない。「垂光」は「冬到金華山観、得故拾遺陳公学堂遺跡」(『詳注』巻一一)にある。

上有蔚藍天　　上に蔚藍(うつらん)の天有り
垂光抱瓊台　　光を垂れて瓊台(けいだい)を抱く

この詩は、金華山（四川省射洪県）にあった陳子昂の読書台の遺跡を訪ねた時の作である。金華山の上に広がる濃い藍色の天から道観を包みこむように光が射しているのである。この詩の「垂」の主語が天から射しこむ光であることは明らかである。

五　杜甫の詩と天体

では杜甫の詩において月や星、銀河といった天体はどのように描写されているのであろうか。いくつかの例を見てみよう。

「時に瘧病を患う」という原注のある「寄岳州賈司馬六丈巴州厳八使君両閣老、五十韻」（『詳注』巻八）には次の句がある。

長沙才子遠　　長沙　才子遠く
釣瀨客星懸　　釣瀨（ちょうらい）　客星懸かる

「釣瀨」の句は後漢の厳光が厳陵瀨（げんりょうらい）で釣りをした故事に借りて、厳武が巴州刺史に左遷されていることを言う。杜甫の詩にはこの詩のように、「星が（天空に）懸かる」という表現があることは記憶されてよいのではなかろうか。「中宵」（『詳注』巻一七）では次のように言う。

飛星過水白　　飛星過ぎて水白く
落月動沙虚　　落月動きて沙虚し

『詳注』はこの二句について、「飛星　水を過ぎて白しは、下半は上に因る。落月　沙虚に動くは、上半は下に因る。一は迅疾の中に就きて象を取り、一は恍惚の中より神を描く。」と言う。流星が水面に一筋の白い痕跡を残して一瞬のうちに消え、落ちかかる月の光は砂浜にぼんやりと残っているかのようだ、というのであろう。「不寐」（『詳注』巻一七）には次の句がある。

翳翳月沈霧　　翳翳(えいえい)として月は霧に沈み
輝輝星近楼　　輝輝として星は楼に近し

星の光が楼のすぐ近くに輝いて見えるのである。「草閣」（『詳注』巻一七）では月と星の光が秋の山を照らすことを言う。

魚竜迴夜水　　魚竜　夜水に迴(めぐ)り
星月動秋山　　星月　秋山に動く

「季秋、蘇五弟纓江楼夜宴崔十二評事韋少府姪、三首」〈其一〉（『詳注』巻二〇）には次の描写がある。

星落黄姑渚　星は落つ黄姑の渚
秋辞白帝城　秋は辞す白帝城

『杜臆』巻九は、「黄姑の渚は、即ち天河、季秋昏定にして天河已に落つれば、則ち星も之と倶に落つ。」と言い、『詳注』は、「夜将に尽きんとす、故に星落つ。」と言う。『杜臆』は昏定（夕暮れ時）というが、『詳注』に言うように、明け方近くなって天の川が沈んで行くとともに星も落ちるように姿を消して行くということになろう。杜甫は天の川については、「酬孟雲卿」（『詳注』巻六）、「天河」（『詳注』巻七）、「月、三首」〈其二〉（『詳注』巻一八）でも「落」字を用いて詠じている。七律「夜帰」（『詳注』巻二一）には、「傍見北斗向江低、仰看明星当空大（傍らに見る北斗の江に向かって低るるを、仰いで看る明星の空に当たりて大なるを）」と言う。杜甫はここでは北斗七星について「低」という動詞を用いている。むろん北斗七星は七個の星からなっているのであり、いわば帯状の天体について杜甫は「低る」と言っているのである。また五律「不離西閣、二首」〈其二〉（『詳注』巻一八）では、西閣が景勝の地にあることを、「滄海先迎日、銀河倒列星（滄海　先ず日を迎え、銀河　倒に星を列ぬ）」と詠ずる。

この項の最後に、杜甫が天体に言及する際に、「懸」と「掛」を用いた例を示しておきたい。五律「一室」（『詳注』巻一〇）の首聯では、ひと気のない林の上に夕陽が懸かることを詠じて次のように言う。

一室他郷遠　　一室　他郷に遠し
空林暮景懸　　空林　暮景懸かる

五律「月円」（『詳注』巻一七）では、夔州の空高く懸かっている満月が明るいので、星宿の姿がほとんど見えないことを次のように描写する。

未缺空山静　　未だ缺けず空山静かに
高懸列宿稀　　高く懸かって列宿稀なり

七律「夜」（『詳注』巻一七）には新月が詠じられる。

疎燈自照孤帆宿　　疎燈　自ら照らして孤帆宿し
新月猶懸双杵鳴　　新月　猶お懸かって双杵鳴る

夔州の西閣から眺めた晩秋の夜景であり、まだ新月が懸かっていて、冬支度をする搗衣の音が聞こえてくるのである。[11]

「東屯月夜」（全一六句。『詳注』巻二〇）の第七句・八句には「月掛」という表現がある。

泥留虎闘跡　　泥には留む虎闘の跡
月掛客愁村　　月は掛かる客愁の村

「月掛」の句は、『詳注』が指摘するとおり、呉均「詠懐詩、二首」〈其二〉(『梁詩』巻一一)の「懸風白雲上、挂月青山下(風を懸く白雲の上、月を挂く青山の下)」という句を踏まえるものであろう。ただし、呉均の句は、後漢の趙壹や司馬相如が低い地位に甘んじていたように、賢人が下位に沈んでいることに喩えたものである。

おわりに

『漢語大詞典』(上海辞書出版社、一九八六)の「垂」の条に着目したい。『漢語大詞典』は「垂」を十二項目に分け、①を「挂下、懸挂。」とする。「掛ける」「掲げる」、もしくは「ぶら下げる」と解しているのである。つまり、空中、地表などから離れてとどまる、と見なすのである。ここには三点の用例が引かれる。まず引かれるのは『詩経』小雅・都人士の一節「彼都人士、垂帯而厲(彼の都人士、帯を垂れて厲たり)」であって、都から来た紳士が大帯を締めており、長い飾りの帯の先が腰にかかって垂れさがっているのである。まさしく帯状のものが垂れているのである。次に引かれるのは、「為焦仲卿妻作」(『玉台新詠』巻一)の句、「紅羅複斗帳、四角垂香嚢(紅羅の複斗帳、四角 香嚢を垂る)」である。焦仲卿の妻が嫁入りに際して持参した、紅の二重になった薄絹で作られた、寝台を覆うとばりの四隅には匂い袋がかけられるようになっていた。第三の用例として引かれるのが杜甫「旅夜書懐」である。

さらに付け加えると、孫寿瑋編『唐詩字詞大辞典』（華齢出版社、一九九三）の「垂」の項目も注意される。ここでは⑤を「好像挂在天辺。」、つまり、まるで空の果てにかかっているようであるの意として、杜甫「旅夜書懐」を引いている。これらの辞書がいずれも「垂」を、「かかる」と解していることは見識を示したものである。

「旅夜書懐」の「垂」について、中国においても、これに懸かるの意があることを認識しながら、「挂如垂」「遥挂欲垂」などと言って、垂れ下がるという原義から離れない解釈が多い。とりわけ我が国においては、松原朗論文と加藤国安論文を除くと、ほとんどの場合、訓読としての「たれる」という読みに拘束され過ぎているのではないだろうか。「たれる」とすると「重みで下にだらりとさがる。先端がさがった状態になる。」（『広辞苑』第六版）という意味がまず浮かぶであろう。確かに訓読の制約はあるのだが、星自体が垂れ下がることはあり得ないのは自明の事柄なので、そこからさまざまに工夫を凝らした解釈・現代語訳が生じてきた。本来、「星垂」は、星が天空に懸かっている、或いは星が平野を覆っていると解して差し支えないのである。このように解したとしても、「旅夜書懐」に描写される、夜空に懸かっている無数の星が平野を覆うように輝く広大な天と、月を浮かべて流れ行く長江を見つめる杜甫の寂寞感は何ら減殺されることはないのだから。

注

（1）『草堂詩箋』巻三九、『王状元集百家注編年杜陵詩史』巻三一、『杜工部詩范徳機批選』巻一も同じ。た

だし近年では、馮建国「杜甫『旅夜書懐』詩的写作地点和時間」(『杜甫研究学刊』一九八八年第四期)が、大暦三年(七六八)の春、湖北荊門一帯で書かれたと結論づけており、陶道恕主編『杜甫詩歌賞析集』(巴蜀書社、一九九三。「旅夜書懐」の項の執筆者は李華)も大暦三年二月、夔州から湖北に出たあと、宜昌附近で作られたと指摘している。なお制作時期の諸説については馮建国の説を含めて、李殿元・李紹先「関于『旅夜書懐』的系年問題」(『杜甫懸案掲秘』四川大学出版社、一九九六所収)に簡潔に整理されている。なお我が国においても松原朗「杜甫「旅夜書懐」詩の制作時期について」(『中国文学研究』一六期、一九九〇)があり、三峡を出て江陵へと下る時の作であることが明らかにされ、古川末喜『杜甫の詩と生活―現代訓読文で読む―』(知泉書館、二〇一四)が「江陵」の項で松原説を補強し、大暦三年(七六八)七月十五日、松滋から江陵に到る間の作としている。なお古川氏は「星垂……」の句を、「星はひくく/ちに垂れて/平(ひら)たき野はらは/闊(ひろ)びろと」と訳している。

(2) 書き下し文は松浦友久編『校注唐詩解釈辞典』(大修館書店、一九八七。「旅夜書懐」の担当は宇野直人)によった。

(3) 前掲『校注唐詩解釈辞典』に詳しい。

(4) 『集千家註分類杜工部詩』巻三、『分門集註杜工部詩』巻一三などは、誤って王粲の詩として引く。

(5) 『全唐詩』巻二九〇は楊凝の作とし、『全唐詩重出誤収考』(陝西人民教育出版社、一九九六)は、李昌符の作とする。

(6) 「夜景」には、「月光」、「夜の景色」という意味がある。ここは後者に解してよい。

(7) 姚崇(六五一~七二一)の五律「夜渡江」(『全唐詩』巻六四)に、「草を聴いて遥かに岸を尋ね、香りを聞(か)ぎて暗(ひそ)かに蓮を識る」とある。

（8）前出、李白「渡荊門送別」の頷聯。

（9）原文は、「剝蝕的樹幹好像竜虎的白骨、陰森的樹葉好像低垂的雷雨。」

（10）このほかに「垂死」「垂老」「垂千年」「垂無窮」などの形をとることもある。ただしこれらは、なんなんとする、後世まで伝わるといった意味で用いられる。

（11）『詳注』は黄生『杜詩説』巻八が、「懸」は「杵声」に属すると言っているのを否定して、「懸は、月を指す、『易』の象を懸くること著明なりに本づく、杵声の空しく懸かるを謂うに非ざるなり。」と述べる。これに従った。

〔付記〕本稿を草するに際しては、浅川貴之「『旅夜書懐』詩考—頷聯の解釈をめぐって」（盛岡大学日本文学会「日本文学誌」一六、二〇〇四）に諸説が紹介されていて参考になった。

「牛炙・牛肉」についての覚書—杜甫「聶耒陽詩」—

はじめに

杜甫は最晩年の大暦五年（七七〇）の夏、郴州（湖南省郴州市）の刺史代理をしていた舅の崔偉を頼って衡州（湖南省衡陽市）から湘水の支流、耒水を溯った。[1] ところが耒陽の手前の方田駅に至った時に大水に遭って進めなくなった。窮地に陥った杜甫を救ったのが耒陽の県令、聶某であり、この時に書かれたのが二十六句からなる「聶耒陽以僕阻水、書致酒肉、療饑荒江、詩得代懐、興尽本韻、至県、呈聶令、陸路去方田駅四十里、舟行一日、時属江漲泊於方田」（聶耒陽 僕の水に阻まるるを以て、書もて酒肉を致し、饑えを荒江に療さしむ、詩は懐いに代うるを得、興は本韻に尽く、県に至り、聶令に呈す、陸路 方田駅を去ること四十里、舟行すれば一日なり、時に江の漲るに属し、方田に泊す。『杜詩詳注』巻二三。以下、この詩題を「聶耒陽詩」と略し、『杜詩詳注』を『詳注』と略す）である。『詳注』は詩題について『元和郡県志』などを引いて地理的な説明を加えるのみであるが、浦起竜『読杜心解』巻一之六の説明は詳細である。

公の此の行は、郴に往きて舅氏の崔偉に依らんとするが為なり。衡より郴に如くに、必ず耒陽の方田を経るに、水に阻まるるに縁りて遽かに郴の境に達するを得ず、暫く此に泊す、聶令之を聞き、書を致し食を餽る、当時の情事　按ず可し、公　耒陽に久しくする者に非ず、亦聶令と旧有る者に非ず、但だ詩題・詩義を審らかにすれば、自然に了了たり。『新・旧書』に、以て先に曾て耒陽に寓すと為すは、非なり。題に又県に至ると云えば、則ち是れ餽を受け詩を成せし後、仍ち岸に登り県に至って呈謝す、『新・旧書』に　炙　を啖い酒に酔い、一昔にして卒すと謂うは、亦非なり。

浦起竜は、杜甫が大水に阻まれて進退窮まっていることを知った県令の聶某はまず書簡を付して酒と肉を杜甫のもとに届けさせ、杜甫は返礼のために詩を用意し、陸路耒陽に向かって県令に呈したと見なすのである。ところが杜甫の死を記録する諸書においてはこのように考えないものもある。鄭処晦『明皇雑録補遺』(2)を見よう。

杜甫は後に湘潭の間に漂寓し、衡州耒陽県に旅し、頗る令長の厭う所と為る。甫　詩を宰に投じ、宰　遂に牛炙・白酒を致して以て遺り、甫　飲むこと過多にして、一夕にして卒す。集中に猶お聶耒陽に贈る詩有り。

『明皇雑録補遺』では既に杜甫が先に詩を県令に投じたのでこれに応えて県令が「牛炙・白酒」を届け、杜甫がこれを大量に飲食して一晩のうちに死亡したとされていて、「聶耒陽詩」の詩題とは大きな齟齬がある。さらに『明皇雑録補遺』のこの記述が元となって新・旧『唐書』の「杜甫伝」の最晩年の部分が書かれたことも周知のことに属する。『旧唐書』巻百九十下、杜甫伝はこの間の事を次のように言う。

　永泰二年（七六六）、牛肉・白酒を啗い、一夕にして耒陽に卒す、時に年五十九。

『新唐書』巻二百一、「杜甫伝」の記載はこれよりもやや詳しい。

　……因りて耒陽に客たらんとして、岳祠に游ぶに、大水遽かに至り、旬に渉りて食を得ず。県令舟を具えて之を迎え、乃ち還ることを得たり。令嘗て牛炙・白酒を饋るに、大酔して一昔にして卒す。年五十九。

杜甫が耒陽で死亡したか否かについては早くからさまざまな議論があり、拙稿でも論じたことがある。(3) 従ってここでは耒陽死亡説の検討には踏みこまない。本論の目的は、杜甫の詩題では単に「酒肉」となっていたものが、なぜ『明皇雑録補遺』と『新唐書』では「牛炙・白酒」に、『旧唐書』では「牛肉・白酒」に置き換えられたのかについて考えることにある。これらを大量に摂取したことが死因に結びついたとする説がある以上、これは避けて通ることのできない問題であろう。そこで、

「牛炙」と「牛肉」の語に着目して考察を加えてみたい。

一

「聶耒陽詩」の詩題にある「書もて酒肉を致す」に対応する句は次のように詠じられる。

15礼過宰肥羊　礼は肥羊を宰むるに過ぎたり
16愁当置清醥　愁えては当に清醥を置くべし

第十五句について『詳注』は「羊を宰むるに過ぐは、則ち旧伝に牛肉・白酒を致すは是と為すを知れり。」と述べ、曹植「箜篌引」(『文選』巻二七)から「中厨弁豊膳、烹羊宰肥牛(中厨　豊膳を弁え、羊を烹　肥牛を宰む)」の句を引いている。

『詳注』は『旧唐書』において、聶県令が「牛肉・白酒」を届けたと伝えられていることについて、この語が杜甫の詩の第十五句に基づいていることを認めているのである。しかも『詳注』は曹植「箜篌引」を引いているから、杜甫が感謝の思いを誇張した語であるとしても、羊肉と牛肉は豪華な食事であると考えたのであろう。

それでは牛炙と牛肉の語はどのように用いられてきたのであろうか。

牛炙は早くは、『礼記』内則に「膳は、膷・臐・膮・醢・牛炙、……あり。酒は、清・白あり。」と見えており、ここには白酒も登場している。牛炙はあぶった牛肉、白は白酒、濁り酒をいう。『礼記』内則は、大夫の飲食について述べている。古代において牛炙は士以上の身分の者の食卓に上る料理であったことになる。

ただし牛炙の語は唐代以前の詩、及び唐詩には見えない。ただ『全唐詩』巻八百七十（『万首唐人絶句』巻五五）には、李日新の「題仙娥駅」と題する七絶があり、「牛肉炙」の語が見える。

商山食店大悠悠　　商山の食店　大いに悠悠
陳鶡餢餬古䬽頭　　陳鶡の餢餬　古䬽頭
更有台中牛肉炙　　更に台中の牛肉炙（ぎゅうにくしゃ）有りて
尚盤数臠紫光毬　　盤に尚（たか）くす数臠（すうれん）の紫光毬（しこうきゅう）

僊娥（せんが）駅は商州（陝西省商州市）の西にあった駅亭。『万首唐人絶句』巻五十五は、転・結句を「更有寿終牛肉炙、当盤数臠紫光毬（更に寿終の牛肉炙有り、盤に当たる数臠の紫光毬）」に作る。臠は、肉の切り身。この詩は僖宗（在位八七三〜八八八）の時の人とされる范攄（はんちょ）の『雲溪友議』巻下「雑嘲戯」に見えており、為政者の奢侈を諷刺したものである。

牛肉に関してはどうであろうか。これも用例は少ない。元稹の「田家詞」（『全唐詩』巻四一八）には、

一日官軍収海服　　一日　官軍　海服を収め

駆牛駕車食牛肉　　牛を駆りて車に駕し牛肉を食らう

とある。戦乱に苦しむ農民の疲弊した姿を詠じた詩であり、農民の貴重な労働力である牛すらも軍隊に徴発されて食料にされてしまうことを述べる。

次に牛酒の語について見ておこう。この語は『史記』に見えるものが早い用例であろう。『史記』巻十、孝文本紀には、文帝・劉恒（在位前一八〇～前一五七）の即位に際して恩赦が行われたことを、「民に爵一級、女子に百戸ごとに牛酒を賜う。酺（さかもり）すること五日。」と述べる。「集解」に「蘇林曰く」として、「男には爵を賜い、女子には牛酒を賜う。」とあるように、女子には百戸ごとに牛一頭と酒十石が下賜されたのである。また、『史記』巻十二、孝武本紀には、「士大夫と更始するを嘉（よみ）し、民百戸ごとに牛一酒十石を賜い、年八十の孤寡に布帛（ふはく）二匹を加う。」という記録もある。元封四年（前一一〇）に武帝が泰山で封禅を行った後に、新政が始まったことを祝って百戸ごとに食用の牛一頭と酒十石を下賜したものであり、同様の記事は『史記』巻二十八、封禅書にも見えている。また、『戦国策（姚本）』斉策六には、「〔斉襄王〕乃ち単に牛酒を賜い、其の行いを嘉す。」とある。襄王が宰相の田単の善政を評価して牛酒を賜ったのである。次に沈約「斉故安陸昭王碑」（『文選』巻五九）を見よう。

威令は塗（みち）に首（したが）い、仁風は路に載（み）ち、軌躅（きちょく）は清晏にして、車徒は擾（みだ）れず。牛酒は日に至り、壺（こ）漿（しょう）は陌（みち）に塞（ふさが）る。

雍州（湖北省襄樊市）の刺史となった蕭緬が軍を進めたところ、これを歓迎して行く先々で毎日、牛肉や酒が届けられたというのである。牛酒の語について、李善注は『漢書』巻三十四、韓信伝から、「甲を按じて兵を休むるに如かず、百里の内、牛酒　日に至り、以て士大夫を饗せん。」という一節を引いている。広武君が、燕と斉を討とうとする韓信の問いに答えた部分である。いったん軍を休息させ、牛肉や酒が届くのを待ち、士大夫に饗応してから討伐に向かった方が上策だというのである。

前述したように『全唐詩』には杜詩の用例も含めて四例がある。

張九齢（六七三〜七四〇）の「奉和聖製幸晋陽宮」（『全唐詩』巻四七）には、「戸蒙枌楡復、邑争牛酒歓（戸は蒙る枌楡の復するを、邑は争う牛酒の歓びを）」の句がある。開元十一年（七二三）の春、玄宗が太原（山西省太原市）にある晋陽宮に行幸した時に扈従して奉和した作であり、周辺の集落では賦役が免除され、牛肉や酒を賜ったことを言う。熊飛『張九齢集校注』（中華書局、二〇〇八）は、「牛酒の歓び」に、「殺牛食肉飲酒之歓。」という注を加えている。

李嶠（六四五〜七一四）(4)の「汾陰行」（『全唐詩』巻五七）はどうであろうか。

家家復除戸牛酒　　家家　復除せらる戸ごとの牛酒

声名動天楽無有　　声名　天を動かして楽有ること無し

「家家」の句は、沈徳潜『唐詩別裁集』巻五の題下注に「漢の武帝　祠官・寛舒の議に従い、后土を汾陰に祀る。」と述べているように、天子が汾陰（山西省万栄県）で后土を祀り、近隣の租税を免除し、牛肉と酒を分け与えたことをいう。
李頎（りき）「欲之新郷、答崔顥・綦毋潜」（『全唐詩』巻一三三）にもこの語がある。

自知寂寞無去思　　自ら知る寂寞として去思無きを
敢望県人致牛酒　　敢て県人の牛酒を致すを望まんや

この詩は劉宝和『李頎詩評注』（山西教育出版社、一九九〇）によれば、開元二十三年（七三五）冬、洛陽での作であり、牛酒の出典として、『晋書』巻九十八、桓温伝から、「温　進んで覇上に至る、……居人　皆な安堵して業に復し、牛酒を持ちて温を路に迎うる者は十に八九、……。」という一節を引いている。一句は友人と別れて任地の新郷（河南省新郷市）へ向かったとしても、「牛酒」を用意して大歓迎されることなどあるまい、というのであろう。

杜甫の一例は「八哀詩・贈左僕射鄭国公厳公武」（『詳注』巻一六）に見える。

西郊牛酒再　　西郊に牛酒再びし
原廟丹青明　　原廟に丹青明らかなり

『詳注』は、「牛酒は、官軍を迎う。」と述べ、『史記』巻九十二、淮陰侯列伝から、次の一節を引いている。

広武君　対えて曰く、方今　将軍の為に計るに、甲を案じ兵を休むるに如くは莫し。趙を鎮め其の孤を撫すれば、百里の内、牛酒　日に至る、以て士大夫を饗し兵を醳わん、……燕必ず敢えて聴従せずんばあらず。

醳は、酒食を分け与えて労をねぎらうこと。「索隠」には、「醳うは、酒食を以て兵士を養うを謂うなり。」とある。また黄希・黄鶴『補注杜詩』巻十四に、「牛酒は、牛を撃ち酒を釃して士を享するを謂うなり。」という指摘がある。なお、鈴木虎雄『杜少陵詩集』（国民文庫刊行会、一九二二）は、「詩意」では「長安の西郊では二度まで牛酒を以て軍隊を歓迎し、賊手に焚かれた宗廟も二度めに修復されて画の具の色飾りあざやかにかがやくに至った。」と述べ、「牛酒再びす」の注には、「牛肉と酒とは将士をねぎらふもの、再とは玄宗と粛宗と二回なるをいふ。至徳二載九月癸卯に長安を復し、十月丁卯粛宗の車駕長安に入る。十二月丙午に上皇（玄宗）蜀より至る。これにて二回牛酒のことあり。」と言っている。

なお、類似する表現も見ておくと、魏・文帝・曹丕の作とされる「艶歌何嘗行」（逯欽立『魏詩』巻四）の冒頭に、「何嘗快、独無憂[5]、但当飲醇酒、炙肥牛（何ぞ嘗て快くして、独り憂い無き、但だ当に醇酒を飲み、肥牛を炙るべし）」という句が見える。これは富貴の家の食事を述べたものであり、『礼記』の延長上にある表現である。

つまり、牛炙も牛肉も詩においてはほとんど用例を見ない語であるが、この語は、もともと豪奢な料理を意味するものであったのが、感謝や歓迎、慰労の意を表す贈り物、あるいは祭祀の際の供物、という意味で用いられるようになったものであり、杜甫の用例も含めて例外なくこの範囲で用いられていることが確認できるであろう。(6)

二

では次に牛炙と牛肉にまつわる逸話に目を向けてみよう。先に『明皇雑録補遺』を引いておいたが、この逸話が杜甫の死の真実を伝えると見なされていたわけではない。

李観『杜伝補遺』(『分門集註杜工部詩』)は以下のように言っている。長くなるが引いておこう。

唐の杜甫　子美は詩に全才有り、当時　一人のみ。……意を失いて天下を蓬走するに洎(およ)び、蜀由り耒陽に往き聶侯に依るも、礼を以て之を遇さず。子美　忽忽として怡(よろこ)ばず、市邑　村落の間に遊ぶこと多く、詩酒を以て自適す。一日、江上の洲中に過(よ)ぎり、飲みて既に酔い、復た帰る能わず、酒家に宿す。是の夕べ、江水　暴(にわ)かに漲(みなぎ)り、子美　驚湍(きょうたん)の為に漂泛(ひょうはん)し、其の尸(しかばね)は何処(いずこ)に落つるかを知らず。玄宗　南内に還るに洎(およ)び、子美を思い、天下に詔して之を求めしむ。聶侯は乃ち空土を江上に積みて、曰く、子美は白酒・牛炙の為に脹飫(ちょうよ)して死し、此(ここ)に葬ると。此の事を以て玄宗に聞す。吁(ああ)、聶侯は当(まさ)に実を以て天子に対(こた)うべきなり。既に空しく之が墳を為(つく)

り、又醜むるに酒炙・脹飫の事を以てす。子美は清才有る者なり、豈に飲食多寡の分を知らざらんや。詩人は皆な之を憾み、子美の祠に題して、皆な感嘆の意有り、酒炙に非ずして死するを知るなり。高顒　耒陽に宰たり、詩有りて曰う、「詩名は天宝より大に、骨葬　耒陽に空し」と。感ずる有りと雖も、終に灼然たらず。唐賢の詩に曰う、「一夜　耒江の雨、百年　工部の墳(7)」と。独り韓公の詩のみ、事全くして明白なり、子美の墳の空土なるを知るなり、又酒炙に因りて死するに非ざるのみ。

撰者の李観がいつの人であったかについては傅光『杜甫研究（卒葬巻）』（陝西人民出版社、一九九七）に考証がある。そこでは北宋の李覯（一〇〇九〜一〇五九）の『直講李先生文集』(8)巻二十八に、「答李観書」があり、王珪（一〇一九〜一〇八五）の『華陽集』(9)巻二十九に「開封府襄邑県尉李観可大理寺丞制」があることから、彼らと同時代の人であると認めている。『明皇雑録補遺』を撰した鄭処晦は鄭余慶の子。『旧唐書』巻百五十八の本伝によれば大和八年（八三四）の進士。汴州刺史に終わった。本伝には、「校書郎為りし時、明皇雑録三篇を撰次し、世に行わる。」とある。『杜伝補遺』が書かれるまでおおよそ二百年が経過していることになる。桑維翰、劉昫らによって監修された『旧唐書』が成書をみたのは後晋の出帝・石重貴の開運二年（九四五）のことであるから、この間に杜甫が牛炙を食べて没したという逸話がほぼ定着したことは間違いない。

ところで明・唐元竑（一五九〇〜一六四七）撰『杜詩攟』巻四に、以下のような一節がある。

白酒・牛炙の説は、当に是れ史　聶耒陽詩に因りて附会すべきものなり。牛炙は賈閬仙の事に本づくも、詩中に亦明證無し。礼は肥羊を宰むるに過ぐは、斟酌するに、応に是れ牛炙なるべきのみ。

白酒・牛炙の説はもとより牽強付会の説だが、肥えた羊の料理よりも優っていると杜甫が言っているのは、牛炙を指しているというのである。

ここで注目されるのは、賈島（七七九～八四三）の死に言及していることである。賈島、すなわち賈閬仙（浪仙）の事とは、何光遠『鑒誡録』巻八、賈忤旨に、「島　老ゆるに至って子無く、牛肉を喫うに因りて疾を得、伝署に終わる。」とあるのを指している。『鑒誡録』を撰した何光遠の簡略な経歴は『十国春秋』巻五十六に見える。[10]

何光遠、字は輝夫は、東海の人なり。学を好み古を嗜む、広政の初め、官は普州軍事判官。聶公真龕記を撰し、又常て鑑誡録十巻を著し、唐以来の君臣の事蹟を纂輯す。

広政は後蜀の第二代皇帝・孟昶の元号（九三八～九六五）であるから、『鑒誡録』は十世紀の中葉には成書をみていた。賈島は大暦十四年（七七九）に生まれ、会昌三年（八四三）に没しているから、『鑒誡録』の逸話は賈島の没後百年余にして記録されたことになる。ただしこの逸話がいかなる資料に基づいたものかは不詳である。[11]何光遠は普州軍事判官に任じられており、賈島は開成五年

（八四〇）に普州（四川省安岳県）の司戸参軍に任じられ、蘇絳「貢司倉墓誌銘」（『全唐文』巻七六二）によれば、会昌三年七月二十八日に「郡の官舎」で没しているから、何光遠は普州に伝わっていた風聞を元にして『鑒誡録』の一文を記録したものかも知れない。

また『太平広記』巻五十五、神仙五十五、伊用昌には次のような逸話が記録されている。

熊皦補闕説えらく、頃年、伊用昌なる者有り、何許の人なるかを知らざるなり。天祐癸酉の年、夫妻 撫州南城の県所に至る。村民の一犢斃れしもの有り。夫妻 丐いて牛肉一二十觔を得、郷校の内に於いて烹炙し、一夕 倶に食らい尽くす。明くるに至り、夫妻は肉の脹る所と為り、倶に郷校の内に死す。県鎮の吏民は、蘆蓆を以て尸を裹み、県の南路の左百余歩に於いて之を瘞む。……後に人 其の墓を開くに、只だ蘆蓆両領の、爛れし牛肉十余觔を裹むを見るのみにして、臭きこと近づく可からず。余は更に別物無しと。……。玉堂閑話に出づ。

撫州は江西省撫州市。この話柄を語ったという熊皦は『全唐詩』巻七百三十七に詩二首が残る。その小伝には次のように言う。

後唐の清泰二年（九三五）、進士の第に登る。延州の劉景巖 辟して従事と為す。晋に入りて補闕に拝せられ、商州上津の令に貶せらる。屠竜集五巻、今 詩二首を存す。

伊用昌夫妻が牛肉を食べて亡くなり、登仙したという逸話である。本文中、天祐（九〇四～九〇七）

は唐の昭帝と哀帝の年号であり、癸酉は後梁の朱友珪の鳳暦元年（九一三）、及び末帝・朱友貞の乾化三年に当たり、元号と干支が符合しない。伊用昌は『十国春秋』巻七十六に伝があり、実在した人物である。これによると彼は南岳の道士であった。『全唐詩』巻八百六十一、仙三には詩六首が収められる。なお『全唐詩』の小伝は『太平広記』の伊用昌の条を節略したものである。ここでは『太平広記』から引いたが、出処とされる『玉堂閑話』は王仁裕（八八〇～九五六）、字は徳輦の撰。『新・旧五代史』に彼の伝が立てられているが、『旧五代史』の記載の方がはるかに詳細である。後唐、後晋、後漢に仕え、最後は後周の兵部尚書・太子少保となり、死後に太子少師を贈られた。つまりこの逸話は撰者と同時代の伝聞を綴ったことになる。

ここまで確認してきたように、晩唐から五代にかけての時期に、杜甫以外にも牛炙を食べて死亡した人物がいたという逸話が、少数ではあるが存在したことが理解されよう。

三

元豊八年（一〇八五）の進士、阮閲の『詩話総亀』(12)巻四十五、傷悼門には、以下のような記載がある。

杜子美は蜀より湘・楚に走り、耒陽に卒す、時人　牛炙・白酒に脹飲（ちょういん）して死すと謂うは、則ち非なり。

脹飲は腹がふくれるほど飲み食いすること。また、紹興十五年（一一四五）の進士、鄒定（一一一二～一一七〇）の「過杜工部祠」（『詩人玉屑』巻一九引『餘話』、『詳注』補注巻上）には次の詩がある。

疇昔哦詩憶耒陽
茲因捧檄過祠堂
一生忠義孤吟裏
千載凄涼古道旁
自是風霜侵病骨
非干牛酒涴詩腸
明朝解纜長江上
聞訊先生一炷香

疇昔（ちゅうせき）　詩を哦（うた）いて耒陽を憶う
茲（ここ）に因りて檄を捧じて祠堂に過ぎる
一生の忠義　孤吟の裏（うち）
千載　凄涼なり古道の　旁（かたわら）
自ずから是れ風霜　病骨を侵す
牛酒を干（もと）めて詩腸を涴（けが）せしに非ず
明朝　纜（ともづな）を解かん長江の上（ほとり）
聞に先生を訊ねて一たび香を炷（た）かん

鄒定が詠じているように、杜甫は長旅による疲労が蓄積して病死したのであって、「牛酒」が死因となったわけでないことはその後の多くの詩人たちにとっては自明のことであった。洪邁（こうまい）（一一二三～一二〇二）の『容斎随筆』巻三、「李太白」の条には次のような指摘がある。

又李華は太白墓誌を作りて亦云う、臨終歌を賦して卒すと、乃ち俗伝は良（まこと）に信ずるに足らざるを知る、蓋し杜子美の白酒・牛炙を食らうに因りて死すと謂う者と同じきなり。

洪邁も、牛炙を食べて死亡したという説は「俗説」であると断じている。さらに時代が下って何焯（一六六一～一七二二）の『義門読書記』巻五二は、「聶耒陽詩」の「礼過宰肥羊」の一聯について、「「礼は肥羊を宰むるに過ぐ」の一連は、陋生 此の二語に因りて、偽り造りて牛炙・白酒の事を為す。」と述べる。何焯も、知識のない者の「偽造」であると認めているのである。

おわりに

ここまでに述べてきたことを整理しておこう。杜甫の死に関して「牛炙」「牛肉」の語が用いられるようになったのは「聶耒陽詩」が発端であることは確実である。しかし、杜甫「聶耒陽詩」の詩題には、ただ「酒肉」とのみ記されていて「牛炙」「牛肉」とは記されていない。ではなぜ「肉」が「牛炙」となったのか。これは先に述べたように、「牛炙」あるいは「牛肉」が早くから歓迎、慰労の意を表す贈り物、下賜品としての性質を有していたからである。鄭処晦『明皇雑録補遺』が「牛炙」の語を用いたのはこのような背景があったのであろう。正史である『新・旧唐書』に取りこまれたのは、それだけではなく賈島や伊用昌の逸話に見たように「牛炙」「牛肉」を食して死亡したという逸話の原型となる「牛炙」「牛肉」にまつわる逸話が既に存在したからに違いない。杜甫と賈島には困窮のうちに没したという共通点がある。さらに言えば、「牛炙」「牛肉」は、「牛牲」の語が『周礼』地官・大司徒に、「五帝を祀(まつ)り、牛牲を奉ず。」とあることからも知られるように、祭祀に際して犠牲とされ、また墓前に供えられるものであった。このことが容易に人の死と結びついたとも考えられる。

最後に北宋と南宋の詩人の詩を引いてみよう。

北宋・元豊年間（一〇七八〜一〇八五）の進士、李之儀(りしぎ)の「食牛炙」（『姑渓居士後集』巻九）には次のような句がある。

西来誰為炙牛心　西来　誰か為に牛心を炙(あぶ)らん
惜事拘之不敢尋　事　之に拘するを惜しみて敢て尋ねず
……　……
従此耒陽休弔古　此れより耒陽　古(いにしえ)を弔うを休(や)め
便思白酒与同斟　便ち白酒　与同(とも)に斟(く)まんことを思う

牛心は牛の心臓。牛の心臓の炙り肉は、例えば『世説新語』汰侈篇などに見えている。

また、南宋・宝佑四年（一二五六）の進士、陳著の「弟蒞飲至酔、酔帰蹶道中荊棘中」（『本堂集』巻三一）は次のように詠じられる。

少陵非愛牛炙酒　少陵は牛炙と酒とを愛するに非ず

花鳥感時詩涙瀉　花鳥　時に感じて詩涙瀉ぐ

後の詩人たちが「牛炙」と「牛肉」が杜甫の死因になったと認めようが認めまいが、このようにして「牛炙」「牛肉」と杜甫の死にまつわる逸話とが不即不離のものとなっていったのである。

注

（1）「入衡州」（『杜詩詳注』巻二三。以下、『詳注』）に、崔偉から書簡をもって招かれ、杜甫も郴州での生活に期待を寄せていたことが次のように詠じられる。

諸舅剖符近、開緘書札光　諸舅　符を剖くこと近し、緘を開けば書札光る
頻繁命屢及、磊落字百行　頻繁なり命屢しば及ぶ、磊落たり字百行
……　……
柴荊寄楽土、鵬路観翶翔　柴荊　楽土に寄せ、鵬路に翶翔するを観ん

（2）引用は『明皇雑録』（唐宋史料筆記叢刊、中華書局、一九九四）による。ただし同書の校勘記が指摘するように、『太平御覧』巻八六三に記載される一文とは異同があり、「旅」の上に「覊」を欠き、「耒陽県」の下に「䫜䫃」を欠く。

（3）黒川洋一「『唐書』杜甫伝中の伝説について」（『杜甫の研究』創文社、一九七七所収）、拙稿「唐詩に詠じられた杜甫の墓」、「李節『過耒江弔子美』詩について」（いずれも『唐代の哀傷文学』研文出版、二〇〇六所収）など。

（4）生卒年は徐定祥『李嶠詩注』（上海古籍出版社、一九九五）による。

（5）句の切り方は逯欽立に従った。黄節『魏文帝詩注』（香港・商務印書館、一九六一は、「快独」を一語と見なし、「快独連辞。猶快絶也。」という。夏伝才・唐紹忠『曹丕集校注』（中州古籍出版社、一九九二）も同じ。

（6）前野直彬「李白の死と杜甫の死」（『春草考—中国古典詩文論叢』秋山書店、一九九四所収。初出は「漢文研究シリーズ1」、『李白と杜甫』尚学図書、一九七二）に杜甫の死をめぐるさまざまな逸話が紹介されており、「聶耒陽詩」の「酒肉」について以下のようにいう。

贈られたのは肥羊の肉ではなく、もう少し格が下の肉だったことは確実で、牛肉（当時ではさほど高級な肉とはされなかったらしい）というのはまず妥当なところであろう。……要するに聶県令が贈ってくれたのは、とびきり上等の酒肉ではなかったわけで、これはとりあえずの救助策として質のよしあしを選ぶ余裕がなかったのか、それとも聶県令が杜甫への接待としてはこの程度で十分と考えたのか、判定はしがたいが、飢えていた杜甫がこれを天来の美味と感じたのは、当然であろう。

本論文からも多大の恩恵を蒙った。

（7）孟賓于「耒陽杜工部墓」（銭注「杜工部集・唱酬題詠」引『耒陽祠志』、『全唐詩補逸』巻一六）。

（8）四庫全書本『盱江集』巻二八。

（9）四庫全書本『華陽集』巻三八。

（10）詩は一篇。七律「催妝」が『全唐詩外編』巻一七に『永楽大典』巻六五二三から収められる。

（11）「無子」という記述について、傅璇琮『唐才子伝校箋』（中華書局、一九八九）は、姚合「哭賈島、二首」（其二）（『全唐詩』巻五〇二）に、「有名伝後世、無子過今生（名有りて後世に伝わる、子無くして今生過ぐ）」の句があり、これに基づいたと推定している。

（12）周本淳校点『詩話総亀』（人民文学出版社、一九八七）の「前言」は北宋の宣和五年（一一二三）の成書とする。

杜甫の詩とサル―猿・狙・狖など―

はじめに

永泰二年（七六六。一一月、大暦と改元）の晩春、夔州（重慶市奉節県）に着いた杜甫は、「鸚鵡」以下八篇の、鳥、動物、魚を詠ずる詩（『杜詩詳注』巻一七。以下、『詳注』）を書いた。中に「猿」と題する一篇がある。

裊裊啼虚壁　裊裊として虚壁に啼き
蕭蕭掛冷枝　蕭蕭として冷枝に掛かる
艱難人不免　艱難　人免れず
隠見爾如知　隠見　爾知るが如し
慣習元従衆　慣習　元　衆に従い

全生或用奇　　全生　或いは奇を用う
前林騰毎及　　前林　騰ること毎に及び
父子莫相離　　父子　相い離るること莫し

「隠見」は見えなくなったり見えるようになったりすることだが、行蔵、世に出ることと身を隠すことの意味を含む。猿は敏捷だから素早く隠れたり現れたりするが、人は危難に遭っても猿のように機敏に対処することができない。末聯について『杜臆』巻八に、「人　乱世に於けるや、往往にして父子　相い保たず、公　其の子を携え以て乱を避けて、其の両りながら全うする能わざるを恐れ、言を興して此に及び、其の苦情を見す。」といい、『詳注』は、「父子離れずは、其の智を用いて以て身を全うするに取るなり。」というように、乱世においては人ですらしばしば父子ともにその生命を全うすることなどできないのに、父猿がその智慧を発揮して子猿を守っている姿を目にして、自身を振り返っていることをいう。夔州の、杜甫の住まいの近くに姿を現すサルは、単に悲しげに鳴き叫ぶケモノではなく、杜甫に処世の在り方すら教示する存在であった。では、サルは当初からこのように描かれていたのであろうか。

川合康三「杜甫のまわりの小さな生き物たち」（松原朗編『生誕千三百年記念　杜甫研究論集』研文出版、二〇一三所収）には、示唆に富む指摘が多い。川合論文は杜甫が成都の浣花草堂に住んでいた時期に、「身近な小動物の描出にとりわけ熱心」であったことに着目し、蜻蜓、小魚、燕などが登場する詩を取り上げて考察を加え、「浣花草堂にいた時に描出される小動物は、いずれも従来の詩では捕らえられなかった動きを捉え、日々の充足感に浸る杜甫自身の気分と一体になっているということができる。」と指摘し、「杜甫の詩に取り上げられた小動物の光景は、杜甫の抱く理想の姿の一瞬の具現であるともいえる。」とも述べている。では他の動物、例えば人間に最も近い動物であるサルはどのように詠じられたのであろうか。浣花草堂に居住した時期の詩とそれ以外の時期の詩との差異は認められるのであろうか。以下、この点について彼の生涯を大まかに五期に分けて考察してみたい。

一　長安時代

杜甫の詩に最初にサルが表れるのは、天宝十三載（七五四）の作である「奉贈太常張卿垍、二十韻」（『詳注』巻三）であり、「哀猿」の語が見える。

37 檻束哀猿叫　　檻（おり）に束（つか）ねられて哀猿叫び
38 枝驚夜鵲棲　　枝に驚きて夜鵲（やじゃく）棲む

この詩で杜甫は張説の子、張垍（ちょうき）に再度の推挙を懇願している。おりに閉じこめられて悲しげに泣き叫ぶサルは、その才能を発揮する場所が得られない杜甫の比喩である。『詳注』は典拠として『淮南子』俶真訓から、「猨（さる）を檻中に置けば則ち豚と同じ、巧捷（こうしょう）ならざるに非ざるなり、其の能を肆（ほしいまま）

にする所無ければなり。」という一文を引いている。「哀猿」の語自体は、謝霊運「登臨海嶠、初発彊中作、与従弟恵連、見羊何共和之」（『文選』巻二五）に、「秋泉鳴北澗、哀猿響南巒（秋泉　北澗に鳴り、哀猿　南巒に響く）」とあるのが早い例であろう。

ついでサルが表れるのは天宝十四載（七五五）、家族の疎開先であった奉先県（陝西省蒲城県）で書かれた「奉先劉少府新画山水障歌」（全三六句。『詳注』巻四）である。

13悄然坐我天姥下　　悄然として我が天姥の下に坐せしむ
14耳辺已似聞清猿　　耳辺　已に清猿を聞くに似たり

天姥山は浙江省新昌県の南にある山。道教の聖地であり、杜甫は開元二十三年（七三五）、呉越に遊んだ帰途、ふもとを通ったことがあった。杜甫は劉少府の描いた障壁画を見て、天姥山のふもとに坐ってすがすがしいサルの鳴き声を聞いているような気分にさせられたのである。「清猿（清猨）」について『詳注』は「清猿坐見傷（清猿　坐ろに傷まる）」の句を張説の詩として引くが、これは李嶠の五絶「弩」（『全唐詩』巻五九）の結句である。詩における用例は初唐から現れるが、散文では任昉「斉竟陵文宣王行状」（『文選』巻六〇）に、「清猨　壺人と旦を争う。」とあるのが早い例であろう。竟陵王・蕭子良の隠居所では林中からサルの澄んだ鳴き声が聞こえることを言う部分である。「清猿（清猨）」の語はここでは張銑注が「清猨は、猨鳴きて声清らかなるを謂うなり。」と述べるように、サルの鳴き声はことさらに悲哀を感じさせるものではなく、杜甫のこの詩においても悲しげに鳴いているわけではない。あるいは天姥の語があることからすると、李白「夢遊天姥吟、留別」（『全唐詩』巻一七四）に見える「謝公宿処今尚在、淥水蕩漾清猿啼（謝公の宿処　今尚お在り、淥水　蕩漾として清猿啼く）」の句が念頭にあったかもしれない。ただし「清猿」の語は悲哀を帯びて用いられる例も見られるようになる。例えば王昌齢「送魏二」（『全唐詩』巻一四三）に、「憶君遥在瀟湘月、愁聴清猿夢裏長（憶う君　遥かに瀟湘の月に在るを、愁えて聴く清猿　夢裏に長きを）」とあるのはそうした例である。

ここまでの杜甫の詩におけるサルは、一方は困窮した自身の比喩であり、一方は描かれた風景から聞こえてくるかのようなサルの鳴き声であって、実際のサルを詠じたものではない。

実際に杜甫がサルの鳴き声を耳にしたことは「九成宮」（全二四句、『詳注』巻五）に初めて描かれる。

11 哀猿啼一声　　哀猿　啼くこと一声
12 客涙迸林藪　　客涙　林藪に迸る

至徳二載（七五七）の秋、左拾遺であった杜甫は粛宗から家族のもとへ帰省することを命じられ、鳳翔（陝西省鳳翔県）の行在所から鄜州（陝西省富県）へと向かった。途中、麟游県（陝西省麟游県）にあった九成宮を通った時にこの詩は書かれた。九成宮は隋の文帝の時に避暑のために建てられたがいったんは廃止され、貞観五年（六三一）に修築されたものの、杜甫が通った頃は、戦乱の影響もあって荒廃が進んでいた。『詳注』が「下四は古跡の蒼涼たるを言う。」と述べるとおりである。また『詳注』は出典として江総「別南海賓化侯」（逯欽立『陳詩』巻八。以下、逯欽立を省略）から、「驚鷺一群起、哀猿数処愁（驚鷺（きょうろ） 一群起ち、哀猿 数処愁う）」の句、及び「古楽府（巴東三峡歌[1]）」（『晋詩』巻一八）の「猿鳴三声涙沾裳（猿鳴くこと三声 涙は裳を沾（うるお）す）」の句を引いている。杜甫は「奉贈太常長卿垍、二十韻」でも「哀猿」の語を用いていた。旅の悲しみが涙となってほとばしる契機となったのは、サルの悲しい鳴き声であった。ただし、第十二句について、張溍『読書堂杜工部詩文集註解』巻三が、「往往にして此の奇古の句有り。」と評するように、サルの描写の出現には唐突の感があるのを否めない。あるいは第二十一・二十二句に、「我行属時危、仰望嗟嘆久（我行くこと時の危うきに属す、仰ぎ望みて嗟嘆（さたん）すること久し）」という感慨が吐露されるように、安史の乱が勃発してからの多難な体験が蘇ったことが杜甫の胸を突き動かしたのであろうか。

二　秦州・同谷時代

杜甫は乾元二年（七五九）の秋、秦州（甘粛省天水市）に入った。五律「従人覓小胡孫許寄」（『詳注』巻八）は小ザルを求めたことを詠ずる。「小胡孫」は、小さなサル。ただし制作時期ははっきりしない。『詳注』は大暦二年（七六七）、夔州（重慶市奉節県）での作とする梁権道の説と、秦州での作（乾元二年、七五九）とする黄鶴の説の両方を示す。しかし末句に「童稚」の語があり、夔州にいた時期の杜甫の子供が、小ザルが届くのを待ち望むほど幼かったとは考えにくいので、秦州での作とするのが妥当であろう[2]。なお吉川幸次郎著・興膳宏編『杜甫詩注』第七冊（岩波書店、二〇一二）は、「杜甫が数年後に長江を下って行った三峡一帯の地域が〔南州〕であり、猿の多く棲息する土地として知られる。この詩が秦州在住期の詩群に置かれるのには違和感がある。」と述べている。確かに夔州滞在時期の杜甫の詩にはサルがしばしば登場するが、サルは三峡一帯だけではなく同谷一帯にも棲息していた。詩中に「為寄小如拳（為に寄せよ小さきこと拳の如きを）」とあるから、てのひらに乗るほどのごく小さなサルであった。杜甫は旅先で子供たちを楽しませようとしてサルを求めたのである。冒頭に次の句がある。

人説南州路　　人は説う南州の路
山猨樹樹懸　　山猨　樹樹懸かると

秦州の南の同谷へと続く山道ではサルが木々からぶら下がっていることを人から聞いたのである。また『詳注』はこの詩について、「詩は胡孫を写し、其の形声情状に於いて、亦頗る詳悉なり、但だ意義は短浅なり、恐らくは率爾の作ならん。」と述べている。なお「山猨（山猿）」の語は平凡な語のように見受けられるが、「〇山猿」といった形では見えても、杜甫以前には見出せないようである。「寄岳州賈司馬六丈巴州厳八使君両閣老、五十韻」（『詳注』巻八）の冒頭には次のようにある。

衡岳啼猿裏　　衡岳　啼猿の裏
巴州鳥道辺　　巴州　鳥道の辺

この詩は乾元二年（七五九）、岳州司馬に左遷されていた賈至と巴州刺史に左遷されていた厳武に寄せて秦州で書かれた。岳州（湖南省岳陽市）も巴州（四川省巴中市）もサルが多く棲息することで知られる。『詳注』は第一句の典拠として、謝霊運「登石門最高頂」（『文選』巻二二）の「活活夕流駛、噭噭夜猨啼（活活として夕流駛せ、噭噭として夜猨啼く）」の句と『宜都山川記』の「峡中の猿鳴至って清く、諸山谷　其の響きを伝え、冷冷として絶えず。」という一文を引き、趙次公注（『九家集注杜詩』巻二〇）は、盧照鄰「巫山高」（『全唐詩』巻四二）の「莫弁啼猿樹、徒看神女雲（弁ずる莫し啼猿の樹、徒に看る神女の雲）」の句を引いている。杜甫は賈至のいる岳州の地がサルの鳴き声に包まれているだろうと想像したのである。

「両当県呉十侍御江上宅」（全三六句、『詳注』巻八）は、乾元二年の十月、同谷への途中、呉郁の留守宅を訪ねた時の作である。呉郁はこの時、長沙に左遷されていた。この詩には「狖」が表れる。

9 哀哀失木狖　　哀哀たり木を失う狖
10 矯矯避弓翮　　矯矯たり弓を避くる翮

「狖」は、尾長ザル。『楚辞』九歌・山鬼に、「雷塡塡兮雨冥冥、猨啾啾兮狖夜鳴（雷　塡塡として雨冥冥たり、猨　啾啾として狖　夜鳴く）」と見え、左思「呉都賦」（『文選』巻五）には、「狖鼯・猓然、騰趠飛超（狖鼯・猓然あり、騰り趠え飛び超ゆ）」とあり、劉逵注に引く『異物志』に、「狖は、猿の類、露鼻にして、尾の長さ四五尺、樹上に居り、雨ふれば則ち尾を以て鼻を塞ぐ。」という。また班固

「西都賦」（『文選』巻一）には、「猿狖失木、豺狼懾竄（猿狖　木を失い、豺狼　懾れ竄る）」とあり、李善注は『淮南子』主術訓から、「猿狖　木を失いて狐狸に擒えらるるは、其の処に非ざればなり。」という一文を引く。杜甫の詩の第九句は長沙に左遷された呉郁を、木の枝という拠り所を失って地上に落ちた尾長ザルに喩えたものである。杜甫の詩のようにサルと鳥とを対句に仕立てた例としては庾肩吾「九日侍宴楽遊苑、応令」（『梁詩』巻二三）に、「騰猨疑矯箭、驚雁避虚弓（騰猨は矯箭を疑い、驚雁は虚弓を避く）」とある。杜甫にはこれが念頭にあったかもしれない。

前の詩と同じく秦州から同谷に向かう途中で書かれた五律「石龕」（『詳注』巻八）の頷聯には「狖」が見えている。

我後鬼長嘯　　我が後には鬼　長嘯し
我前狖又啼　　我が前には狖又啼く

「狖」は尾が金色で長いサル。ムクゲザルだとも金糸猴のことだともいう。『埤雅』巻四、釈獣に、「狖は、蓋し猿狖の属、軽捷にして善く木に縁り、大小　猿に類、長尾、尾は金色を作す、今俗に之を金線狖と謂う者は是れなり。川峡の深山中に生まれ、人　薬矢を以て之を射殺し、其の尾を取りて臥褥・鞍被・坐毯と為す。」という。しかし杜甫は、この「狖」を目撃したわけではなかろう。「熊羆咆我東、虎豹号我西（熊羆　我が東に咆え、虎豹　我が西に号ぶ）」という起聯が、明らかに曹操「苦寒行」（『文選』巻二七）の「熊羆対我蹲、虎豹夾路啼（熊羆　我に対いて蹲り、虎豹　路を夾みて啼く）」

の句を踏まえているように、第四句も「鬼」に対して「狨」を配していて、『詳注』が、「俯しては物類を視、仰いでは天気を観て、備さに悽惨陰森の象を写す。」といい、『杜臆』巻三に、「起来の数語は、全て是れ其の道途の危苦・顚沛の懐いを写す、石龕を賦するに非ざるなり。」と指摘するように、サルの種類などは問題ではなく、未知の深林から聞こえる獣の吼える声が引き起こす恐怖感を表現したかったのである。

乾元二年（七五九）の歳末、成都に到着するまでの同谷・成都紀行には他にもサルが登場する。五律「泥功山」（『詳注』巻八）は同谷の西境にある泥功山（一名、青泥嶺）を通った時の作である。頸聯を見よう。

哀猿透却墜　　哀猿　透ねて却って墜つ
死鹿力所窮　　死鹿　力の窮する所

泥功山（青泥嶺）を越える道は、『元和郡県図志』巻二十二、興州、長挙県の条に、「懸崖は万仞、山に雲雨多く、行く者　屢しば泥淖に逢う、故に青泥嶺と号す。」と記載されるように、泥濘におおわれていて歩行がきわめて困難だった。第五句は敏捷なサルでさえも跳ね上がろうとしてぬかるみに足をとられ、落ちてしまうことをいう。泥濘のひどさを述べた句である。同谷で書かれた「乾元中、寓居同谷県作、七首」（『詳注』巻八）では〈其一〉と〈其四〉にサルが表れる。〈其一〉にいう。

3歳拾橡栗随狙公　歳どし橡栗を拾いて狙公に随う
4天寒日暮山谷裏　天は寒く日は暮る山谷の裏

この「狙公」は『詳注』のいう「畜狙の人」、つまりサルを飼う人などではなく、サル、あるいはサルの群れのボスを指す。(3) 杜甫は家族の食料にするどんぐりや栗を得ようとして、その在りかを熟知しているサルの後をついていったのである。「狙」は杜甫の詩にはもう一例、大暦三年(七六八)、石首(湖北省石首市)で書かれた「秋日荊南、送石首薛明府辞満告別、奉寄薛尚書、頌徳叙懐、斐然之作、三十韻」(『詳注』巻二二)に見えているので先に引いておこう。

35降集翻翔鳳　降集　翔鳳翻り
36追攀絶衆狙　追攀　衆狙を絶つ

『詳注』が、「降集の二句は、其の才品は超出して、衆人の及ぶ可きに非ざるを言う。」と指摘するように、薛明府の兄、薛景仙(景先)の才能と品格が他者の追随を許さないほどに優れていることを讃えるのであって、「衆狙」は小人物の比喩である。「乾元中、寓居同谷県作、七首」〈其四〉には「林猿」の語がある。

7嗚呼四歌兮歌四奏　嗚呼四歌す歌四たび奏づ
8林猿為我啼清昼　林猿　我が為に清昼に啼く

第八句に林中のサルが夜ではなく昼に鳴くと言っていることに関しては議論がある。(4) しかし、サルが昼に鳴くのは不自然ではない。それは同じく同谷・成都紀行中の五律「白沙渡」(全一六句。『詳注』巻九)の尾聯からも明らかである。

我馬向北嘶　我が馬は北に向かいて嘶き
山猿飲相喚　山猿は飲みて相い喚ぶ

馬は望郷の念にかられて産まれた北方に向かっていななき、サルは仲間と呼び交わしながら川の水を飲むのである。もちろん杜甫は夜に旅したわけではないので、このサルも昼に鳴いているのである。杜甫は成都への道中、しばしば猿の鳴き声を耳にしたはずである。第八句は『詳注』が「猿 清昼に啼くは、特天人の感動するのみならず、即ち物情も亦憂いを分かつが若し。」と述べるように、妹と久しく別れている悲しみをサルですら理解していることを強調しているのであって、この詩のサルは杜甫と悲哀を共有する存在となっている。

三　成都時代

乾元二年(七五九)の歳末に成都へ着き、その後草堂に落ち着いてからしばらくはサルは登場しない。成都は大都会であり、西郊の草堂近辺にもサルはほとんど出没しなかったのであろう。成都で書かれた詩でサルが初めて登場するのは「入奏行、贈西山検察使竇侍御」（全二九句。『詳注』巻一〇）である。これは宝応元年（七六二）の春、竇侍御が蜀地での検察使の任務を終えて上奏するために長安へと赴くのを見送った詩である。

16運糧縄橋壮士喜　　糧を縄橋に運べば壮士喜び
17斬木火井窮猿呼　　木を火井に斬れば窮猿呼ぶ

『詳注』は二句について「木を火井の地に斬るは、道を除いて以て通運するを言う、木の依る可き無し、故に猿呼ぶ。」といい、『晋書』巻九十二、李充伝に見える逸話を引く。褚裒が李充に地方の県令にならないかと勧めたところ、李充は、「窮猿　林に投ずるに、豈に木を択ぶに暇あらんや。」と答えた。困窮したサルのような境遇にある自分は木（地位）など選んでいる余地はないというのである。杜甫の詩の二句は西山検察使の竇侍御が、縄橋（四川省汶川県）に駐屯する部隊へ食糧を届けると、吐蕃の侵入に備えている兵士たちは喜び、火井（四川省邛崍市）で通行の邪魔になる樹木を切り払うと辺りのサルたちは棲む所を失って悲しむだろうというのであって、実際にサルを目にした描写ではなく、李充の逸話とも直接の関連はない。

七律「自閬州領妻子、却赴蜀山行、三首」〈其三〉（『詳注』巻一三）は、広徳二年（七六四）の晩春、厳武が再び成都に赴任することを知った杜甫が、徐知道の反乱などを避けて梓州（四川省三台県）から閬州（四川省閬中市）に疎開させてあった家族を伴って成都に戻る途中の作である。頸聯に次のようにいう。

転石驚魑魅　　石を転じて魑魅を驚かせ
抨弓落鼯狖　　弓を抨きて狖鼯を落とす

「狖」は「両当県呉十侍御江上宅」にも見えた。「鼯」は鼯鼠。ムササビ・モモンガの類。ただし、「魑魅」、すなわち物の怪と対になっているように、実際のムササビなどではなく、山に棲む怪異の類を指すのであろう。半ば戯れに石を投げつけたり、弓弦をはじいてこれらを追い払いつつ山道を進んだのである。杜甫は「猿鳥」の語も用いていて、二例が見える。永泰元年（七六五）の夏に成都を離れた杜甫が嘉州犍為県（四川省楽山市）の青渓駅に投宿した時の作、「宿青渓駅、奉懐張員外十五兄之緒」（全一二句。『詳注』巻一四）には次のようにいう。

5石根青楓林　　石根　青楓の林
6猿鳥聚儔侶　　猿鳥　儔侶を聚む

『詳注』は第六句について、「猿鳥は群がる有りて、遊子は独り宿す、此れ興体に属す。」と述べて、サルや鳥が仲間を求め集めているというのは旅人の孤独さを強調した描写であるという。ただしこの時に杜甫は家族を伴っており、「独宿」と見なすのは無理があろう。一方、『杜臆』巻六は、「石根青楓の林の四句、之を読めば悽然たり、実を写して歴たるなり。」と、叙景と認めていて見解が分かれる。なお『詳注』は王融「巫山高」（『楽府詩集』巻一七）から「猿鳥時断続（猿鳥　時に断続す）」の句を引いている。「猿鳥」の他の一例は五律「奉李十五秘書文嶷、二首」〈其一〉（『詳注』巻一五）の頸聯に見える。こちらは永泰二年（七六六。一一月、大暦と改元）の夏、雲安（重慶市雲陽県）から出かけた夔州の魚復浦（重慶市奉節県の東南）で書かれた。

猿鳥千崖窄　　猿鳥　千崖窄（せば）まり
江湖万里開　　江湖　万里開く

この二句は、サルや鳥が多く集まる三峡の入口の辺りは、長江両岸の断崖が狭まっており、そこを通り抜けた江湖一帯では大地が広々と開けていることをいう。先の詩とともに叙景の句であろう。

四　夔州（きしゅう）時代

五律「長江、二首」〈其一〉（『詳注』巻一四）は永泰元年（七六五）、雲安で療養していた時の作である。頸聯に「飲猿」の語がある。

孤石隠如馬　　孤石　隠れて馬の如く
高蘿垂飲猿　　高蘿　飲猿垂る

長江の水中にある孤石（灔澦堆）は水量が減る冬に一部を水面に露出すると巨大な馬の背の形をしており、高所に生えたツタカズラからは長江の水を飲もうとするサルがぶら下がっているというのは実景であろう。第六句について『詳注』は呉均「与施従事書」（『芸文類聚』巻七、『全梁文』巻六〇）から、「水を企むの猨、百臂　相い接す。」という一文を引く。断崖の上からサルたちが腕を繋ぎあって水を飲もうとしているのである。「飲猿」の語は杜甫以前には見えない。戴叔倫「過友人隠居」（『全唐詩』巻二七三）に、「地静留眠鹿、庭虚下飲猿（地静かにして眠鹿留まり、庭虚しくして飲猿下る）」とあるのは杜甫の詩を踏まえたものであろう。

五律「雨晴」（『詳注』巻一五）は永泰二年（七六六。一一月、大暦と改元）の秋、夔州で書かれた。頸聯と尾聯を引こう。

有猿揮涙尽　　猿の涙を揮い尽くす有るも
無犬附書頻　　犬の書を附すること頻りなる無し
故国愁眉外　　故国　愁眉の外
長歌欲損神　　長歌　神を損なわんと欲す

『詳注』は、「猿声　涙を霑し、黄犬　書を附すは、情已に悲しむ。此れ猿多くして涙零ちて已に尽き、犬　無くして頻りに書を附せんことを覓むるを説う、語は倍ます凄惨なり。」という。三峡一帯にサルが多く棲息していたことは先に見た。その鳴き声を聞いては故郷を思って涙を流し尽くすが、陸機が故郷の呉への手紙を飼い犬の黄耳に託した故事にならおうとしても、そのような犬はいない。このサルは杜甫の「故国」への思いをいっそう募らせるように鳴くサルである。

五律「第五弟豊、独在江左、近三四載、寂無消息、覓使寄此二首」〈其二〉（『詳注』巻一七）は、数年間消息がわからない弟の豊の安否を気遣い、使者に託して山東から江東に移っていた彼のもとへ寄せた詩である。杜豊とは天宝十五載（七五六。七月、至徳と改元）に別れて以来、この詩が書かれた大暦元年（七六六）まで会っていなかった。

5　影著啼猿樹　　影は著く啼猿の樹
6　魂飄結蜃楼　　魂は飄る結蜃の楼

第五句は杜甫の影がサルの鳴く夔州の木々にくっついたまま留まっていることをいう。これと同じ頃に書かれた七律「秋興、八首」〈其二〉の頸聯には次のようにある。

聴猿実下三声涙　　猿を聴きて実に下す三声の涙
奉使虚随八月槎　　使いを奉じて虚しく随う八月の槎

『詳注』は「京華　見る可からず、徒に猿声を聴きて槎を随うるを悵む、曷ぞ悽楚たるに勝えんや、以故に枕に伏せて笳を聞き、臥して寐ぬる能わず、起ちて月色を洲前に視るのみ。」と述べて、『水経注』から「巴東三峡歌」[5]を引くほかに、伏挺の「行舟値早霧」（『梁詩』巻一九）の句、「聴猿方忖岫、聞瀬始知川（猿を聴きて方めて岫を忖り、瀬を聞きて始めて川を知る）」と蕭銓「賦得夜猿啼」（『陳詩』巻六）の句、「別有三声涙、沾裳竟不窮（別れに三声の涙有り、裳を沾して竟に窮まらず）」を引く。後者の冒頭には「桂月影才通、猿啼迥入風（桂月　影才かに通じ、猿啼　迥かに風に入る）」の句がある。『詳注』がこのように三篇もの出典を引いたのは、それほどに三峡のサルの、悲しげな鳴き声の存在が広く知られていたことを物語っている。杜甫は同じ素材を用いながら「実下」の二字を加えて第三句に仕立てたのである。このことについては『詳注』が、「猿を聴きて涙を堕とすは、身歴て始めて其の真なるを覚ゆ、故に実に下すと曰う。」といっている。『詳注』に引く徐増『説唐詩』は、「本是れ猿の三声を聴きて実に涙を下すなるに、声律に拘泥す、故に実に下す三声の涙と為す。」と述べているが、「声律」にとらわれたためではなく、杜甫の工夫なのである。

瞿塘峡に近い夔州で、柏貞節（茂林）らの援助を受けながら暮らす感慨を詠じた七律「峡口、二首」〈其二〉（『詳注』巻一八）頸聯にもサルが表れる。

蘆花留客晚　　蘆花　客を留めて晩れ
楓樹坐猿深　　楓樹　猿を坐せしめて深し

蘆の花が咲く夔州の地では旅人である私を留めたまま夕暮れとなり、楓の林はサルを坐らせて奥深く繁っている、というのであろうか。『詳注』はこの聯について、「孤客　猿に対いて、悽惻に勝えず。」と述べているが、「楓樹」の句はわかりにくい。鈴木虎雄『杜少陵詩集』（以下、鈴木注）の「字解」は「坐猿楓樹深（猿を坐せしめて楓樹深し）」、或は楓樹深くして猿を坐せしむ、に同じ。」という。
また『詳注』は第六句の「坐」と「深」に注目し、これには基づくところがあるとして張説「遊洞庭湖」（『全唐詩』巻八八）の「樹坐参猿嘯、沙行入鷺群（樹には坐して猿嘯に参わり、沙には行きて鷺群に入る）」という句と宋之問「端州別袁侍郎」（『全唐詩』巻五二）の「客酔山月静、猿啼江樹深（客酔いて山月静かに、猿啼きて江樹深し）」という句を引いている。確かに張説の句とは発想を通わせるところがある。また徐仁甫『杜詩注解商権続編』（四川人民出版社、一九八六）は以下のように述べている。

　「坐」猶「致」也。鮑照『観圃人藝植』、「居無逸身伎、安得坐粱肉。」言伎不足以逸身、無従而致粱肉也。江淹『侍始安王石頭』、「擥鏡照愁色、徒坐引憂方。」謂徒致引憂之道而已。駱賓王『浮槎』詩、「忽値風飆折、坐為波浪衝。」言致為波浪所衝也（以上 訓例『滙釈』⑥）。因知此詩「楓樹坐猿深」、正謂楓樹致猿深。張説詩、「樹坐参猿嘯」、亦謂樹致参猿嘯耳。仇不知「坐」猶「致」、故以為奇。

　これに従えば、「坐」は、ある結果を招来する、招き寄せるの意となり、「楓樹は猿を坐きて深し」と読んで、楓の深い樹林があるためにサルをその奥に棲まわせている、と解釈することになろうか。いずれにしても、この句のサルは夔州の地にとどまっている杜甫の象徴と理解してよかろう。
　大暦元年（七六六）冬の作とされる五律「瞿唐両崖」（『詳注』巻一八）には「猱玃」の語が見える。「玃猱」は張衡「南都賦」（『文選』巻四）に南都（南陽）の山に棲む穀や猱などを挙げた中に玃が見え、李善注に、「爾雅に曰く、玃父は顧るを喜ぶと、郭璞曰く、獮猴に似て大に、蒼黒色なりと、(7)鄭玄の礼記注に曰く、猱は、獮猴なりと。」という。やや大型のサルの一種なのであろう。ただしこの語は杜甫の詩以前の用例を見ない。

5 猱玃鬚髯古　猱玃　鬚髯古り
6 蛟竜窟宅尊　蛟竜　窟宅尊し

この二句について黄生『杜詩説』巻五に、「山高く水険し、故に物は久しく深きに拠りて其の中に蔵るるを得たり。」という指摘があり、切り立った瞿唐峡には大きなサルがおり、険しい水にはみずちが潜んでいるという描写は、『杜詩説』がさらに「五・六は盗窃盤拠の輩を指す。」と指摘するように、単に断崖の高さと峡谷の険しさをいうだけでなく、峡谷が盗賊たちの潜む危険な場所となっていることも含意するかも知れない。「猿」や「猴」ではなくほとんど用例のない「猱玃」の語を用いたのも、不気味なものの存在を暗示しているのであろう。これも前詩と同時期に書かれた、五律「瀼西寒望」(『詳注』巻一八)は、夔州に入って一年近く住んだ西閣から東瀼水を見渡し、冬空の下での眺望を詠ずる。

5 猿掛時相学　猿掛かりて時に相い学び
6 鷗行炯自如　鷗行きて炯かにして自如たり

「猿掛」はサルが木の枝からぶら下がること。何遜「渡連圻詩、二首」〈其二〉（『梁詩』巻八）に、サルがウリのようにぶら下がっていることを詠じて、「魚游若擁剣、猿掛似懸瓜（魚游びて擁剣の若く、猿掛かりて懸瓜に似る）」という。「時相学」とは、サルがふざけて互いの動作を真似ること。『詳注』に引く趙汸注に、「時に相い学ぶは、猿の戯れ狎（な）るるを写す。」という。またこれも前詩と同じ頃の作である、西閣で日向ぼっこをした時の「西閣曝日」（全二〇句、『詳注』巻一八）には次の句がある。

11 流離木杪猿　　流離たり木杪（もくびょう）の猿
12 翩躚山巓鶴　　翩躚（へんせん）たり山巓の鶴

「流離」は『杜詩鏡銓』巻十五は「瀏灕」に作り、『銭注杜詩』巻六、及び『詳注』などには、一本には「瀏灕」に作るむねの注記がある。二句について、朱鶴齢『杜工部詩集輯注』巻十五は、「流離・翩躚は、猿鶴も亦暖かきを歓びて自得するを言う。」といい、『詳注』も、「木猿・山鶴は、閣前に見る所。流離は、円転の貌。翩躚は、軽挙の貌。皆な日中に自得するの態。」といっていて、サルや鶴が満足げにしていることを指すとする点では一致している。これに対して鈴木注は「流離」の字解で、「おちぶれたさま。仇注に円転貌といへるは恐らくは然らず。」といい、二句を「あすこに木のこずゑにおちぶれた猿がゐる、また山のいただきには鶴が舞うてゐる、（自分の境遇はあれに似てゐる。）」と訳している。しかし、この二句の前には「太陽信深仁、衰気欻有託（太陽信（まこと）に深仁なり、衰気欻（たちま）ち託する有り）」の句があって、太陽が出て暖かくなったために足が楽に動くようになったことを言っているから、「流離」をおちぶれたさまと解するのは無理があろう。杜甫の詩における他の用例に目を向けると、「観公孫大娘弟子舞剣器行」（『詳注』巻二〇）の序に、公孫大娘の舞いを評して、「瀏灕・頓挫、独出して時に冠たり。」という。この「瀏灕」は、動きが滑らかなさま、軽妙なさまであるから、これと同じく、梢にいるサルたちが素早く動き回ることをいうのである。張溍『読書堂杜工部詩文集註解』巻十五には、「流離は、当に是れ猿の軽便なるを形すべし、二語は物は皆な自得するに、己は如かざるを見すなり。」とあって、軽便、すなわち身軽に動き回るさまと解している。こう解してこそ、「翩躚」が翩翻と同じくひるがえり飛ぶさまであるのと対応する。韓成武・張志民『杜甫詩全訳』（河北人民出版社、一九九七）が二句を、「瞧那樹梢上有歓蹦乱跳的猴子、瞧那山頂上有翩翩起舞的白鶴。」と訳しているのは妥当であろう。(8)『詳注』が「円転の貌」といったのは、円を描くように軽快に動き回るさまと解したのである。

これも大暦元年（七六六）の冬の作である五律「寄杜位」（『詳注』巻一八）の冒頭には次の句がある。杜位は杜甫の従弟。ともに厳武の幕府に仕えたことがあり、この頃は江陵府少尹・行軍司馬であった。

寒日経簷短　　寒日　簷を経て短く
窮猿失木悲　　窮猿　木を失いて悲しむ

『詳注』は第二句について、「窮猿　木を失うは、乃ち家の帰る可き無きを歎ず、或いは云う厳武の亡きを傷むと、(9)非なり。武　在りし日、公已に辞して草堂に回る。」という。「失木」の語は、「両当県呉十侍御江上宅」にも、「哀哀失木狖（哀哀たり木を失う狖）」と見えていた。『詳注』は「窮猿」についてここでは『世説新語』言語篇から、李充が不遇をかこっていた時に殷浩がさして高くない県令の職でも我慢できるかと聞くと、「窮猿 林に奔るに、豈に木を択ぶに暇あらんや。」と答えて剡県（浙江省剰県）の県令になった故事を引く。[10] 困窮しているサルのこと。木の枝という拠り所を失って落ちたサルとは、杜甫自身の比喩でもある。なお詩における用例としては、李白「贈別従甥高五」（『全唐詩』巻一六九）に、「五木思一擲、如縄繋窮猿（五木 一擲せんことを思うも、縄の窮猿を繋ぐが如し）」とあるのが早いものであろう。「窮猿」の語はこの後、特に岳州（湖南省岳陽市）からさらに南下して以後の詩にも見られる。

同じく大暦元年の冬には、下牢関（湖北省宜昌市の東北）の方へと賊軍を討伐しに向かう趙公の所持するサラセン帝国伝来の刀を示され、壮士がこれを持って舞う姿を見て、「荊南兵馬使太常卿趙公大食刀歌」（『詳注』巻一八）を詠じた。第十句に「哀猱」の語が見えている。

9 翻風転日木怒号　　風を翻し日を転じて木は怒号し
10 氷翼雪澹傷哀猱　　氷翼び雪澹きて哀猱傷む

「猱」は「瞿唐両崖」にも見えた。手長ザル。『九家集注杜詩』巻十三は『詩経』小雅・角弓から「毋教猱升木、如塗塗附（猱に木に升るを教うる毋かれ、塗に塗を附くるが如し）」の句を引く。また二句について『詳注』は「此れ胡刀の瑩利なるを極状す。……風を翻すの二句は、其の勢い激動して声有り、其の色惨淡として悲しみを増すを言う。」といい、また朱鶴齢注に、『酉陽雑俎』巻一四、諸皐記上に、天宝の初年、王天運が西方の異民族、小勃律を討伐した時のこととして「行くこと数百里、忽ち颶風(ぐふう)　四もに起こり、雪花　翼(と)ぶが如し。」とあるのを引いて、「冰翼は、恐らくは亦此の義、剣器飄忽すること、冰翼(と)びて雪淡きが如きを言う。翼は、即ち飛ぶの意。按ずるに、李奇の長門の賦の注に、澹は、猶お動くがごときなり。」ともいう。二句は剣舞の様子がすばしこいサルさえも怯えさせるような勢いをもっていることをいう。

大暦二年(七六七)の暮春、瀼西に借り入れた住宅に移ろうとした時の作、五律「暮春題瀼西新賃草屋、五首」〈其三〉(『詳注』巻一八)の末聯には「江猿」の語がある。

細雨荷鋤立　　細雨　鋤(すき)を荷(にな)いて立てば
江猿吟翠屏　　江猿　翠屏(すいへい)に吟ず

小雨をついて春の耕作を始めようと鋤を担いで外へ出ると翠の屏風を立て掛けたような山の中腹で川縁に棲むサルが鳴いているのである。杜甫は夔州に来てからほぼ一年が経過し、ここでの生活に倦み始めていた。黄生『杜工部詩説』巻七に、「江猿　翠屏に吟ずは、即ち白鷗は水宿するに、何事ぞ余哀有るの意、而るに含蓄は較(やや)深なり。」と述べて、「雲山」(『詳注』巻九)の尾聯に、カモメはもともと水辺に宿るものなのにどうしてひどい悲しみを抱いているように思えるのか、と言っているのと発想が似ることを指摘している。鳴くサルに杜甫が強く感情移入していたのは明らかであろう。大暦二年（七六七）の夏、瀼西の北の山麓に登り、かつて山東に遊んだことを回顧しながら夔州の夏の酷暑を詠じた「又上後園山脚」（全三六句。『詳注』巻一九）には「猿鳥」の語がある。この語は「宿青渓駅、奉懐張員外十五兄之緒」にも見えた。

27瘴毒猿鳥落　瘴毒（しょうどく）　猿鳥落ち
28峡乾南日黄　峡乾きて南日黄なり

南方特有の湿熱の気の激しさを誇張して、サルも鳥も落ちてしまうといったのである。同じ大暦二年の作である「秋日夔府詠懐、奉寄鄭監李賓客、一百韻」（『詳注』巻一九）には次の句がある。

21鸂鶒双双舞　鸂鶒（けいちょく）　双双として舞い
22獼猴塁塁懸　獼猴（びこう）　塁塁として懸かる

夔州の風景を詠じた部分である。杜甫の詩に「獼猴」の語はここだけに表れる。大きなサル。早くは『楚辞』、劉安「招隠士」（『文選』巻三三）に、「獼猴兮熊羆、慕類兮以悲（獼猴と熊羆と、類を慕いて以て悲しむ）」とある。「招隠士」は末尾に、「王孫兮帰来、山中兮不可以久留（王孫よ帰り来れ、山中は以て久しく留まる可からず）」と述べるように、サルやクマ・ヒグマがいるような危険な場所には長く滞在すべきでないことをいう。杜甫の詩にもそのような意味合いがこめられていよう。「塁塁」は積み重なるさまだが、例えば張載「七哀詩、二首」〈其一〉に、「北芒何塁塁、高陵有四五（北芒　何ぞ塁塁たる、高陵　四五有り）」と詠じられるように、連なっている墓の描写に用いられることが多い。これをサルに用いたのは杜甫の独創である。夔州での詩にはまだサルが登場する。これも大暦二年の秋、峡州（湖北省宜昌市）の刺史、劉伯華に贈った「寄劉峡州伯華使君、四十韻」（『詳注』巻一九）では「哀猿」の語が用いられる。この語は「奉贈太常長卿坩、二十韻」にもあったように、杜甫の詩には時おり見られる。

7哀猿更起坐　　哀猿　更ごも起坐し
8落雁失飛騰　　落雁　飛騰を失す

『詳注』が「哀猿の二句は、自ら客為るに比す。」と述べるように、起ったり坐ったりしている哀しげなサルと大空を飛翔できなくなった雁は杜甫の分身であり、杜甫とサルとは同化しているといえよう。「課小豎鉏斫舍北果林、枝蔓荒穢浄訖移牀、三首」〈其一〉（『詳注』巻二〇）も大暦二年の秋、瀼西での作である。

5山雉防求敵　　山雉は求敵を防ぎ
6江猿応独吟　　江猿は独吟に応ず

第五句は意味が通りにくいが、[11] 第六句は川岸のサルが、杜甫の独吟に応えるかのように鳴くことをいう。先に見た「乾元中寓居同谷県作、七首」〈其四〉で、サルが杜甫の悲哀を感じ取って昼間から鳴いたように、杜甫の独吟に伴うように鳴くのである。同じく大暦二年の秋に書かれた五律「夜」（『詳注』巻二〇）には「嶺猿」の語がある。

3 嶺猿霜外宿　　嶺猿は霜外に宿し
4 江鳥夜深飛　　江鳥は夜深きに飛ぶ

「嶺猿」の語は唐代以前には見えないようであり、張九齢「使還都、湘東作」（『全唐詩』巻四七）に、「風朝津樹落、日夕嶺猿悲（風朝　津樹落ち、日夕　嶺猿悲しむ）」とあるのが早い例であろう。『杜臆』巻九に、「嶺猿　鳴かざるは、其の霜を畏れて宿するを知り、江鳥　夜飛ぶは、又風を畏れて宿する能わず、皆な夜景の悲しむ可き者なり。」という指摘がある。霜を避けて宿るサルと、風が強くて棲む枝が見つからないままに夜になっても飛び続ける鳥の姿は、苦難に満ちた旅を続ける杜甫の姿の投影であっただろう。なお、許渾「送客帰蘭谿」（『全唐詩』巻五三一）に、「暮随江鳥宿、寒共嶺猿愁（暮れには江鳥に随いて宿し、寒きには嶺猿と共に愁う）」とあるのは杜甫の句に学んだものであろう。

杜甫の詩には「玄猿」の語が二例見える。最初に見えるのはこれも大暦二年の秋に書かれた七律「九日、五首」〈其一〉（『詳注』巻二〇）の頸聯である。

殊方日落玄猿哭　　殊方　日落ちて玄猿哭し
旧国霜前白雁来　　旧国　霜前に白雁来る

故郷とは全く風土の異なる夔州では日が落ちると黒いサルが大声で鳴き、北の故国から霜の気配が来るより前に白い雁が飛んで来た、というこの二句においては「玄猿」と「白雁」が望郷の思いを誘発するものになっていることはわかりやすい。「玄猿（玄蝯）」の語はすでに『楚辞』九歎・離世に、「玄蝯失於潜林兮、独偏棄而遠放（玄蝯 潜林を失い、独り偏棄して遠く放たる）」と見えている。この二句について『詳注』は黄生注から「岑参の詩[12]に云う、雁を見ては郷信を思い、猿を聞きては涙痕を積むと。五六と意は同じ、而るに十四字の融会・蘊藉なるは、更に彼の十字を過ぐるなり。」という一節を引いている。確かに雁と猿とを対句にする点では共通するが、融会・蘊藉、つまり理解しやすく、ゆったりと包みこむような表現は杜甫が優るというのである。同じころに書かれた、人口に膾炙している七律「登高[13]」（『詳注』巻二〇）の起聯にもサルが登場する。

風急天高猿嘯哀　　風急に天高くして猿嘯きて哀しみ
渚清沙白鳥飛廻　　渚清く沙白くして鳥飛びて廻る

「猿嘯」の語は、賦では司馬相如「長門賦」（『文選』巻一六）に、「孔雀集而相存兮、玄猿嘯而長吟（孔雀集まりて相い存い、玄猿嘯きて長吟す）」とあり、詩では鮑照「登廬山詩、二首」（其二）（『宋詩』巻八）に、「鶏鳴清澗中、猨嘯白雲裏（鶏は清澗の中に鳴き、猨は白雲の裏に嘯く）」とあるのが早い例である。冒頭の句は、風が強く吹きつけ、空が高く澄みわたっているなか、サルが、旅を続けている杜甫の悲しみを一層募らせるかのように声を長く引いて鳴くことをいう。「東屯月夜」（全一六句。『詳注』

巻二〇）も前詩と同じ頃に書かれた。

11 数驚聞雀噪　数しば驚きて雀の噪ぐを聞き
12 暫睡想猿蹲　暫く睡らんとして猿の蹲るを想う

『詳注』の引く『杜臆』は、「猴の性は動、猿の性は静、[14] 静なれば必ず善く睡る、故に睡りし時に之を想う。」と述べる。夕暮れには小鳥が鳴き騒ぐ声を聞き、日が落ちると寝つかれないままにサルはうずくまるようにして眠っているだろうと想像するのである。[15] この二句はほぼ同時の作である五律「東屯北崦」の頷聯に、「空郵唯見鳥、落日未逢人（空郵　唯だ鳥を見る、落日　未だ人に逢わず）」とあるのと対応している。これも大暦二年（七六七）の冬、瀼西の宅の裏山にあった果樹園を見て回った時の「寒雨、朝行視園樹」（全一六句。『詳注』巻二〇）の末聯を見よう。

散騎未知雲閣処　散騎　未だ知らず雲閣の処
啼猿僻在楚山隅　啼猿　僻在す楚山の隅

第十五句は潘岳「秋興賦」の序（『文選』巻一三）に、「大尉の掾を以て、虎賁中郎将を兼ね、散騎の省に寓直す、高閣　雲に連なりて、陽景　曜らすこと罕なり。」とあるのを踏まえ、しかるべき官職にも就いていない身で雲閣（朝廷）から隔たっていることをいい、これを受けて末句では僻遠の地である夔州にいてサルの鳴き声を聞いていることをいう。「啼猿」の語は「寄岳州賈司馬六丈巴州厳八使君両閤老、五十韻」などにも見えていた。五律「耳聾」（『詳注』巻二〇）の頸聯を見よう。

猿鳴秋涙缺　　猿鳴くも秋涙缺け
雀噪晩愁空　　雀噪ぐも晩愁空し

『詳注』が「涙缺く・愁い空しは、聞こえざるを以ての故なり。」というように、片方の耳が聞こえなくなったために悲しげなサルの鳴き声がしても涙を流すことはないし、雀が夕暮れになって鳴き騒ぐ音が聞こえると愁いをもよおしていたが、それもなくなったというのである。これも前詩と同じ頃の作とされる五律「悶」（『詳注』巻二〇）の頸聯にもサルが登場する。

猿捷長難見　　猿捷くして長に見ること難く
鷗軽故不還　　鷗軽くして故に還らず

第五句は『淮南子』俶真訓を踏まえる。その「猨を檻中に置けば則ち豚と同じ、巧捷ならざるに非ざるなり、其の能を肆にする所無ければなり。」という一文は「奉贈太常長卿垍、二十韻」でも引いたが、ここではこれを踏まえてサルは身軽で素早いためにその姿が見つけにくいことをいう。ただし、『詳注』が「山猿と水鷗とは、何を以て悶えを成さん、其の軽捷　自如なるを見て、遂に客身の留滞するを傷むなり。」と指摘するように、サルや鷗が身軽で素早く移動する姿を見ては自身が夔州の地に留滞していることを嘆いているのである。夔州に退居していた弓の達人、王将軍の来訪を心待ちにしていたが来なかったことを詠ずる「久雨、期王将軍不至」（全二四句。『詳注』巻二〇）も大暦二年冬の作である。

7泉源冷冷雑猿狖　　泉源　冷冷として猿狖雑わり
8泥濘漠漠飢鴻鵠　　泥濘　漠漠として鴻鵠飢う

「猿狖」はサルと尾長ザル。この語は「両当県呉十侍御江上宅」にも見えた。泉が流れる音にサルの鳴き声が入り交じり、おおとりが飢えてぬかるみの上を飛んでいるという描写は、『杜詩闡』巻二十九に、「猿狖　雑わり処るは、小人　鼠窃するの象、鴻鵠　飢えに苦しむは、民生　所を失うの象、都て雨に借りて時事を傍説するなり。」という指摘があるとおり、不穏な時世を示唆するのであろう。この年の九月には吐蕃が霊州（寧夏回族自治区霊武市）を囲み、京師が戒厳状態に陥った。これも大暦二年冬の作である「虎牙行」（全一七句。『詳注』巻二〇）にも「猿狖」の語がある。

7杜鵑不来猿狖寒　　杜鵑来らず猿狖寒え
8山鬼幽陰霜雪逼　　山鬼　幽陰　霜雪逼る

末聯に、「征戍誅求寡妻哭、遠客中宵涙霑臆（征戍　誅求　寡妻哭し、遠客　中宵　涙臆を霑す）」とあるように、戦乱が続いて人々が苛斂誅求に苦しむことを詠じた詩である。二句は、寒気が厳しさを増すなか、暖気を好むホトトギスは飛来せず、サルたちは凍え、山に棲む怪物たちも霜や雪に追われて奥深くに姿を隠すことをいう。ただしこの二句も『杜臆』巻九に第一句と第五句に触れて、「秋風南国を吹く、巫峡　朔漠の気あり等の語を観るに、蜀に蛮夷の変有りて、夔・巫に近づく者に似たり。」というように、単に寒気が厳しくなったことを詠ずるだけでなく、夔州にも戦乱の気配が忍び寄ってきたことに喩えて言う可能性がある。であるとすれば杜甫を含む夔州の人々を「猿狖」に喩えていることになる。

これも大暦二年冬の作である五律「有歎」（『詳注』巻二一）の頸聯にも「窮猿」の語がある。

5 窮猿号雨雪　　窮猿　雨雪に号び（さけび）
6 老馬怯関山　　老馬　関山に怯ゆ（おびゆ）

『詳注』はここでも『晋書』巻九十二、李充伝を引いている。一篇は冒頭に「壮心久零落、白首寄人間（壮心　久しく零落し、白首　人間に寄す）」とあるように、心くじけて夔州に留まっていることを詠ずる。『杜臆』巻九に、「窮猿の句は客と作る（なる）の苦しみに比え（なぞらえ）、老馬の句は帰るを思うの切なるに比う。」といい、『詳注』が「窮猿・老馬は、自ら流離して所を失うに況う（たとう）。」と指摘するように、雨と雪の中で叫んでいる困窮したサルと関所のある険しい山を前にしてたじろいでいる老いた馬は杜甫自身に喩える。夜中に瀼西の宅に帰ったことを詠ずる七律「夜帰」（『詳注』巻二一）も大暦二年の冬の作である。頸聯を見よう。

庭前把燭嗔両炬　　庭前　把燭　両炬を嗔る
峡口驚猿聞一箇　　峡口　驚猿　一箇を聞く

第五句については異説があるが、[16] 第六句は、遅く帰った杜甫が家人を起こす声に驚いたのであろうか、サルの鳴き声が一声響いたのである。これも大暦二年の冬に書かれた「後苦寒行、二首」〈其二〉（全七句。『詳注』巻二二）には「玄猿」が登場する。末の三句を引く。

5玄猿口噤不能嘯　　玄猿　口噤みて嘯くこと能わず
6白鵠翅垂眼流血　　白鵠　翅垂れて眼血を流す
7安得春泥補地裂　　安んぞ得ん春泥　地の裂くるを補うことを

「前苦寒行」（『詳注』巻二一）に述べられていたように、虁州に時ならぬ雪が降った。太古以来雪が降ったことがないとされていた温暖の地であるにもかかわらず、酷寒に襲われたのである。「九日、五首」〈其一〉に見えた「玄猿」は夕暮れに鳴き叫んでいたが、この「玄猿」は経験したことのない酷寒に凍えて口を開くことさえできないのである。ここにも杜甫の姿の投影があろう。

五　湖南へ

大暦三年（七六八）の正月中旬、二年近く住んだ夔州を離れた杜甫は弟の杜観のいる江陵（湖北省荊州市）を目指して舟に乗った。途中、宜都（湖北省枝城市）に立ち寄った時の作、「大暦三年春、白帝城放船出瞿塘峡、久居夔府、将適江陵漂泊、有詩、四十韻」（『詳注』巻二一）には「狖」の語が見える。

5窄転深啼狖　　窄きには転ず深啼の狖
6虚随乱浴鳧　　虚しく随う乱浴の鳧

「狖」はこれまでにもしばしば見えていた。この二句について『詳注』は、「峡窄く船転じ、時に猿狖の啼くこと深きを聞き、虚舟　水に随い、毎に浴鳧の驚き乱るるを見る。」という。峡谷の狭まった所で船が方向を変えると奥深い所に棲むサルの鳴き声がまれにしか聞こえなくなり、あとは水面に乱れ浮かぶノガモの後をついていくだけだというのであろう。『杜臆』巻九は、詩の第三・四句に「舟に入りて翻って楽しまず、纜を解きて独り長吁す」とあり、舟に乗ったばかりの時にすでに鬱々として楽しまないことを表白していることに触れて、「舟に入りて翻って楽しまざる所以の者は、窄きには深啼の狖を転ずるを以て、方めて裳を沾らすを免るを覬むに、虚しく乱浴の鳧に随い、終に漂泊を免るること難ければなり。」と述べる。舟が向きを変えて奥深い山から聞こえる悲しげなサルの鳴き声をようやく耳にしなくなったと思ったら、今度はノガモの後をついていくことになり、結局は漂泊の境遇から逃れることはできないのだ、というのである。この詩を書いてからしばらくの間、サルが登場する詩は見られない。

「次晩洲」（全一二句。『詳注』巻二二）は大暦四年（七六九）の春、潭州（湖南省長沙市）から衡州（湖南省衡陽市）へと湘江を溯り、その中洲[17]に宿った時の作である。

5 棹経垂猿把　　棹は経ふ　垂猿の把
6 身在度鳥上　　身は在り度鳥の上

「垂猿」の語は用例が少なく唐代以前には見えない[18]。しかし杜審言「南海乱石山作」（『全唐詩』巻六二）には、「万尋挂鶴巣、千丈垂猿臂（万尋　鶴巣挂かり、千丈　猿臂垂る）」の句がある。杜審言は神竜元年（七〇五）に張易之兄弟が誅せられたのに連坐して峯州（ベトナム北部）に流され、翌年、則天武后が没すると許されて、国子監主簿・修文館学士として洛陽に戻る。「南海乱石山作」はその途中、南海県（広東省広州市）にある乱石山を通った時に書かれた。杜甫はこの詩が意識にのぼったのではあるまいか。張溍『読書堂杜工部詩文集註解』巻十九に、「猿相い引き、臂を以て下垂す。水漲り舟　其の間を行くに因り、遂に猿と近く出づ。鳥の上は、皆な其の高きを言うなり。此の景は甚だ真なり。」という指摘がある通り、水かさの増した湘江に浮かぶ舟からは手を繋ぎあい、岸から垂れ下がるようにして水を飲もうとするサルの姿が間近に見え、春になって北に帰る鳥たちよりも高所にいるように感じられたのである。五律「遠遊」（『詳注』巻二二）は大暦四年の初秋、潭州で書かれた。頸聯にサルがあらわれる。頸聯と尾聯を引く。

雁矯銜蘆内　雁は矯（あ）がる蘆（あし）を銜（ふく）むの内
猿啼失木間　猿は啼く木を失うの間
敝裘蘇季子　敝裘（へいきゅう）の蘇季子（そきし）
歴国未知還　国を歴（めぐ）りて未だ還るを知らず

『詳注』は第五句について『淮南子』脩務訓の「夫れ雁は風に順（したが）いて飛びて以て気力を愛（おし）み、蘆を銜みて翔りて以て矰弋（そうよく）に備う。」という一文を引き、また張華「鷦鷯賦」（『文選』巻一三）の「彼晨鳬与帰雁、又矯翼而増逝、……徒銜蘆而以避繳、終為戮於此世（彼の晨鳬と帰雁と、又翼を矯（あ）げて増（たか）く逝く、……徒（いたずら）に蘆を銜みて以て繳（いぐるみ）を避くるも、終（つい）に此の世に戮為（りくせ）らる）」という一文も引く。雁は飛ぶ時に蘆をくわえ鳴き声を出さないように警戒して猟師のいぐるみにからめ捕られないようにするというのである。また第六句について『詳注』は「両当県呉十侍御江上宅」で見たように『淮南子』主術訓を引くほか、ここでは梁・簡文帝「玄圃寒夕詩」（『梁詩』巻二一）から「雁去銜蘆上、猿戯繞枝来（雁去（ゆ）きて蘆を銜（ふく）みて上り、猿戯れて枝を繞りて来る）」という句を引く。二句は『詳注』が「雁　蘆を銜むは、前行已に倦み、猿　木を失うは、処として依る可き無し。」というように、杜甫が寄る辺のないまま旅を続けることに倦んできたことは事実であろうが、第五句は旅の途中では常に神経が張りつめており、警戒を怠らなかったことも含意するであろう。

最後にサルが登場するのは、大暦五年（七七〇）、郴州（湖南省郴州市）にいた崔偉を頼ろうとして湘江の支流の耒水を溯り、耒陽（湖南省耒陽市）に近い方田で洪水に行く手を阻まれて難儀していた時に耒陽の県令聶某が酒と肉を差し入れてくれたことを感謝して書いた「聶耒陽以僕阻水、書致酒肉、療饑荒江、……時属江張、泊方田」（全二六句。『詳注』巻二三）である。

13 側驚猿猱捷　側ちては驚く猿猱の捷きに(19)
14 仰羨鸛鶴矯　仰ぎては羨む鸛鶴の矯がるを

第十三句について、『詳注』は左思「蜀都賦」から「猨狖騰希而競捷、虎豹長嘯永吟（猨狖騰ること希にして競うこと捷く、虎豹長嘯して永吟す）」の句を引いている。「猿猱」はサルと手長ザルだが、ここは広くサルを指していう。この語は、李白「蜀道難」（『全唐詩』巻一六二）に「黄鶴之飛尚不得過、猿猱欲度愁攀援（黄鶴の飛ぶも尚お過ぐるを得ず、猿猱度らんと欲して攀援を愁う）」と見えるものが早かろう。杜甫は洪水で五日間も舟が進めなくなって身動きがとれなくなった時に、身を乗り出してはサルたちが身軽に動き回るのに驚き、空を見上げてはコウノトリが飛び上がるのをうらやましく眺めたのである。この両句は大水が出て進退窮まった杜甫とは対照的に、岸辺を飛び回るサルと空を飛ぶ鳥とを描出したものである。これ以降の詩にサルは見えない。

おわりに

これまで見てきたようにに杜甫の詩にはサルがしばしば登場する。「○猿」という形で見える語だけに限っても次のようになる。

「哀猿」四例、「窮猿」・「啼猿」各三例、「山猿」・「玄猿」・「江猿」各二例、「嶺猿」・「驚猿」・「清猿」・「江猿」・「林猿」各一例

このように多様な姿のサルが登場するのは、杜甫の詩以外にはあるまい。サルの姿はいうまでもなく人間に似ている。その点では、蜻蜓、小魚、燕などの小動物とは異なる。その特徴となる属性には姿が人間に似ていることのほかに、群れをなし、しかも協力して行動すること、動作が俊敏であること、鳴き声をたてることなども含まれる。

杜甫の詩に初めてサルが登場するのは、長安時代に書かれた「奉贈太常張卿垍二十韻」(『詳注』巻三)であった。しかしこの詩に見えた、檻に閉じこめられたサルは困窮している杜甫の比喩であってもサルそのものではない。しかし、杜甫がこの時期からサルを他者とは意識せず、自身に近い存在と見なしていたことは注意される。ただし「九成宮」にも見られるように、サルの鳴き声が自身の悲哀を催す契機となっていることは伝統的な発想の枠内に留まっているといえよう。秦州・同谷時代に入

ると杜甫は実際にサルの姿を目にするようになる。この時期のサルは悲しげに鳴く姿が詠じられる点では伝統的な発想の範疇を出ないが、泥濘に落ちてしまうサルや、その後について木の実を拾い集めようとしたことなどは、誇張があるにせよ、実際にその姿を間近にし、体験しなければ描写することは不可能である。それとともに「乾元中寓居同谷県作、七首」〈其四〉に見える「林猿」は、杜甫の感情を理解して共有し、彼のために鳴いてくれる存在である。このようなサルの描写は従来見られなかった。成都時代のサルの描写からはこれといった特徴はうかがえない。ただ「宿青渓駅、奉懐張員外十五兄之緒」に見える「猿鳥」などは群れをなしている点で杜甫の孤独感を際立たせるものとなっている。数の上からも圧倒的に多く、さまざまなサルが登場するのは夔州時代、それも大暦二年の詩に集中している。三峡一帯は古来サルが多く棲息することで知られていたが、杜甫が住んだ時にもサルは多かったのであろう。成都時代までよりもいっそう身近にその姿を目にし、鳴き声を耳にするようになった。特にこの時期のサルが杜甫に、一所に留まっている悲哀や望郷の念などさまざまな憂愁を呼び起こす存在となっていることがその特徴といえるであろう。サルはその敏捷性ゆえに、移動することがかなわない杜甫の憂愁を誘ったのである。それと同時にサルは杜甫が感情移入し、同化する対象でもあった。このような傾向は夔州において際立っている。例えば「有歎」に見えた雨雪に叫ぶサルや「後苦寒行」に見えた口を閉ざしたまま嘯くことさえできないサルは杜甫自身の姿でもあった。さらに冒頭に掲げた「猿」などは、杜甫に処世の在り方まで示唆する存在となっている。またこの時期の詩に「猱玃」（「瞿唐両崖」）などというほとんど先例を見ない語が用いられているのは、サルの姿を的確に詠じようとした杜甫の姿勢を示すものであろう。

湖南に入ってからのサルもそれ以前と異なる姿を見せているわけではないが、「遠遊」に見える拠り所を失ったサルも、行方の定まらない漂泊の旅を続ける杜甫の姿と重なっており、「聶耒陽以僕阻水、書致酒肉、療饑荒江、……時属江漲、泊方田」に見えた敏捷な「猿猱」は、移動に困難が増すようになった杜甫の憂愁をいっそう深くするものであった。

サルは杜甫にとって他者ではなく、自身の投影であり、杜甫の心境を理解し、悲哀を共有する存在だったのであって、このことこそが、同じ世界を構成する存在である蜻蜓、小魚、燕などの小動物とは異なっているといえよう。

注

（1）『水経注』巻三四、「江水」の条にも見え、『芸文類聚』巻九は『宜都山川記』から引き、『楽府詩集』巻八六は「古楽府」と題して「巴東三峡巫峡長、猿鳴三声涙沾裳、巴東三峡猿鳴悲、猿鳴三声涙沾衣（巴東　三峡　巫峡長し、猿鳴くこと三声にして涙　裳を沾す、巴東　三峡　猿鳴くこと悲し、猿鳴くこと三声にして涙衣を沾す）」の四句を引く。『古詩紀』巻五三は「巴東三峡歌二首」と題して同様の句を引く。なお「三峡」及び「瞿塘峡・灩澦堆」「巫山・巫峡」「西陵峡・黄牛峡・空舲峡」については植木久行編『中国詩跡辞典』（研文出版、二〇一五）のそれぞれの項に適切な説明がある。

（2）韓成武「『従人覓小胡孫許寄』写作時間与地点考」（『杜甫新論』河北大学出版社、二〇〇七所収）は

「南州」を成都南方の四川省南川県に比定し、上元元年（七六〇）か上元二年に浣花草堂で書かれたと推定している。

（3）拙稿「『同谷歌』の『狙公』について」（『東西南北の人―杜甫の詩と詩語』研文出版、二〇一一）参照。

（4）本文を「竹林為我啼清昼」と見なす、宋・無為子撰『西清詩話』（台北・広文書局、一九七三影印）に次の記述がある。なお『九家集注杜詩』巻六に引く『杜補遺』が「蔡氏『西清詩話』」とするのは、この書は蔡絛がその客に執筆させたという一説があることによる。

後　詩に注する者は林猿に更め、今本は皆な之に依る。崇寧（一一〇二〜一一〇六）の間、貢士の同州より来る有り、一禽を籠にす。大きさ雀の如く、色は正に青く、善く鳴く。其の名を問うに、曰く、此れ竹林鳥なりと。……少陵　詩目に於けるや、必ず其の処を紀して、以て風俗万物を明らかにして後人に詔ぐ。豈に易改せんや。余　之を朋友の間に得と云う。

『杜補遺』（『九家集注杜詩』巻六）はこの一文を引いた後に、「此の説、蔡氏は伝聞に得、未だ信と為すに足らず。蓋し猿は夜啼くこと多し、今清昼に啼くは自ずから意義有り。」と述べて否定する。また趙次公は、「同谷に深林無く、自ずから是れ猿無し、当に西清を以て是と為す。」と肯定している。

（5）注（1）参照。

（6）張相『詩詞曲語辞滙釈』（中華書局、一九九七）、巻八、坐（八）。鮑照「観圃人藝植」は『宋詩』巻九、江淹「侍始安王石頭城」は『梁詩』巻三、駱賓王「浮槎幷序」は『全唐詩』巻七九にそれぞれ見える。なお、李寿松・李翼雲『全杜詩新釈』（中国書店、二〇〇二）には、「『蘆花』二句、黄昏的蘆花仿佛有留客的意思、楓林深処有猿猴蹲坐在樹間。」とある。穏当な解釈であろう。

（7）郭璞注の原文は以下の通り。「玃は、貑玃なり。獮猴に似て大に、色は蒼黒、能く人を攫持し、顧眄するを好む、故に玃と云う。」なお司馬相如「子虚賦」（『漢魏六朝百三家集』巻二、『古賦弁体』巻三）には、『文選』には見えない「其上有赤猿・玃猱（其の上には赤猿・玃猱有り）。」という一文が見える。

（8）趙次公注（『杜詩趙次公先後解輯校』丁帙巻七）には、「流離たり木杪の猿は、則ち日を以て舒散す、……蓋し皆な寒凛に倦み、日を見て喜ぶなり。」という。寒さに身を寄せ合っていたサルの群れが暖かくなってバラバラに広がっていると解するのである。

（9）『杜詩鏡銓』巻一七に、「厳公の没するを指す。」とある。

（10）『詳注』は先に見た「入奏行」では、『晋書』巻九二、李充伝を引き、褚裒の勧めに李充が答えたことになっていた。

（11）鈴木注の「字解」は、『詳注』が「雉は性として善く鬬い、敵を求むるを見ては則ち防ぐ。」と述べていることに触れて、「雉が防ぐごとくいひなせるは恐らくは非なり。此の句は、「山雉のごとく敵を求むることを防ぐ」をいひ、求敵は山雉がなすことなるも防ぐは作者がなすことなり。即ち敵を求めざるをいふ。」といって二句を、「山の雉はよく敵を求めてたたかふものだが自分はそんなことはすまいとつとめてゐるし、ひとりで詩を吟じてゐると江岸の猿もそれに応じてなく。」と訳している。果たしてそうであろうか。諸注は第五句について潘岳「射雉賦」（『文選』巻九）に、「伊義鳥之応敵、啾擭地以厲響（伊れ義鳥の敵に応ずるや、啾きて地を擭ち以て響きを厲しくす）」とあるのを引き、さらに「厲耿介之専心兮、奓雄艶之姱姿（耿介の専心を厲し、雄艶の姱姿を奓る）」の句に付された徐爰の注、「敵を見れば必ず戦い、他の雑わるを容れず。」を引いている。ここは前掲『杜甫詩全訳』が、「山鶏警惕地提防対手出而挑戦。」と訳しているように、雉は自分の縄張りに侵入しようと相手を求めてやって来た他の雉に向かって、それを防ごうと警戒しつつ挑みかかる、と解してよいのではないだろうか。

（12）岑参「巴南舟中夜市」（『全唐詩』巻二〇〇）。

（13）『銭注杜詩』巻一二が「投簡梓州幕府兼簡韋十郎官」の後に配置して梓州（四川省三台県）の作とするなど、制作時期については異説がある。『九家集注杜詩』巻三〇、「九日、五首」の題下注に、「趙云う、旧本の題下注に云う、一首を闕くと、非なり。其の一は成都詩の中に在り、今遷して之を補うと。」という。また朱鶴齢『杜工部詩集輯注』巻一七には、「旧成都詩の内に編む、按ずるに、詩に猿嘯哀しの句有り、定めて夔州の作と為す。」とある。『杜詩鏡銓』巻一七、「九日、五首」の注にも、「呉若本の題下注に云う、一首を缺くと。趙次公は風急天高の一首を以て之に足して云う、未だ嘗て缺けずと。夢弼の注も同じ。」と指摘する。『詳注』は「登高」を「九日、四首」の後に配するが「此の章は総結。上四は、登高聞見の景、下四は、登高感触の情。登台の二字は、明らかに首章と相い応ず。」と述べているように「九日、五首」の第五章と考えてよかろう。

（14）『埤雅』巻四、「猨」の条に、「猴の性は躁急なり、猨の性は静緩なり。」とある。猴（手長ザル）は落ち着かない性質であり、猿の性質はゆったりしているという。

（15）森槐南『杜詩講義（中巻）』（文会堂書店、一九一二）は二句について、「此の如く喬木の影の下、石の処に身を寄せ掛けて、少時微睡をしやうと思ふけれ共、どうも寝られないのでありまして、夫は他でも無い此辺に時々雀の噪ぐ声が聞えますのに驚かされて遂に寝られなかつた事である、此処は倒句で後の句の、暫睡想猿蹲。と申す方が先きで、数驚聞雀噪。といふのが後であります、詰り前に木の影と石の事を写しましたのは他では無い其処に暫く睡つて、丁度猿の蹲るが如き体を致して此木の下の岩陰に暫時微睡せんと思ふたが僅に睡つたと思ふと屢々驚かされるのは何であるか即ち雀が噪ぐのであつて、……。」と述べている。

（16）張溍『読書堂杜工部詩文集註解』巻一七に、「両炬を嗔るは、其の費え多きを嫌うのみ。」という。『詳注』が「一炬にて足る、両なれば則ち費え多し、故に之を嗔る、旅居の貧態なり。」と、たいまつを二本も用いるのは無駄であることを叱ったと解釈することについて鈴木注は「……いかにも作者を吝嗇として取扱ひたり。余は首肯しがたし。嗔を一に喚に作る、喚の字いと順当なり、山黒とある如くあまりにくらき故に明るくせんとて二本の炬をもち来れよとよぶをいふ。」と述べる。確かに『杜詩鏡銓』巻一八は喚に作っている。しかし頷聯に「傍見北斗向江低、仰看明星当空大（傍に見る北斗　江に向かいて低るるを、仰ぎて看る明星　空に当たりて大なるを）」とあるように星明かりはあったのであって、漆黒の闇ではない。また『杜臆』巻九に、「一炬にて足る、両なれば則ち費え多し、故に之を嗔る、此れ窮儒の態なり、情は真なり故に妙。」というように、杜甫がたいまつを節約しようとしてもこの詩の価値を貶めることにはならない。

（17）『杜甫全集校注』に、「晩洲、今名挽洲、在湘江中、南岸属衡山県、北岸属湘潭県、在今株洲県王十万郷挽洲村南。」という。

（18）『九家集注杜詩』巻一六には「師云」として庾闡（ゆせん）（二八六～三三九）の句、「垂猿把臂飲（垂猿　臂を把りて飲む）」を引くが、『先秦漢魏晋南北朝詩』「晋詩」にこの句は見えない。

（19）鈴木注はこの句を「側（かたはら）には驚く猿猱の捷きに」と読む。しかし、韓成武・張志民『杜甫詩全訳』が「一側身便有敏捷的猿猴驚動我的旅魂、……。」と訳しているのに従った。このように読む方が対となっている「仰羨」とも対応する。

杜甫の詩とニワトリ

はじめに

杜甫の詩にはしばしば鳥が登場する。鶴、黄鸝、鶯、梟、鴨、鷺、雀、雁、烏、鷗、燕、鵲、鶺鴒、鸚鵡、鴛鴦、鷹、子規などである。この中で最も多く登場するのは雁であろう。雁は「胡雁」「陽雁」「落雁」「春雁」「塞雁」「過雁」などといった形で用いられ、五十例ほどが見えている。これに次ぐのが鷗であり、これも単独で用いられるほかに、「軽鷗」「白鷗」「沙鷗」「春鷗」「群鷗」といった形でも用いられ、四十例近くが見られる。鷗と並んで多く登場するのが鶏であり、『杜詩引得』によれば四十例以上が見られる。李白の詩に見える鶏が五例ほどにとどまることからすると、詩数の差を考慮に入れたとしても非常に多いといえよう。それにもかかわらず杜甫にとって、きわめて身近な存在であった鶏は、これまで取り上げられることが少なかったのではあるまいか。そうした中にあってわずかな例外は古川末喜『杜甫農業詩研究』（知泉書館、二〇〇八）と同氏『杜甫の詩と生活―現代訓読文で読む』（知泉書館、二〇一四）であって杜詩に登場する鶏にしばしば言及し、前者は「催宗文樹鶏柵」（『杜詩詳注』巻一五。以下、『詳注』）、「縛鶏行」（『詳注』巻一八）などを、後者は「縛鶏行」を取り上げて多くの示唆に富む指摘をしている。

そこで、いわば古川氏の研究の驥尾に付す形で、杜詩に登場する鶏の諸相について考察したい。ただし、「奉贈太常張卿垍、二十韻」（『詳注』巻三）に見える「醯鶏（けいけい）」などは鶏の字こそ含まれるものの、酒壺などに湧く小虫、カツオムシを指すのであって鶏とは無関係なので除外する。[1]なお「鶏」の旧字は鷄であり、雞という異体字（本字）もあるが、煩雑さを避けてすべて常用字体である「鶏」を用いる。

一

鶏が登場する描写のうち、最も多いのは鶏が鳴く「鶏鳴」であって六例があり、他に「鳴鶏」が一例ある。ただしこれには早暁を意味する「鶏鳴」も含まれる。まずこの例から見てみよう。

「雨過蘇端」（全二〇句。『詳注』巻四）は至徳二載（七五七）の春、反乱軍が支配する長安で書かれた。冒頭の二句を引こう。

鶏鳴風雨交　　鶏鳴いて風雨交わる

久旱雨亦好　　久旱には雨も亦好し

『詳注』が師尹の注を引いて、「鶏鳴は、君子を思うの詩なり、故に雨に乗じて友を訪ぬるを寓言す。」といい、『詩経』鄭風・風雨の句、

風雨如晦　　風雨　晦（やみ）の如し
鶏鳴不已　　鶏鳴　已（や）まず

を引く。この「鶏鳴」は、確かに早暁・早朝を意味していて実際に鶏の鳴き声が聞こえたのかどうかは関係ない。第四句に、「無食起我早（食無くして我を起たしむること早し）」とあるように、杜甫は空腹のために早朝から目覚めてしまったのである。

「冬末以事之東都、湖城東遇孟雲卿、復帰劉顥宅宿、宴飲散、因為酔歌」（全一八句。『詳注』巻六）の末尾には次の句がある。

17人生会合不可常　　人生　会合　常にす可からず
18庭樹鶏鳴涙如霰　　庭樹　鶏鳴きて涙は霰（あられ）の如し

乾元元年（七五八）の冬、杜甫は華州（陝西省華県）から洛陽に行き、湖城（河南省霊宝市）で孟雲卿に会い、彼を伴って劉顥（りゅうこう）の宅に泊まった。『詳注』は第十八句の出典として張衡「古別離」の「鶏鳴

庭樹枝、客子振衣起、別涙落如綫、相顧不能止（鶏は鳴く庭樹の枝、客子　衣を振るって起つ、別涙　落つること綫（いと）の如し、相い顧みて止むること能わず）」という句を引く。張衡の詩にこの句は見当たらないが、たとえば何遜「与沈助教同宿湓口、夜別」（逯欽立『梁詩』巻八。以下、逯欽立を省略）に、

　君随春水駛　　君は春水の駛（はや）きに随い
　鶏鳴亦動舟　　鶏鳴　亦舟を動かす

とあるように、杜甫の句も鶏が鳴き、友人との別離に際して旅立ちを急きたてることをいう点では発想が似る。早朝の別離を鶏鳴と結びつけることは、早くからあった発想と言えよう。

「洗兵馬」（『詳注』巻六。全四八句）には次の句がある。

23鶴駕通宵鳳輦備　　鶴駕（かくが）　通宵　鳳輦（ほうれん）備わり
24鶏鳴問寝竜楼暁　　鶏鳴　寝を問う竜楼の暁

この詩は乾元二年（七五九）、二月の作とされる。『詳注』は『礼記』文王世子の「鶏初めて鳴きて衣服し、寝門の外に至り、内豎の御者に問いて曰く、今日の安否は如何と。」という一文を示す。周の文王は太子であった時に、一番鶏が鳴く早朝に父の御機嫌伺いに参上した。一句はこれを踏まえて粛宗と皇太子の俶が、早朝に玄宗の安否を伺ったことをいう。以下の用例はすべて夔州（重慶市奉節県）から長江を下って江陵（湖北省荊州市）に出て以後の詩に見える。「水宿遣興、奉呈群公」（全四〇

句。『詳注』巻二一）には「鳴鶏」の語が見える。

23 蹉跎長泛鷁　　蹉跎（さた）　長（つね）に鷁（げき）を泛（う）かべ
24 転展屢鳴鶏　　転展して屢（しば）しば鳴鶏

この詩は『詳注』によれば大暦三年（七六八）の夏、江陵に近い古城店に船宿りした時の作である。『詳注』が「鷁を泛かぶ・鶏を聞く、は、水辺に寐ねられざるの状。」というとおり、船旅を続け、将来の見通しも立たず、転展として寝つかれないまま夜明けを迎えたのである。「鳴鶏」は押韻を考慮して「鶏鳴」を言い換えたものだが、この語は例えば陶淵明「丙辰歳八月中、於下潠田舎穫」（『晋詩』巻一七）に、

飢者歓初飽　　飢えたる者は初めて飽くを歓び
束帯候鳴鶏　　束帯して鳴鶏を候（ま）つ

と見える。陶淵明の場合は辛苦して収穫の時期を迎え、夜明けを待ち望む気持ちを詠ずるのだが、杜甫にはそのような喜びはない。

五律「江辺星月、二首」〈其二〉（『詳注』巻二一）は前の詩とほぼ同じ頃、江陵の舟中で書かれた。その頷聯に次のように言う。

鶏鳴還曙色　　鶏鳴きて還た曙色
鷺浴自清川　　鷺浴して自ずから清川

『詳注』は「鶏鳴く・鷺浴す、は、天已に暁なり。」と述べ、江総「卞山楚廟詩」(『陳詩』巻八)から、「忽聴晨鶏曙、非復楚宮歌(忽ち聴く晨鶏の曙、復た楚宮の歌に非ず)」の句を引く。卞山(一名、弁山。浙江省湖州市の西北)には項羽神廟があった。江総はそこで「晨鶏」、夜明けを告げるニワトリの鳴き声を聞いたのである。杜甫の詩においては月と星が沈んで、またもや船出する早暁になったことをいう。この詩も前の詩と同様に、寝つかれずに早暁を迎えたことをいうかも知れない。五律「移居公安山館」(『詳注』巻二二)は大暦三年(七六三)の冬、江陵から公安(湖北省公安県)に移る途中の作である。尾聯を引こう。

鶏鳴問前館　　鶏鳴　前館を問う
世乱敢求安　　世乱るるに敢えて安を求めんや

まだ早暁だというのに旅立とうとして進路を人に尋ねるのである。『詳注』は、「安」は安眠することだという。戦乱のただ中にある杜甫はまんじりともしないで夜明けを迎えたのであろう。

二

杜詩における鶏は、しばしばイヌ（犬・狗）と結びついて登場する。その早い例は「兵車行」（全三七句。『詳注』巻二）にある。

21況復秦兵耐苦戦　況んや復た秦兵は苦戦に耐え
22被駆不異犬与鶏　駆らるること犬と鶏とに異ならず

『詳注』は『杜臆』巻一に、「今　民の耒耜を負う者を駆りて兵と為すは、所謂　教えざるの民　之を死地に棄つるのみ、何ぞ犬と鶏とに異ならんや。」というのを引く。「教えざるの民……」とは『論語』子路篇に、「教えざるの民を以て戦う、是れ之を棄つという。」とあるのを踏まえる。『杜臆』はさらに『左伝』隠公十一年の記事から「行をして犬鶏を出さしむ。」という一文を示す。この「犬鶏」は神に供えて呪いをかけるための生贄である。杜甫はこれらから発想を得たのであろう。しかし人々が兵士としてイヌや鶏のように駆り立てられるという描写は杜詩以外には見られない表現である。しいて挙げれば、後の例だが、金末の人である王元粋（？～一二四三）の「西山避乱、三首」〈其一〉（『中州集』巻七）に、戦乱による被害を描写して、「老幼委溝壑、不如犬与鶏（老幼　溝壑に委てらるること、犬と鶏とに如かず）」と詠ずるのがこれに近いだろう。

至徳二載（七五七）の夏、鳳翔（陝西省鳳翔県）の行在所で鄜州（陝西省富県）にいる家族の安否を気遣って書いた「述懐」（全三二句。『詳注』巻五）では「鶏狗」の語を用いる。

15比聞同罹禍　比聞く同じく禍に罹りて
16殺戮到鶏狗　殺戮　鶏狗に到ると

『詳注』は「鶏狗」の出典として「漢・献帝紀」から「董卓　悉く長安の宮廟・官府を焼き、二百里内　室屋は蕩尽し、鶏犬を復す無し。」という一文を引いている。これは『資治通鑑』巻五十九、漢紀五十一、献帝の初平元年（一九〇）三月の記事を節録したものであり、董卓が焼いたのは長安ではなく洛陽の諸宮廟である。戦場における殺戮のすさまじさを伝える記録には、しばしばそれが鶏とイヌにまで及んだという描写が見られる。例えば曹操が父の曹嵩が陶謙の別将に殺された報復として陶謙を討った時のことを、『後漢書』巻百三、陶謙伝に、「凡そ男女数十万人を殺し、鶏犬も余す無く、泗水は之が為に流れず。」と記すのはその一例である。本来、鶏とイヌが飼われていることは平穏な日常の象徴でもあった。『老子』に、「小国寡民、……隣国相い望み、鶏狗の声相い聞こゆ。」とあり、陶淵明「桃花源記」（『晋詩』巻一六）に、「阡陌交わり通じ、鶏犬相い聞こゆ。」とあるのはその典型であろう。いったん戦乱が起こると、民は「鶏犬」のように戦場に駆り出され、殺戮は「鶏犬」にも及ぶのである。「新婚別」（全三二句。『詳注』巻七）はどうか。

15生女有所帰　女を生みて帰ぐ所有れば
16鶏狗亦得将　鶏狗も亦将いるを得ん

第十六句の解釈には種々の異説もあるが、仮に『詳注』が『淮南子』（『詳注』引）から「鶏をして晨を司らしめ、狗をして夜を守らしむ。」という一節を引いて、「嫁する時に鶏狗を将いて以て往き、室家　久長の計を為さんと欲するなり。」と説明するのに従えば、男子は戦死してしまうが女子は時を告げる鶏や夜の番をするイヌを引き連れて嫁ぎ、末永く平穏に暮らすこともあろうという意味になる。平時には鶏やイヌにも居場所があって、それぞれの役割を果たすのである。

「剣門」（全二二句。『詳注』巻九）は乾元二年（七五九）十二月、同谷（甘粛省成県）から成都へ赴く困難な旅の途中で書かれた。

11三皇五帝前　三皇五帝の前
12鶏犬各相放　鶏犬　各おの相い放たる

『詳注』は「鶏犬放たるは、中国未だ通ぜず。」と言い、潘岳「征西賦」（『文選』巻一〇）の「渾鶏犬而乱放、各識家而競入（鶏犬を渾めて乱し放ち、各おの家を識りて競い入る）。」という一文を引く。これは劉邦が新豊邑を作った際に、あまりにも旧邑とそっくりだったために、鶏やイヌを放すと間違えることなく争って見知った自分の家に入っていったことをいう。蜀地は中原の地と隔絶して往来がなかった古代には、鶏やイヌが放し飼いにされるほど平穏であったのである。

「鶏犬」の語が最後に見えるのは上元二年(七六一)、浣花草堂で書かれた五律「寒食」(『詳注』巻一〇)の尾聯である。

地偏相識尽　　地偏相識尽
鶏犬亦忘帰　　鶏犬も亦帰るを忘る

第七句には異なった解釈があるので書き下し文は記さなかった。『詳注』は「招要には則ち赴き、饋問(きもん)は辞せず、人情は既に相い親狎し、鶏犬は帰るを忘るるに至る、物性も亦之と相い忘る。」といい、さらに「遠注」の「江村は止(た)だ八九家のみ、(2)故に尽(ことごと)く相識。」という一文を引く。鈴木虎雄『杜少陵詩集』(国民文庫刊行会、一九三一)はこれに従い、「相識尽」の「字解」では、「尽相識の意、みんなしりあふ。」といい、同じく「忘帰」には「他家にゆくも自家の様におもひかへることをわすれていつてもどるのを忘れてゐる様なありさまである。」と訳している。しかし張溍『読書堂杜工部詩文集註解』巻七のように「地僻に人少きに由りて、故に相識は皆な尽き、鶏犬も亦誤りて主家と為すなり。」と解することも可能である。鈴木氏は「地偏にして相識り尽(あいしりつく)す」と読むが、張溍に拠れば「地偏にして相識尽(そうしきつ)く」と読み、辺鄙な土地なので旧知の者はおらず、鶏やイヌは間違えてよその家に入ってきてしまう、となろうか。頸聯には迎えが来ると出かけるし、隣家が食べ物を差し入れてくれれば遠慮なくいただくとあるから、『詳注』のように解するのが妥当だろう。そうであれば、平穏な集落なので、鶏やイヌも他家に入ったまま帰ろうともしないことになる。

以上が鶏とイヌが結びついて用いられた例である。「豚」と結びついた例もあるのでここで見ておこう。大暦二年（七六七）の晩秋に、夔州の東屯で書かれた五律「刈稲了、詠懐」（『詳注』巻二〇）である。

3　寒風疎草木　　寒風　草木疎(まば)らに
4　旭日散鶏豚　　旭日　鶏豚散ず

『詳注』が「鶏豚散ずは、田に余粒有るなり。」という通り、収穫を終えたあと、鶏やブタが、朝日の射す中、田の辺りに散らばっている落ち穂を捜して食べるのである。また『詳注』は出典として束晳「勧農賦」（『芸文類聚』巻六五、『全晋文』巻八七）から「鶏豚争下、壺榼横至（鶏豚争い下り、壺榼(ここう)横(ほしいまま)に至る）」の句を引く。こちらは収穫後の祝宴で、ブタと鶏を料理して食べ、酒を飲むのである。

三

次に、今までに見た詩以外に鶏が登場する例を見ておこう。「羌村、三首」〈其三〉（全一六句。『詳注』巻五）は、至徳二載（七五七）の秋、鳳翔（陝西省鳳翔県）の行在所から、家族を避難させてあった鄜州（陝西省富県）の羌村へとたどりついた時の作である。この詩の冒頭部には「鶏」の字が三個所に用いられている。

群鶏正乱叫　　群鶏　正に乱叫し
客至鶏闘争　　客至りて鶏闘争す
駆鶏上樹木　　鶏を駆りて樹木に上らしめ
始聞扣柴荊　　始めて聞く柴荊を扣くを

『詳注』は「客至りて鶏鳴くは、荒舎　寂寥の景を見す。」というが、どうして家の周囲で鶏の鳴き騒ぐことが「寂寥」を意味するのであろうか。ここはわずかな期間ではあったが久々に家族との日常が戻ってきたことを鶏の喧噪に借りて述べたものであろう。家族が飼っていたであろう鶏が、珍客である杜甫の姿を見て騒ぎ立てるので近隣の「父老」が尋ねてきたことに気づかなかったのである。

なお『詳注』は第一句の出典として応瑒「闘鶏」（『魏詩』巻三）から「二部分曹伍、群鶏煥以陳（二部曹伍を分かち、群鶏　煥らかにして以て陳なる）」の句を引き、第三句には荀悦『申鑒』巻一、政体から「孺子の鶏を駆るを睹るや、民を御するの方を見る。」という一文を引き、さらに楽府古辞「鶏鳴」（『漢詩』巻九）からその冒頭の句、「鶏鳴高樹巓、狗吠深宮中（鶏は高樹の巓に鳴き、狗は深宮の中に吠ゆ）」を引いている。「泛渓」（全二四句。『詳注』巻九）は上元元年（七六〇）の秋、浣花草堂で書かれた。

17吾村靄暝姿　吾が村　暝姿靄たり
18異舎鶏亦棲　異舎　鶏も亦棲む

舟遊びを終えて草堂に戻ってきた時の光景である。第十八句、「異舎」は、『墨子』備水に、「先ず材士を養い、異舎を為る。」とあって、他とは違う特別な建物を指すが、詩における用例は杜甫以前には見えない。ここは隣りの家を指すのであろう。「鶏も亦棲む」は『詩経』王風・君子于役に、「鶏棲于塒（鶏は塒に棲む）」、「鶏棲于桀（鶏は桀に棲む）」と見える。一句は夕暮れになって鶏が隣家の小屋に戻ったことをいう。「鶏棲（栖）」の語は他に二例が見えているので、これを先に引こう。乾元元年（七五八）春、左拾遺として門下省にあった時の作である五律「晩出左掖」（『詳注』巻六）の尾聯には次のようにある。

避人焚諫草　人を避けて諫草を焚き
騎馬欲鶏栖　馬に騎れば鶏栖ならんと欲す

『詳注』が『詩経』王風・君子于役を引き、「故に鶏栖を用い以て晩に出づるを点す。」と述べるように、ここは夕暮れになろうとしていることを示す。「鶏栖」を、いわば動詞的に用いたのは杜甫の工夫であって、他の用例を見ない。

ただし五律「悪樹」（『詳注』巻一〇）に、「枸杞因吾有、鶏棲奈汝何（枸杞　因りて吾が有とす、鶏棲汝を奈何（いかん）せん）」と見える「鶏棲」は『詳注』が引くとおり、朱鶴齢『杜工部詩集輯注』巻十に、「急就篇注に、皂莢樹（そうきょうじゅ）、一名は鶏棲と。」という指摘があるように、樹木の名、トウサイカチである。

もう一例は大暦二年（七六七）の冬、夔州の瀼西で書かれた五律「向夕」（『詳注』巻二〇）に見える。

5 鶴下雲汀近　　鶴下りて雲汀近く
6 鶏栖草屋同　　鶏栖　草屋同じ

「鶏栖（鶏棲）」は鶏の住み処、鶏小屋。瀼西の住まいではその一角に鶏も同居していたのである。杜甫にとって鶏を飼育することは健康を保つためにも必要だった。「催宗文樹鶏柵」（全三六句。『詳注』巻一五）は大暦元年（永泰二年、一一月に改元。七六六）の夏、夔州の西閣で書かれた。鶏の狼藉に手を焼いた杜甫が息子の宗文に囲いを作らせようとしたことを詠ずるこの詩には「烏鶏」が登場する。

1 吾衰怯行邁　　吾衰えて行邁を怯（おそ）る
2 旅次展崩迫　　旅次　崩迫を展（の）ぶ
3 愈風伝烏鶏　　風（ふう）を愈（いや）すに烏鶏を伝う
4 秋卯方漫喫　　秋卯　方（まさ）に漫喫す
5 自春生成者　　春より生成せし者
6 随母向百翮　　母に随い百翮（ひゃくかく）に向（なん）なんとす

7 駆趁制不禁　　駆趁（くちん）して制するも禁（とど）められず
8 喧呼山腰宅　　喧呼す山腰の宅
……　　……
31 其流則凡鳥　　其の流は則ち凡鳥なり
32 其気心匪石　　其の気は心　石に匪（あら）ず

「烏鶏」は烏骨鶏。しかしこの語は唐詩にもそれ以前の詩にも見えない。後の例になるが陸游「遷鶏柵歌」（『剣南詩稿』巻六一）に、「烏鶏買来逾歳年、庭中赤幘何昂然（烏鶏　買い来りて歳年を逾（こ）ゆ、庭中の赤幘（せきさく）　何ぞ昂然たる）」とあるのは杜甫の詩を意識しよう。「赤幘」は鶏の赤いとさか。『詳注』は『本草』から「烏雌鶏は、風湿麻痺を治す。」という一文を引くように、中風などに薬効があるとされた。

杜詩には「養鶏」の語も用いられる。大暦二年（七六七）、夔州に隠居していた従孫の杜崇簡に寄せた「寄従孫崇簡」（全一〇句。『詳注』巻一八）には次の句がある。

3 吾孫騎曹不記馬　　吾が孫の騎曹　馬を記せず
4 業学尸郷多養鶏　　業は尸郷（しきょう）を学びて多く鶏を養う

杜崇簡は多くの鶏を飼っていた。「尸郷」は尸郷翁、祝鶏翁のこと。祝鶏翁は劉向『列仙伝』巻下によれば、洛陽の人。尸郷（河南省偃師市の西）の北山の麓で百年余にわたって千余羽の鶏を飼っておりそれぞれに名前をつけていたという。杜甫の「奉寄河南韋尹丈人」（『詳注』巻一）に、「尸郷余土室、難説祝鶏翁（尸郷　土室を余す、説き難し祝鶏翁）」といい、先に引いた「催宗文樹鶏柵」（『詳注』巻一五）にも、「未似尸郷翁、拘留蓋阡陌（未だ似ず尸郷翁の、拘留して阡陌を蓋うに）」という句が見えている。杜甫が夔州で養鶏を始めた際には杜崇簡の援助があったのであろう。

このような、健康上の必要から鶏を身近に置いた、いわば鶏との共同生活が鶏の登場する諸作を生んだのである。それ以前にはわずかに闘鶏を詠ずる詩などが鶏を主題としていた。杜甫にも闘鶏を扱った詩があるが、これは後に取り上げる。

杜甫は自身が鶏を飼っていない時でも隣家の鶏を詠じている。それを象徴するのが「隣鶏」の語である。この語が杜甫以前に用いられるのは庾肩吾「奉和湘東王応令、二首・冬暁」（『梁詩』巻二三）の冒頭に、「隣鶏声已伝、愁人竟不眠（隣鶏　声已に伝わり、愁人　竟に眠れず）」とあるのが唯一の例である。しかしこれとても鶏が早暁の時を告げることをいうのであって、伝統的な意味の枠内にある。「隣鶏」は杜詩には三例がある。

上元二年（七六一）冬、成都での作であり、王掄に、酒を携えて高適とともに浣花草堂を訪ねてほしいと依頼した七律「王十七掄許携酒至草堂、奉寄此詩、便請邀高三十五使君同到」（『詳注』巻一〇）には次のようにある。頷聯と頸聯を引く。

江鸛巧当幽径浴
隣鶏還過短牆来
繡衣屢許携家醞
皁蓋能忘折野梅

江鸛　巧みに幽径に当たりて浴し
隣鶏　還た短牆を過ぎ来たる
繡衣　屢しば許す家醞を携うるを
皁蓋　能く忘れんや野梅を折ることを

『詳注』はこの詩について、「今按ずるに、隣鶏　牆を過ぐは、語　浅易に近し。繡衣・皁蓋も、又拙鈍に近し。恐らくは少陵匠意の作に非ざるなり。」と批判を加え、さらに「補注」でも、「詩家　短牆を用いて、俗字を避けず、但だ工拙の同じからざる有り。杜公の此の句は、語は率にして俚に近し、元の仇仁近云う、「桃柳　参差として短牆より出で、小楼　突兀として湖光を看る」と。自ずから風趣の婉然たるを覚ゆ。」と同趣旨の指摘を繰り返す。元仇遠、字は仁近は南宋末から元初の人。引かれた句は七律「元友山南山新居」（『山村遺集』）の起聯である。仇兆鰲は第四句は俗な表現であり、続く一聯も精彩がないと認めているのである。しかし、「隣鶏」の語は、唐詩では高適の「淇上別業」（『全唐詩』巻二一四）に見え、中に「庭鴨喜多雨、隣鶏知暮天（庭鴨は多雨を喜び、隣鶏は暮天を知る）」の句がある。杜甫はこの詩を知っていたのではなかろうか。また「短牆」の語も、確かに杜甫以前には見えないようである。後になると元稹、白居易の詩にも用例はあるが、例えば温庭筠「贈知音（一作暁別）」（『全唐詩』巻五七八）には、「翠羽花冠碧樹鶏、未明先向短牆啼（翠羽　花冠　碧樹の鶏、未明に先ず短牆に向かいて啼く）」とあり、韓偓「訪同年虞部李郎中」（『全唐詩』巻六八〇）に、「門庭野水褵褷鷺、隣里短牆咿喔鶏（門庭　野水　褵褷たる鷺、隣里　短牆　咿喔たる鶏）」とあって、いずれも鶏と関連して用いられていることが注意を引く。『詳注』が杜甫の句を「浅近（浅く俗っぽい）」であり、「俚（田舎じみている）」であると評したのは、ニワトリがあまりにも身近な存在であって、これを描写する詩が杜甫以前にはほとんど見られなかったことに起因していよう。

七絶「書堂飲既、夜復邀李尚書、下馬月下賦、絶句」（『詳注』巻二一）は大暦三年（七六八）の春、江陵で書かれた。

3 久拚野鶴如双鬢　久しく拚つ野鶴　双鬢の如きを
4 遮莫隣鶏下五更　遮莫隣鶏　五更に下るを

『詳注』は第四句について羅大経『鶴林玉露』丙編巻一、「遮莫」の条を節略して引いている。本文（中華書局、一九八三）から引こう。

詩家の「遮莫」の字を用いるは、蓋し今の俗語の所謂「儘教」なる者是れなり。故に杜陵の詩に云う、「已に拚つ野鶴　双鬢の如きを、遮莫隣鶏　五更に下るを」と、鬢は野鶴の如く、已に老いを拚つるを言う。儘教隣鶏　五更に下るを、とは、日月　逾邁するも、復た惜しまざるなり。而るに乃ち用って禁止の辞と為す者有るは、誤れり。

つまり第四句は、隣家の鶏が五更（夜明け）を告げようとねぐらから下る時刻になっても、それはそれとして酒盛りを続けようというのである。「隣鶏」の出典として『詳注』はここで庾肩吾の詩を示している。なお「遮莫」の語が詩に用いられるのは孟浩然「寒夜」（『全唐詩』巻一六〇）に、「錦衾重自煖、遮莫晩霜飛（錦衾　重ねて自ずから煖かし、遮莫　晩霜飛ぶを）」とあるのが早い例であろう。
最後に「隣鶏」の語が見えるのは七律「暁発公安」（『詳注』巻二二）である。杜甫は大暦三年（七六八）の秋、江陵から公安県（湖北省公安県）に移り、ここに三か月ほど滞在して、年末、岳州（湖南省岳陽市）に向かった。原注に「数月　此の県に憩息す。」とある。前半の四句を引こう。

北城撃柝復欲罷　　北城の撃柝　復た罷まんと欲す
東方明星亦不遅　　東方の明星も亦遅からず
隣鶏野哭如昨日　　隣鶏　野哭　昨日の如し
物色生態能幾時　　物色　生態　能く幾時ぞ

『詳注』は第三句が冒頭の句の「撃柝」を承けていることを指摘するが、ここでは出典は示さない。趙次公の注（『九家集注杜詩』巻三五）は「隣鶏」、隣家で飼っているニワトリの出典として庾肩吾の詩を引きながら、「隣鶏野哭の四字は両たび出づ。……野哭の字は未だ見ず。」と述べる。「隣鶏」もほとんど前例を見ない語であったが、「野哭」、つまり郊外の野原の墓地で死者を哭するというこの語にも前例がない。杜甫はこの語をこの詩を書く以前に二度用いている。「閣夜」（『詳注』巻一八）で、「野哭千家聞戦伐、夷歌幾処起漁樵（野哭　千家　戦伐に聞こえ、夷歌　幾処か漁樵より起こる）」といい、

「刈稲了、詠懐」（『詳注』巻二〇）で、「野哭初聞戦、樵歌稍出村（野哭　初めて戦いを聞き、樵歌　稍く村より出づ）」というのは似た発想の句だが、いずれも夔州での作である。また「早行」（『詳注』巻二二）の「歌哭倶在暁、行邁有期程（歌哭　倶に暁に在り、行邁　期程有り）」も類似の例としてある。杜甫にとって「隣鶏」が早暁に時を告げることは戦乱のイメージとも密接に結びついていたと言えよう。

五

次に「鵾鶏」の語について見ておこう。杜詩にはこの語が二例見えている。鵾鶏は大型の鶏の一種で、トウマル。乾元二年（七五九）の十月、同谷へ赴く途中、両当県（甘粛省両当県、陝西省鳳県の東北）にあった呉郁の旧居に立ち寄った時の作、「両当県呉十五侍御江上宅」（全三六句。『詳注』巻八）には次のようにある。当時、呉郁が左遷されていた長沙を思って詠じた部分である。

5 鵾鶏号枉渚　　鵾鶏　枉渚に号び
6 日色傍阡陌　　日色　阡陌に傍う

『詳注』は「鵾鶏は、楚の鳥。」と言うのみだが、『楚辞』九弁には、「鵾鶏啁哳而悲鳴（鵾鶏は啁哳として悲鳴す）。」とあり、この鵾鶏を星川清孝『楚辞』（明治書院、一九七〇）は「しゃも。大きな鶏。

とうまる。」と説明し、花房英樹『文選四』（集英社、一九七四）は「鶴に似て、羽の色に黄みを帯びている鳥。和名はとうまる。」と説明している。また吉川幸次郎『杜甫詩注　第八冊』（岩波書店、二〇一四）はこの両句を「県にはいってから、呉の宅に至る途中の実景」と見なし、「とうまるどり」と訳している。『詳注』はさらに洪興祖の補注を引いて「鵾鶏は、鶴に似て、黄白色。」といい、夏侯湛「江上泛歌」（『晋詩』巻二）から「桂林蓊鬱兮鵾鶏揚音（桂林は蓊鬱として鵾鶏は音を揚ぐ）」の句を引く。この「歌」も冒頭に「悠悠兮遠征、倏倏兮暨南荊（悠悠として遠征し、倏倏として南荊に暨る）」とあるから、呉郁がいると考えられた南方の長江下流域にふさわしい鳥として意識されていることは確かである。なお吉川説などは、在宅していた呉郁を訪ねた時の作とするが、杜甫は上元二年（七六一）に浣花草堂で「范二員外邈・呉十侍御郁、特枉駕、闕展待、聊寄此作」（『詳注』巻一〇）を書いている。この詩について『詳注』が「江上の宅に過りし時　郁は楚中に謫せらる、是の年　蓋し放還せらる。」というように、杜甫が両当県を訪ねた時には呉郁は貶謫されていたと考えるのが自然であろう。そうでなければ呉郁は杜甫と会った後に、杜甫の後を追うようにして成都へ来たことになってしまう。陳冠明・孫素婷『杜甫親眷交遊行年考』（上海古籍出版社、二〇〇六）も呉郁は上元二年（七六一）に放還されて成都に来たとしている。従って鵾鶏は当時呉郁が遷謫されていた南方を象徴する鳥ということになり、『楚辞』に頻出することと符合する。

　もう一例は広徳二年（七六四）の暮春、閬州（四川省閬中市）から成都の草堂に戻った時の作、「絶句、六首」〈其一〉（『詳注』巻一三）の結句に見える。

竹高鳴翡翠　竹高くして翡翠（ひすい）鳴き
沙僻舞鵾鶏　沙僻にして鵾鶏舞う

『詳注』はここでは『爾雅翼』巻十七の「鵾鶏は鶴に似、黄白色にして、長き頸（くび）赤き喙（くちばし）あり。」という説明と公孫乗「月賦」（『古文苑』巻三）の「昆鶏舞於蘭渚（昆鶏は蘭渚に舞う）」という句を引いている。杜甫は「月賦」だけでなく、謝恵連「雪賦」（『文選』巻一三）の句、「対庭鵾之双舞、瞻雲雁之孤飛（庭鵾の双（なら）び舞うに対し、雲雁の孤（ひと）り飛ぶを瞻（み）る）」からも着想を得た可能性がある。草堂近くの川辺にも鵾鶏がおり、その舞う姿は旅愁を慰めてくれたことであろう。

六

ここでは闘鶏を主題とした五律「鬬鶏」（『詳注』巻一七）を取り上げておこう。闘鶏は古くから行われ、『史記』にもしばしば見えている。

1 鬬鶏初賜錦　鬬鶏　初めて錦を賜う
2 舞馬既登牀　舞馬　既に牀に登る
……　……
7 寂寞驪山道　寂寞たり驪山（りざん）の道

8　清秋草木黄　　清秋　草木黄なり

最初に「闘鶏詩（闘鶏篇）」が現れたのは建安文学においてである。曹植・劉楨・応瑒の作品については鈴木修次『漢魏詩の研究』（大修館書店、一九六七）に考察があり、「「闘鶏詩」は、作者の自己の感情移入ということよりはむしろ、闘鶏のたくましく勇ましい姿を描写することに主眼がおかれているように思われる。」（五四〇頁）、「いずれも闘鶏の勇ましい姿を描出するもので、同一の題材において技が競われたであろう建安詩壇の創作活動の一端を具体的に知る。」（六〇二頁）という指摘がある。その後も闘鶏は、特に楽府で詠じられ続けたが、これを題とする作品は少ない。唐代で杜甫に先立つ作品としては杜淹「詠寒食闘鶏、応秦王教」（『全唐詩』巻三九）が目につく程度である。

杜甫の詩は大暦元年（七六六）、夔州で書かれた。玄宗が帝位にあった往時をしのんだ詩である。西年生まれの玄宗が闘鶏を好んだことは『詳注』にも引かれる陳鴻祖『東城父老伝』（『説郛』巻一一四所引）、『明皇雑録』巻下などに詳しい。この作品が曹植らのそれと際立った違いを見せるのは、「闘鶏」と題していながら鶏を闘わせる場面が一切見えないことである。闘鶏の語は玄宗時代の唐王朝の繁栄の象徴であって、追懐する契機となっているに過ぎない。

杜甫は「官鶏」の語も用いる。大暦元年（七六六）の秋、同じ夔州で書かれた「壮遊」（全一一二句。『詳注』巻一六）には次のようにある。

69国馬竭粟豆　　国馬　粟豆を竭し

70官鶏輸稲粱　　官鶏に稲粱(とうりょう)を輸(いた)す

「官鶏」の語は詩における他の用例を見出せないが、『草堂詩箋』巻三十四に、「是の時五坊に闘鶏を供奉する有り、又闘鶏使有り、百姓　稲粱を輸納して以て養鶏に供す。」というように、玄宗の時に「鶏坊」で飼育されていた、闘鶏に用いるニワトリ（軍鶏）である。

七

次に鶏を主題としている詩について見よう。夔州にいた杜甫は大暦元年には単に「鶏」（『詳注』巻一七）と題する五律を書いている。

紀徳名標五　　徳を紀(しる)すに名は五を標(かか)ぐ
初鳴度必三　　初めて鳴くに度は必ず三なり
殊方聴有異　　殊方　聴くに異なる有り
失次暁無慚　　次を失して暁に慚(は)ずる無し
問俗人情似　　俗を問えば人情似たり
充庖爾輩堪　　庖に充(あ)つるは爾(なんじ)が輩堪えたり
気交亭育際　　気は交わる亭育の際

巫峡漏司南　巫峡　漏は南を司る

本来、鶏には、田饒の言葉（『韓詩外伝』巻二）に見えるように、頭に冠をいただく、食物を得ては仲間を呼び寄せる、時を違えずして鳴くなどといった五つの徳があり、また『史記』巻二十五、「暦書」第四にあるように三たび鳴いて夜が明けるとされるのに、夔州の鶏はそれとは異なり、明け方にはむやみに鳴き出したらしい。『詳注』は「鶏を詠じて、其の当(まさ)に鳴くべくして鳴かざるを歎ずるなり。」と指摘する。務めを果たさない鶏は料理してしまうしかないというのだから、後に引く「縛鶏行」で示すような鶏への同情は少しも見られない。一時の感情とはいえ杜甫はそのでたらめな鳴き声に相当に困惑していたのに違いない。先にその一部分を引いた「催宗文樹鶏柵」にも、鶏に手を焼いている描写があった。

7 駆趁制不禁　駆趁(くちん)して制すれども禁(とど)められず
8 喧呼山腰宅　喧呼す山腰の宅
9 踏藉盤案翻　踏藉(とうせき)して盤案　翻(くつがえ)る
10 秋日憎赤幘　秋日　赤幘(せきさく)を憎む

病を癒す鶏卵を得ようと鶏を入手して飼い始めたものの、室内に入りこんで食器やテーブルをひっくり返したり踏んだりしてだんだん手に余るようになり、柵で囲わせたのである。八句中に「鶏」字が六回も現れる特異な詩である「縛鶏行」（全八句、『詳注』巻一八）では、養鶏についての意見が家族と齟齬したことを述べる。

小奴縛鶏向市売　小奴　鶏を縛りて市に向かって売らんとす
鶏被縛急相喧争　鶏は縛らるること急なれば相い喧争す
家中厭鶏食虫蟻　家中　鶏の虫蟻を食らうを厭うも
不知鶏売還遭烹　鶏の売られて還た烹らるるに遭うことを知らず
虫鶏於人何厚薄　虫鶏の人におけるや何ぞ厚薄あらん
吾叱奴人解其縛　吾　奴人を叱して其の縛を解かしむ
鶏虫得失無了時　鶏虫の得失は了わる時無し
注目寒江倚山閣　目を寒江に注ぎて山閣に倚る

この詩も先に引いた「催宗文樹鶏柵」と関連させて理解する必要がある。蟻の存在は「催宗文樹鶏柵」でも、「我寛螻蟻遭、彼免狐貉厄（我は螻蟻の遭を寛にし、彼は狐貉の厄を免る）」と詠じられていた。厳重に柵で囲ってやれば螻や蟻は鶏に啄まれずにすむし、鶏もキツネやムジナに襲われなくなるので、竹を編んだ柵は双方にとって有益だと考えたのである。柵で囲ったために鶏は、いったん落ち着いたように見えたので、杜甫は春までは安心だと思っていた。「催宗文樹鶏柵」には、「倚頼窮歳晏、撥煩及冰釈（倚頼して窮歳晏し、煩いを撥いて冰の釈くるに及ばん）」といっている。しかし鶏は柵の隙間からくぐり抜けて狼藉をはたらくようになったのである。家族はとりわけ鶏が虫や蟻を啄むことを嫌った。この詩の発想については仏教と関連づける見解が多い。『杜臆』巻八に見えるそれが早いものであろう。[3] 近年では封野『杜甫夔州詩疏論』(東南大学出版社、二〇〇七)でも言及されている。我が国でも仏教との関わりを指摘する論が多い。いくつかの指摘を挙げてみる。まず黒川洋一『杜甫』(角川書店、一九八七)の指摘を引こう。

この詩に関連して気のつくことをいえば、杜甫の妻は仏教徒ではなかったかということである。杜甫の妻がにわとりを売りに行かせようとしたのは、にわとりが庭の虫をついばむのをいやがってのことであるが、この妻の行為には殺生をもってもっとも重い罪悪として、それを禁止する仏教の臭いが感ぜられるからである。……晩年の杜甫の周辺にこうした仏教徒らしきものがいたということは、晩年の杜甫と仏教との関係を考える上に重要である。

興膳宏『杜甫　憂愁の詩人を超えて』(岩波書店、二〇〇九)は次のようにいう。

「家中」とは、妻をいうか。鶏が蟻を食べるのを妻が嫌がったのは、単なる嫌悪感かも知れないが、仏教の「不殺生」の教えが影響しているかも知れない。杜甫は仏教にもかなりの関心と素養を持っていた。

また小南一郎「杜甫の秦州詩」(『中国文学報』八三冊、二〇一二)は以下のように指摘する。

ニワトリが庭の虫たちを食べるから売ってしまいましょうと言った家人とは、杜甫夫人であって、そうした提案をしたのは、殺生を戒める仏教信仰にもとづくものであったと想像されるのである。……ニワトリと虫との間の矛盾関係が根本的な解決のつかぬものであるとの感慨から発して、かれの思考は、この世界に、同様に解決のつかない関係が無数に存在していることにまで思い至る。

古川末喜『杜甫の詩と生活—現代訓読文で読む』の指摘も引いておこう。

杜甫の夫人は熱心な仏教の信者だった。だから虫が鶏に食べられるのを可哀想に思い、そんな鶏は売ってしまいなさいと、使用人に言い付けたに違いない。……女たちは慈悲の心から、目の前で鶏から食われてしまう、虫の命を助けたかったのだ。……杜甫からすれば彼らはみな目先の虫のことしか見ていず、売られたあとの鶏のことを考えていない。鶏だって人に買われたら、煮て食われてしまうのだ。同じように仏教に篤い心を持つ杜甫にとっても、鶏の命も、虫と同じように大事なもの。どちらが思い軽いの差は付けられない。

もちろん黒川洋一「杜甫と仏教」(『杜甫の研究』創文社、一九七七所収)に詳細な考察があるように、杜甫が単に知識の上だけでなく仏教に深い関心を寄せていたことは事実であり、ここに引いた見解はいずれも妥当であろう。しかし、杜甫の思考は必ずしも仏教の教えのみから発したとは言えまい。例えば『荘子』列禦寇篇には、「上に在りては烏鳶の食と為り、下に在りては螻蟻の食と為る。彼より奪いて此(これ)に与うるは、何ぞ其れ偏なるや。」という考えが示されているし(4)、「縛鶏行」を『荘子』と結びつけて詠ずる詩もしばしば見られる。『荘子』逍遥遊篇にある、大鵬を斥鷃(せきあん)（みそさざいの類の小鳥）が笑ったという寓言を踏まえた詩には、例えば以下のような例がある。

鶏虫得失何須算　鶏虫の得失　何ぞ算(かぞ)うるを須(もち)いん
鵬鷃逍遥各自知　鵬鷃(ほうあん)　逍遥　各自知る
　　王安石（一〇二一～一〇八六）「万事」（『臨川文集』巻二九）

勿問鶏虫間得失　問う勿かれ鶏虫　得失を間(へだ)つるを
但知鵬鷃各逍遥　但だ知る鵬鷃　各(おの)おの逍遥するを
　　楊時（一〇五三～一一三五）「荊州書事、二首」〈其二〉（『亀山集』巻四一）

更向鶏虫論得失　更に鶏虫に向(お)いて得失を論ずるは
何如鵬鷃各逍遥　何ぞ鵬鷃の各おの逍遥するに如(し)かんや
　　陳淵（?～一一四五）「茂実被檄、権永新以詩寄之」（『默堂集』巻九）

これらは「縛鶏行」が、『荘子』における、それぞれ居場所を得ている万物を平等に見るという考えが背景にあると見なしていたことを示しているのではなかろうか。さらに補足するならば、第五句について『九家集注杜詩』巻十三には師尹（?〜一一五二）の「此れ孟子の牛を見て未だ羊を見ずと同意。」という注を引く。周知のように『孟子』梁恵王上には、斉の宣王が新鋳の鐘に釁（ちぬ）るための犠牲として牽かれてゆく牛を見て羊に易えよと命じたのに対して、孟子が「傷むこと無かれ、是れ乃ち仁術なり、牛を見て未だ羊を見ざりしなり、……。」と述べた一節がある。師尹は杜甫が鶏に寄せた同情心には『孟子』に基づくところがあったと考えたのであろう。これもこの詩が必ずしも仏教との関連でとらえられていたのではないことを示しているだろう。

おわりに

杜甫の詩に最後に鶏が登場するのは、大暦二年（七六七）の冬、潭州（湖南省長沙市）を流れる湘水の船着き場に船がかりしていた時に書かれた五律「舟中夜雪、有懐盧十四侍御弟」（『詳注』巻二三）である。全篇を引こう。

朔風吹桂水　　朔風　桂水を吹く
大雪夜紛紛　　大雪　夜　紛紛たり
暗度南楼月　　暗きには度（わた）る南楼の月
寒深北渚雲　　寒きには深し北渚の雲

燭斜初近見　燭斜めにして初めて近く見え
舟重竟無聞　舟重くして竟(つい)に聞こゆる無し
不識山陰道　識らず山陰の道
聴鶏更憶君　鶏を聴きて更に君を憶う

詩題に見える盧十四侍御弟は盧岳（七二九～七八八）のこと。杜甫の祖母盧氏の姪孫、杜甫の表弟。天宝十五載（七五六）の進士。宋州襄陽県（湖北省襄樊市）の主簿、婺州(ぶしゅう)（浙江省金華市）・夔州（重慶市奉節県）の録事参軍を経て、大暦二年（七六七）には衡州（湖南省衡陽市）刺史・湖南都団練観察使となった韋之晋のもとで、大理評事兼監察御史を以てその幕僚となっていた。没する前年の貞元三年（七八七）には陝虢監察使・兼御史中丞に至っている。杜甫はこの詩を書く以前に「江閣臥病、走筆寄呈崔・盧両侍御」（『詳注』巻二二）を彼に寄せ、「溜匙兼煖腹、誰欲致盃罌（匙に溜(したた)ると腹を煖(あたた)むると、誰か盃罌(はいおう)を致さんと欲する）」と述べて食糧と酒の差し入れを懇願しており、また彼が韋之晋の柩を警護して長安へと旅立つ際には「送盧十四弟侍御護韋尚書霊櫬帰上都、二十四韻」(5)（『詳注』巻二三）を書き、「眼冷看征蓋、児扶立釣磯（眼冷ややかに征蓋を看、児扶けて釣磯に立つ）」と述べ、支えを必要とする衰えた体で彼を見送った。杜甫は霜の降りるころ盧岳を見送り、雪が降るようになってこの詩を書いたのである。『詳注』は「郭璞の詩に、夜夢みて江山遠く、鶏を聞きて更に君を憶う。」と出典を示しているが、郭璞の詩は確認できない。(6)「聴鶏」の例は意外と少ない。しいて挙げれば王建「従軍後、寄山中友人」（『全唐詩』巻三〇〇）に「夜半聴鶏梳白髪、天明走馬入紅塵（夜半　鶏を聴きて白髪を梳り、天明　馬を走らせて紅塵に入る）」とある程度である。大雪が降って舟の覆いに積もっているために、雪が打ちつける音も聞こえない中、鶏の鳴き声が耳に届いた。その鳴き声が、知人がまれな衡州での数少ない遠縁の親戚であった盧侍御のことを思い出させた。また『詳注』に引く黄生の注には、「八は「鄭風」の、鶏　風雨に鳴くの意を取り、而して皆な之を反す。」という。同様の指摘は趙次公の注（『九家集注杜詩』巻三六）、『杜詩鏡銓』巻二十にも見えている。先に一部を引いておいたが『詩経』鄭風・風雨には「風雨如晦、鶏鳴不已、既見君子、云胡不喜（風雨　晦の如し、鶏鳴　已まず、既に君子を見る、云に胡ぞ喜ばざらん）」とある。鶏の風雨の闇の中で鳴く声が、「君子」、つまり盧侍御を想起する契機となったのである。『詳注』は「更に憶うは、還た憶うなり。」ともいう。日頃思い続けていた彼のことを再び思い出したのである。彼を思い出す時には彼が赴いた長安のことも当然脳裏を過ぎったであろう。そうであるならば鶏の鳴き声は望郷の念とも結びついていたことになる。

ここに見える鶏はもはや平穏な日常生活の象徴でもなければ、早暁に旅立ちをうながすものでもない。ましてや生活を共にし、時には杜甫を悩ませた鶏でもない。鶏は帰るあてのない故郷を想起させ、親しい知人を思い出させる存在となっていたのである。

注

（1）このほか「王兵馬使二角鷹」（全二〇句。『詳注』巻一八）に見える「杉鶏」は、『臨海異物志』（『太平御覧』巻九一八所引）に「杉鶏は、黄冠　青綬にして、常に杉樹の下に住す、頭上に長黄毛有り、頭及び頬は正青なること垂縷の如し。」とあるように鶏とは異なる。「閬水歌」（全八句。『詳注』巻一三）に見える「水鶏」は水辺に棲むクイナ、「枯栟」（全二〇句。『詳注』巻一〇）と「寄栢学士林居」（全一六句。『詳注』巻一八）に見える「天鶏」は別名を錦鶏ともいい、これも鶏ではないので除外する。また、「送許八拾遺帰江寧覲省、甫昔時嘗客遊此県、於許生処乞瓦棺寺維摩図様、志諸篇末」（全一六句。『詳注』巻六）は第九・一〇句を「竹引趨庭曙、山添扇枕涼（竹は引く趨庭の曙、山は添う扇枕の涼）」に作り、「他本は「春には隔つ鶏人の昼、秋には期す燕子の涼」に作る、是れ春に行を啓きて秋に家に至るを言う、前説の省覲に切にして時の景を兼包するには如かず。」と述べる。「他本」は『九家集注杜詩』巻一九、朱鶴齢『杜工部詩集輯注』巻四、『銭注杜詩』巻一〇、張溍『読書堂杜工部詩文集註解』巻四などを指す。「鶏人」は『周礼』春官・鶏人に見える官名。後に漏刻を司るようになった。また「碧鶏坊」（「西郊」、『詳注』巻九）、「碧鶏使」（「閬州奉送二十四舅使自京赴任青城」、『詳注』巻一二）の語も杜詩に見えているが、これらは成都の地名や碧鶏神を祀るための使者の意味であって、鶏と直接には関係しない。

（2）「為農」（『詳注』巻九）に、「錦里煙塵外、江村八九家（錦里　煙塵の外、江村　八九家）」とある。

（3）『杜臆』の指摘は以下の通り。「公は晩年　仏に溺れ、意は慈悲ありて殺さざるを主とす、鶏の虫蟻を食らうを見て之を憐れみ、遂に命じて鶏を縛して出でて売らしむ。其の縛せられて喧争するを見て、其の死を畏るるを知り、慮（おもんぱかり）は売り去りて烹（に）らるるに遭うに及び、遂に其の縛を解くに、又将に虫蟻を食らわんとす。鶏得れば則ち虫失い、虫得れば則ち鶏失う、世間に類する者は甚だ多し、故に了（お）わる時無しと云う）。」

（4）陶道恕主編『杜甫詩歌賞析』（巴蜀書社、一九九三）にも指摘がある。
（5）この詩については拙稿「唐代の帰葬詩（一）」（『唐代の哀傷文学』研文出版、二〇〇六）で触れたことがある。ただし、その際には『杜甫親眷交遊行年考』（上海古籍出版社、二〇〇六）は未見であり、盧岳に関する説明は不十分であった。
（6）黄鶴原本・黄鶴補注『補注杜詩』（四庫全書本）巻三六はこの詩を「蘇曰、郭璞寄宋平詩云……。」として引いているがこれも未詳。

杜甫の詩とタケノコ―筍・笋―

はじめに

杜甫が竹に注いだ愛情にはなみなみならないものがあった。最も早く竹への嗜好を詠じたのは、天宝十三載（七五四）の春、駙馬都尉の鄭潜曜と、長安の南の名勝で行楽地である韋曲に遊んだ時の詩「奉陪鄭駙馬韋曲、二首」〈其一〉（『杜詩詳注』巻三、以下『詳注』）に見える、竹林のある場所に隠居する願望を述べた、次の句であろうか。「小烏巾」は、隠者がかぶる小さな黒い頭巾。

何時占叢竹　　何れの時か叢竹を占めて
頭戴小烏巾　　頭に戴かん小烏巾

彼が竹林のたたずまいを愛好していたことは、次のような句からも窺うことができる。広徳元年（七六三）、梓州（ししゅう）（四川省三台県）にあって、留守にしている成都の浣花草堂を思って作った「寄題江外草堂」（『詳注』巻一二）には、風にそよぐ竹を愛したことを以下のように言う。

嗜酒愛風竹　酒を嗜み風竹を愛し
卜居必林泉　居を卜するに必ず林泉あり

彼は竹林が住まいの周辺にないと落ち着いて休息できないほどであった。永泰二年（七六六。一一月、大暦と改元）の晩春、移ったばかりの夔州（きしゅう）（重慶市奉節県）で詠じられた「客堂」（『詳注』巻一五）では次のように言う。住まいの周辺には必ず数本の竹を植えていたのである。

平生憩息地　平生　憩息の地
必種数竿竹　必ず数竿の竹を種（う）う

また、大暦三年（七六八）の正月、夔州を離れようとした時の作、「将別巫峡、贈南卿兄瀼西果園四十畝」（『詳注』巻二一）には次のように言う。

苔竹素所好　苔竹　素（もと）好む所
萍蓬無定居　萍蓬（へいほう）　定居無し

あるいはこれより以前、乾元二年（七五九）の九月、秦州（甘粛省天水市）で書かれた「示姪佐」（『詳注』巻八）の句も、杜佐の住む東柯谷の竹林で睡りたいというのであるから、これも竹への愛好を示すものとして読めるであろう。

自聞茅屋趣　茅屋の趣を聞きしより
只想竹林眠　只だ想う竹林に眠らんことを

また竹のたたずまいを好むというだけではなく、住まいの周辺に竹を植えたり、竹が茂り過ぎると切ったりもしていた。永泰元年（七六五）、浣花草堂で詠じられた「営屋」（『詳注』巻一四）に、

我有陰江竹　我に陰江の竹有り
能令朱夏寒　能く朱夏をして寒からしむ
……　……
愛惜已六載　愛惜すること已に六載
茲晨去千竿　茲の晨　千竿を去る

と、足かけ六年もかけて大切にしてきた、夏には日除けにもなった竹林の竹を、日当たりをよくするために千本ほども切り払ったことを言い、「春日江村、五首」〈其三〉（同前）に、

種竹交加翠　竹を種えれば　交ごも翠を加え
栽桃爛漫紅　桃を栽えれば　爛漫として紅なり

と、自分が植えた竹の緑の濃さが増してきたことを言うのはそうした例である。

このように杜甫は竹への愛好をしばしば詩に詠じている。ただし、王徽之が竹を好んで「此君」と呼んだ故事を持ち出すまでもなく、竹を愛した詩人は杜甫ばかりではない。孟浩然もその一人であった。杜甫が他の詩人と異なるのは、竹を描写する語彙を新たに造り出し、あるいは詩にはほとんど用いられなかった語彙を詩に取り入れたことではないだろうか。杜甫の詩における竹に関する語彙の豊富さは驚嘆するほどであり、「竹兔」、「竹涼」、「春竹」、「慈竹」、「高竹」、「豪竹」、「蒼竹」、「虚竹」、「悪竹」などの語は杜甫によって工夫されたものと考えられる。

『佩文斎詠物詩選』巻三百三十六は筍類にあてられ、五言古詩五首、七言古詩八首、五言律詩一首、五言排律一首、七言律詩九首、五言絶句四首、六言絶句一首、七言絶句七首、総計三十六首が収められている。うち唐代の詩人は収録順に、白居易、李頎(りき)、唐庚(とうこう)、韓愈、皮日休、李賀、李商隠といった中晩唐期の七人であり、杜甫は含まれていない。『佩文斎詠物詩選』は詩題に「筍」が用いられている詩のみを選択したために杜甫の詩は収録されなかったのだろう。しかし、詩題にこそ「筍」「筍」といった語は用いられないが、杜甫の詩中にはタケノコを詠じた句が見えている。『詳注』によると、杜甫の詩には「笋」が四例、「筍」も四例が見えている。(1) この数は、李白の詩歌にはわずかに一例しか見えない(2)ことからすれば、比較的多いと言えるであろう。そこで視点を変えて、竹ではなくタケノコが杜甫の詩においてどのように詠じられているかを考察し、その特徴を探ってみたい。(3)

一

先ず唐代以前の用例について見てみよう。既に『詩経』大雅・韓奕には次のようにある。

顕父餞之　顕父　之を餞す

清酒百壺　清酒　百壺

……　……

其蔌維何　其の蔌は維れ何ぞ

維筍及蒲　維れ筍及び蒲

入朝した韓侯の帰国に際して、周の大臣が祖餞の宴を開き、酒の肴としてタケノコや蒲の新芽を供したのである。『周礼』天官・醢人にも、「加豆の実は、箈菹・雁醢、筍菹・魚醢。」とあって、タケノコの塩漬けが見えているように、詩に最初に詠じられたのは食用としてのタケノコであった。『文選』にもタケノコは見えている。張衡（七八～一三九）の「南都賦」（『文選』巻二）には、「酸甜滋味、百種千名。春卵・夏筍、秋韭・冬菁（酸甜の滋味、百種　千名あり。春卵・夏筍、秋韭・冬菁）」という記述がある。後漢の初期の都であった宛（河南省南陽市）での食膳に並ぶ御馳走の中には夏のタケノコもあった。潘岳（二四七～三〇〇）の「閑居賦」（『文選』巻一六）はどうであろうか。潘岳の住居の周囲に植えた野菜を列挙した中に、「菜則葱・韮・蒜・芋、青筍・紫薑（菜は則ち葱・韮・蒜・芋、青筍・紫薑）」とある。前半には、「灌園鬻蔬、以供朝夕之膳（園に灌いで蔬を鬻ぎ、以て朝夕の膳に供す）」と言っているから、竹林で収穫されたタケノコは食膳に供されるばかりでなく、売られることもあったのだろう。「青筍」の用例はこれが最初であり、その後もほとんど見られない。左思（二五三?〜三〇七?）の「呉都賦」（『文選』巻五）には、「其竹則篔簹・箖箊、桂箭・射筒。……苞筍抽節、往往縈結、緑葉緑茎（其の竹は則ち篔簹・箖箊、桂箭・射筒あり。……苞筍 節を抽き、往往 縈り結び、緑葉 緑茎あり）」と言う。劉逵注には、「苞筍は、冬筍なり、合浦より出づ。其の味は春秋時の筍より美し。」と、味について言っているから、この冬に採れるタケノコも食用である。なお「苞筍」については『東観漢記』巻十一、馬援伝に、「荔浦に至って冬筍を見る、名づけて苞筍と曰う、……其の味は春夏の筍より美し。」とある。荔浦は広西省荔蒲県の西南の地。南方の地で冬に生えるタケノコは美味で珍重されたのである。同じ左思の「魏都賦」（『文選』巻六）にも、魏の特産物について述べた中に、「淇洹之筍、信都之棗（淇洹の筍、信都の棗）」とある。淇水（河南省林県の東南に源を発し、衛河に注ぐ）と洹水（河南省安陽市を通り、衛河に注ぐ）のほとりに産するタケノコである。

謝霊運（三八五〜四三三）の「於南山往北山、経湖中瞻眺」（『文選』巻二二）には「初篁」の語が見えている。これも群がって芽を出したばかりのタケノコを指すから、ここで取り上げておこう。

初篁苞緑籜　　初篁は緑の籜に苞まれ

新蒲含紫茸　　新蒲は紫の茸(はな)を含む

舟中から眺めた山には生えたばかりのタケノコが緑の皮に包まれているのである。「初篁」は梁の簡文帝・蕭綱（五〇三〜五五一）の「晩春賦」（『全梁文』巻八）にも、「望初篁之傍嶺、愛新荷之発池（初篁の嶺に傍(そ)うを望み、新荷の池に発(ひら)くを愛す）」とあるが、この賦より以降、唐詩などには見られないようである。謝霊運に至って、タケノコは味覚の対象から鑑賞の対象となり、さらに簡文帝・蕭綱にあっては季節の推移を感じさせるものに変貌を遂げたと言えよう。もちろん謝霊運以後も食用としてのタケノコが詠じられることはあるが、このような傾向は南北朝末期まで変わらない。

謝朓（四六四〜四九九）の「曲池之水」（全八句。逯欽立『斉詩』巻三。以下、逯欽立は省略）には、「芙蕖舞軽帯（蔕）、苞筍出芳叢（芙蕖(ふきょ)は軽帯（蔕）を舞わし、苞筍は芳叢より出づ）」という句が見える。「苞筍」の語は、左思「呉都賦」にも見えた。同じ左思の「詠竹」（全一〇句。『斉詩』巻三）には次のように言う。

1 前牕一叢竹　　前牕の一叢竹
2 青翠独言奇　　青翠　独り言に奇(ここ)なり
3 南条交北葉　　南の条(えだ)は北葉に交わり
4 新筍雑故枝　　新たなる筍は故枝に雑(まじ)わる
……　　……

9但恨従風籜　　但だ恨む風に従う籜（かわ）の
10根株長別離　　根株と長く別離するを

竹林に新たに芽を出したタケノコが、もとから生えていた竹の枝に混じっている様子を詠じている。ただし、この詩については、森野繁夫『謝宣城詩集』（白帝社、一九九一）に、「この詩も『詠風』と同じように、庭先の叢竹を詠じながらも終わりのあたりには、随王への思いを託しているようである。荊州の随王府から讒者の言によって都へ召還されたことを託しているのではなかろうか。」という指摘があるように、単なる詠物詩ではなく、タケノコを描出したのも、風に吹かれてもとの幹（随王）から剝がれて飛ぶ竹皮（左思）を詠ずるための前提であったのかもしれない。

王僧孺（四六五～五二二）の「春怨」[4]（全二〇句。『玉台新詠』巻六、『梁詩』巻一二）には次のような句がある。

1四時如湍水　　四時は湍水（たんすい）の如く
2飛奔競回復　　飛奔　競いて回復す
……　　　　……
5厭見花成子　　見るに厭（あ）く花　子（み）と成るを
6多看筍成竹　　多く看る筍　竹と成るを

函谷に住む女が楡関にいる男を思う閨怨詩であり、末聯に、「幾過度風霜、猶能保煢独（幾たびか過ぎて風霜を度る、猶お能く煢独を保つ）」と詠じられるように、第五・六句は、花が実となり、タケノコが竹となる光景をしばしば見たことを言って、思う人が来ないままに幾度となく季節が過ぎ去ったことを比喩的に述べている。

蕭琛（四七八～五二九）の「餞謝文学」（全八句。『謝宣城詩集』巻四、『梁詩』巻一五）には「春筍」の語が見える。

5 春筍[5]方解籜　　春筍　方に籜を解き
6 弱柳[6]尚低風　　弱柳　尚お風に低る

「籜」はタケノコや竹の皮。春風の中、タケノコの皮が一枚また一枚と剝がれ落ちるように春が深まる中、謝朓が旅立つのである。

庾信（五一三～五八一）の「陪駕幸終南山、和宇文内史」（全二〇句。『北周詩』巻二）には「短筍」の語が用いられる。

13 新蒲節転促　　新しき蒲は節転た迫り
14 短筍籜猶重　　短き筍は籜猶お重なる
15 樹宿含桜鳥　　樹には宿る桜を含む鳥

16花留醸蜜蜂　花には留まる蜜を醸す蜂

詩題にいう宇文内史が、宇文昶（李昶。五一六〜五六五）を指すならば、彼には「陪駕幸終南山」（全二〇句。『北周詩』巻二）があり、第十四句に「脩竹」の語があるから、庾信はこれを承けて「短筍……」と言ったことになる。「短筍」は芽生えて間もない、皮がまだ剝がれ落ちていないタケノコである。彼は「正旦、上司憲府」（全一四句。『北周詩』巻二）でも「短筍」の語を用いている。

9雪高三尺厚　雪高くして三尺の厚さ
10氷深一丈寒　氷深くして一丈の寒さ
11短筍猶埋竹　短筍は猶お竹に埋まり
12香心未起蘭　香心は未だ蘭より起こらず

冬十二月なので、短いタケノコですらまだ地中に埋もれていて芽を出していないというのである。

また「和宇文内史入重陽閣」（全一四句。『北周詩』巻三）には「秋筍」の語がある。

1北原風雨散　北原に風雨散じ
2南宮容衛疎　南宮に容衛疎らなり
……　……
7竹涙垂秋筍　竹涙　秋筍に垂れ

8 蓮衣落夏蕖　　蓮衣　夏蕖(かきょ)に落つ

この詩は宇文内史昶に和して、北周の明帝・宇文毓(いく)を悼んだものである。「竹涙」は竹にそそいだなみだ。舜が崩ずると、二妃の流した涙が竹に落ち、斑模様となって残った故事（張華『博物志』巻八）を踏まえている。「斑竹」の語は杜甫も「奉先県劉少府、新画山水障歌」（『詳注』巻四）で、「不見湘妃鼓瑟時、至今斑竹臨江活（湘妃の瑟を鼓する時を見ざるも、今に至りて斑竹　江に臨みて活(い)く）」と詠じている。北周の明帝が延寿殿で没したのは武成二年（五五九）の四月、昭陵に葬られたのは五月である。詩題にある重陽閣は、この年の三月に竣工したばかりであった。宇文内史昶はまだ新しい重陽閣に入って明帝をしのんだのであろう。「秋筍」・「夏蕖」の語から考えて、この詩は夏の終わりか秋の初めに書かれたものと考えられる。さらに「入道士舘」（全八句。『北周詩』巻四）には道士の服装について詠じた句があり、次のように述べる。

5 野衣縫蕙葉　　野衣は蕙葉(けいよう)を縫い
6 山巾篸筍皮　　山巾は筍皮(じゅんぴ)を篸(つづ)る

第六句について倪璠注は『漢書』巻一上、高帝紀から、劉邦が竹皮で作った「劉氏冠」をかぶっていたという記事を引いているが、ここはタケノコが生長するにつれて剝がれ落ちた竹皮を編んだ、道士の帽子を指していう。後の例になるが、高適「漁父歌」（『全唐詩』巻二一三）に、「笋皮笠子荷葉衣、心無所営守釣磯（笋皮の笠子　荷葉の衣、心に営む所無く釣磯を守る）」とあり、隠者が笋の皮で作られた笠をかぶっていることが詠じられる。

劉孝綽（四八一～五三九）の「報王永興観田」（全一四句。『梁詩』巻一六）に、「軽涼生筍席、微風起扇輪（軽涼　筍席に生じ、微風　扇輪に起こる）」と見える「筍席」は、タケノコの皮で編んだ、涼を求めて夏に用いるむしろである。

陳の太建年間（五六九～五八二）に四十九歳で没した張正見の「賦得堦前嫩竹」（六句。『陳詩』巻三）の冒頭には、「翠竹梢雲自結叢、軽花嫩筍欲凌空（翠竹　梢雲　自ら結び叢がり、軽花　嫩筍　空を凌がんと欲す）」という句がある。「嫩筍」の語は後になると例えば劉長卿「同郭参謀詠崔僕射淮南節度使庁前竹」（『全唐詩』巻一四九）に、「開花成鳳実、嫩筍長魚竿（開花　鳳実と成り、嫩筍　魚竿に長ず）」などと見えるが、この語を用いたのは張正見が最初である。第二句は、軽やかに舞う花びらとすくすくと伸びる柔らかなタケノコは天に届きそうだと言うのであり、タケノコの生長の早さに注目している。江総（五一九～五九四）の「歳暮還宅」（全八句。『陳詩』巻八）には「春前筍」の語がある。第三句は、竹を喜び愛でようとするならば、春を迎える前のタケノコが好ましいという。

3　翫竹春前筍　　竹を翫づるは春前の筍
4　驚花雪後梅　　花に驚くは雪後の梅

蕭愨「春庭晩望」[7]（全八句。『北斉詩』巻二）には、「初篁」と似た「初筍」の語がある。この語は蕭繋の詩に初めて見え、唐詩には見えないようである。

3 窻梅落晩花　窻梅　晩花を落とし
4 池竹開初筍　池竹　初筍を開く

南北朝末期までの用例は、ほぼ以上に尽きよう。もっぱら食用であったタケノコ、とりわけ冬の珍味とされたものが、鑑賞の対象となっていったのがこの時期の特徴と言えるであろう。ではタケノコは杜甫の詩においてはどのように描写されるのであろうか。

二

先述したように杜甫の詩には「筍」と「笋」とがそれぞれ四例ずつ現れる。これを制作時期の早い順から見ていこう（制作時期は『詳注』による）。最も早い用例は天宝十二載（七五三）の夏の作である「陪鄭広文遊何将軍山林、十首」〈其五〉（『詳注』巻二）に見える。

緑垂風折笋　緑は垂る風に折らるる笋
紅綻雨肥梅　紅は綻ぶ雨に肥ゆる梅

『詳注』に、「本より是れ風　笋を折りて緑垂れ、雨は梅を肥やして紅は綻ぶ、乃ち倒装句法を用いるのみ。」とあるように倒置法を用いた表現である。また『詳注』は「……笋を烹て梅を摘むは、園中の佳品なり。」という。ただし、梅は食用になったであろうが、風が吹き折るほどに生長したタケノコが食用に適していたとは思えない。何将軍の別墅は竹林に囲まれていた。同じ詩の〈其一〉に、「名園依緑水、野竹上青霄（名園　緑水に依り、野竹　青霄に上る）」といい、〈其四〉にも、「旁舎連高竹、疏籬帯晩花（旁舎　高竹連なり、疏籬(そり)　晩花を帯ぶ）」と、竹の描写がある。

「発秦州」（全三二句。『詳注』巻八）は「原注」に、「乾元二年、秦州より同谷県に赴くとき行を紀す。」とあるように、乾元二年（七五九）の作である。第十三句に「冬笋」が見える。杜甫が秦州（甘粛省天水市）を発ったのは初冬十月のことである。

11 充腸多薯蕷　　腸を充たすに薯蕷(しょよ)多く
12 崖蜜亦易求　　崖蜜も亦求め易し
13 密竹復冬笋　　密竹には復た冬笋あり
14 清池可方舟　　清池　舟を方(なら)ぶ可し

『詳注』が「此れ同谷の当(まさ)に居るべきを言う。」というように、目的地である同谷（甘粛省成県）が物産豊かな土地であることを願望をまじえて述べる部分である。同谷は温暖の地なので、びっしりと茂った竹林には冬とはいえタケノコも生えているだろうと期待しているのである。「密竹」について『詳注』は、謝霊運「登石門最高頂」（『文選』巻二二）から、「連巌覚路塞、密竹使径迷（連巌　路の塞がるを覚え、密竹　径をして迷わしむ）」の句を引くものの、「冬笋」の出処は示さない。杜甫はこの語を後にも用いるが、確かに杜甫以前の用例は見出せない。杜甫の期待していた冬の筍は入手できなかったのであろう、同谷滞在中の詩にタケノコは現れない。上元二年（七六一）の夏、成都の草堂で書かれた七絶「絶句漫興、九首」〈其七〉（『詳注』巻九）には「筍根」の語が見える。

3 筍根雉子無人見　　筍根の雉子（ちし）は人の見る無く
4 沙上鳧雛傍母眠　　沙上の鳧雛（ふすう）は母に傍（そ）いて眠る

『詳注』に引く趙次公注が、「雉は、性として伏するを好む、其の子は身小なれば、筍旁に在りては見ること難し。俗本は訛りて稚子に作り、遂に紛紛の説を起こせり。」というように、第三句については多くの異説がある。ここは趙次公の説によって、タケノコの根元にいる雉の幼鳥は見る人もいないと考えておいたが、「筍根の雉子は人無くして見（あらわ）る」と読むことも可能であろう。そうであれば、雉の子は人目がないと姿を現すという意味になる。[8] いずれの読みに従っても、初夏ののどかな風景を詠じていることにかわりはない。

七絶「三絶句」〈其三〉（『詳注』巻一一）は宝応元年（七六二）の春、これも成都の草堂で書かれた。〈其一〉では楸樹（しゅうじゅ）（ひさぎ）を、〈其二〉では鸕鷀（ろじ）（鵜）を、〈其三〉では笋を詠じている。全篇を引こう。

無数春笋満林生
柴門密掩断人行
会須上番看成竹
客至従嗔不出迎

無数の春笋　林に満ちて生ず
柴門　密かに掩して人の行くこと断ゆ
会ず　須く上番は看て竹と成すべし
客至るも嗔るに従せ出でて迎えず

「春筍」の語は先に引いた蕭琛の「餞謝文学」にも見えていた。草堂の周辺には歩行に困難なほどに竹が生え始めたので、初回に生え始めたものは生長するに任せ、後から生えた小さなタケノコを掘り取って食用にしたのである。『杜臆』巻四に、「種竹の家、前蕃に出づる者は壮大なれば、之を養いて竹と成し、後蕃に出づる者は漸く小なれば則ち取りて食らう。」と言うとおりである。『詳注』は、「門を杜して人を謝り、笋を護りて竹と成すは、聖人の時に対して物を育くむの意有り。」と、『易』「无妄」の説明を引きながら述べているが、そこまでの含意を考える必要はないだろう。

広徳元年（七六三）夏の作である七律「送王十五判官扶還黔中」（『詳注』巻一二）の頷聯には「竹笋」の語がある。

青青竹笋迎船出
日日江魚入饌来

青青　竹笋　船を迎えて出で
日日　江魚　饌に入り来たる

第三句の「竹笋」は、庾信「春賦」（『全北周文』巻八）に、「新芽竹笋、細核楊梅（新芽の竹笋、細核の楊梅)」などと見えているが、ここでは『楚国先賢伝』などに見える孟宗の故事を踏まえて、杜甫の母方のいとこの王判官は親孝行なので、彼が赴く郷里の黔中(けんちゅう)(貴州省貴陽市)ではタケノコが生えて待ち受けていることであろうと言っているのであって、実際のタケノコを詠じたものではない。閻艶『唐詩食品詞語語言与文化之研究』(巴蜀書社、二〇〇四)はこの句を、「描写了当時大宗商品出售的情況。」と述べ、船を輸送船とみなしてタケノコが商品として大量に出回っていた証拠としている。「絶句、六首」〈其五〉(『詳注』巻一三)は広徳二年(七六四)の晩春、久々に成都の草堂へもどった後の作である。〈其一〉には「竹」が、〈其三〉には「竹根」が登場し、〈其五〉には「筍」が現れる。

舍下筍穿壁　舍下　筍は壁を穿ち
庭中藤刺簷　庭中　藤は簷(のき)を刺す
地晴糸冉冉　地晴れて糸は冉冉(ぜんぜん)たり
江白草纖纖　江白くして草は纖纖たり

久々に目にした草堂のたたずまいが杜甫の目には新鮮に詠じたのであろう。草木ばかりでなく、様々な鳥や昆虫が描かれる。住まいの下からはタケノコが壁に穴を開けて出てき、庭先では藤蔓がひさしを刺さんばかりに伸びていたのである。本来は留守中に壁を突き破ったタケノコは憎むべき存在であろうが、杜甫にそうした気配は感じられない。『杜臆』巻六に、「筍の壁を穿(うが)ち、藤の簷を刺すは、他人の以て写すに足らずと為す者にして、卻(かえ)って是れ草堂の局面なり。」という適切な指摘があるように、通常は描写の対象とはならない情景に彼は目を留めて、草堂の景観を描写したのでである。前の詩からしばらくたった夏の同じ草堂での作である「絶句、四首」〈其二〉（『詳注』巻一二）には「長筍」の語が見える。

堂西長筍別開門　　堂西の長筍に別に門を開く
塹北行椒却背村　　塹北の行椒に却って村に背く
梅熟許同朱老喫　　梅熟して朱老と同（とも）に喫するを許す
松高擬対阮生論　　松高くして阮生に対（むか）いて論ぜんと擬（す）

初夏になって生長したタケノコを踏みつけることを恐れて、別に道を通して門を開いたのである。この詩が書かれて後、しばらくはタケノコが登場することはない。

大暦二年（七六七）の六月に、史思明の軍を破るなどの軍功のあった衛伯玉（?～七七六）が陽城郡王に封じられると、その母は鄧国太夫人に封じられた。これを祝ったのが「奉賀陽城郡王太夫人恩命、加鄧国太夫人」（全二〇句。『詳注』巻二二）であり、「冬筍」の語が見える。

11遠伝冬筍味　　遠く伝う冬筍の味
12更覚綵衣春　　更に覚ゆ綵衣の春

『詳注』がこの詩の直後に「送田四弟将軍将夔州柏中丞命、起居江陵節度使陽城郡王衛公幕」を置くように、当時、衛伯玉は江陵節度使の任にあった。第十一句は、これも孟宗の故事を踏まえて、衛伯玉が母に孝養を尽くしていることが杜甫のいる夔州の地まで伝わっていることをいう。『詳注』が「冬笋は、孟宗の事を用う。」といい、「膳に冬笋を用い、身に綵衣を服(き)るは、伯玉の親を娯しますの意を言う。」と述べるとおりである。

杜甫の詩に最後に「筍」が見えるのは、詩題にも記されるように夔州を離れて江陵に下ろうとした時、宜都（湖北省宜都市）で書かれた「大暦三年春、白帝城放船出瞿塘峡、久居夔府、将適江陵漂泊有詩、凡四十韻」（全八四句。『詳注』巻二一）である。

37 泥筍苞初荻　　泥筍(でいじゅん)　初荻(しょてき)を苞(ほう)し

38 沙茸出小蒲　　沙茸(さじょう)　小蒲より出づ

ここに見える「泥筍」は、泥の中から出たばかりのオギの芽を指す。アシ（葦・蘆）に似ているので蘆筍(ろじゅん)などともいった。杜甫の詩には「蘆筍」の語も見えており、「客堂」（全四二句。『詳注』巻一五）に次の句がある。

9 石暄蕨牙紫　　石暄(あたた)かくして蕨牙(けつが)紫に

10 渚秀蘆笋緑　　渚に秀でて蘆笋緑なり

従って杜甫の詩にタケノコが登場するのは「奉賀陽城郡王太夫人恩命、加鄧国太夫人」が最後であり、中でも具体物としてのタケノコが詠じられるのは「絶句、六首」〈其五〉までの六首、そのうち「発秦州」では同谷の産物への期待を述べており、「送王十五判官扶還黔中」も孟宗の故事を踏まえて言っているのでこれらを除外すると、実際に目にしたタケノコを詠じたのは四首ということになる。

おわりに

前述したように四首の、杜甫が実際に目にしたタケノコが現れる詩は、すべて成都の浣花草堂で書かれたものである。このことは何を意味しているのであろうか。川合康三「杜甫のまわりの小さな生き物たち」（中国詩文研究会・松原朗編『生誕千三百年記念 杜甫研究論集』研文出版、二〇一四所収）(9)は、浣花草堂に住んだ頃の杜甫の詩には小さな生き物、蜻蜓(10)や燕、鷗などの昆虫や鳥類などがしばしば登場することについて、以下のように指摘している。

杜甫が身近な小動物の描出にとりわけ熱心なのは、成都の浣花草堂にいた時期に集中している。鮮烈な映像を与えられる場面を拾ってみると、成都滞在の時期の作品がとりわけ多いのである。浣花草堂にいた時に描出される小動物は、いずれも従来の詩では捕らえられなかった動きを捉え、日々の充足感に浸る杜甫自身の気分と一体になっているということができる。

……杜甫の詩のなかの小さな動物たちは、各自の本性に従った行動をし、それによって世界の一部であることを具現し、人とは別々の存在であるけれども、ともに世界のなかの存在としてより大きな意味のなかに包まれる。杜甫の詩に取り上げられた小動物の光景は、杜甫の抱く理想の姿の一瞬の具現であるともいえる。……浣花草堂の時期の調和のなかにいる小動物たちを通して、背後に控える杜甫の世界観をうかがうことができるように思う。

これらのことは動物以外の、この場合は植物だが、タケノコの描写についても言えるのではなかろうか。確かに植物はそれ自体の動きが目に見えて活発であることはない。しかし花ならば盛りを過ぎれば散るし、木の葉も紅葉すれば落ちる。タケノコはほとんど日々刻々と生長する。微細なものに視線を向けた杜甫がこのような動きに注目しても決して不思議ではない。もちろん「送王十五判官扶還黔中」のように、孟宗の故事と結びついて用いられる、いわば伝統的な枠内にあるタケノコも存在する。しかし、浣花草堂で書かれた杜甫の詩におけるタケノコは、一面では川合氏の言う「日々の充足感に浸る杜甫自身の気分と一体になっている」ものとして描かれていることも確かであろう。

注

(1) ただし、鍾乳石の形容である石筍は除外した。また「箰」もタケノコだが、杜甫の詩には一例も見えない。

(2) 李白「遊水西簡鄭明府」(『全唐詩』巻一七九)に、「清湍鳴迴渓、緑竹繞飛閣、……石羅引古蔓、岸筍開新籜(清湍 迴渓に鳴り、緑竹 飛閣を繞る、……石羅 古蔓を引き、岸筍 新籜を開く)」とある。

安旗主編『新版李白全集編年注釈』（巴蜀書社、二〇〇〇）によると、この詩は天宝一三載（七五四）、涇県（甘粛省涇川県）の天宮水西寺で書かれた。

（3）ここでも「石筍」は除外する。

（4）『古詩紀』巻八一は、呉均（四六九～五二〇）の作とする。

（5）『謝宣城詩集』は筍を篁に作る。

（6）『梁詩』は尚を向に作る。『謝宣城詩集』に従った。

（7）『初学記』巻三は詩題を「春晩庭望」に作り、『文苑英華』巻一五七は、蕭懿の作とする。

（8）この点については拙稿「『稚子』と『雉子』と」（『杜甫詩話—何れの日か是れ帰年ならん』（研文出版、二〇一二）で述べたことがある。『詳注』は本文を「雉子」に作っていてこれに従ったが、『宋本杜工部集』は「稚子」に作り、『詳注』も「雉は、一に稚に作る。」という。「稚子」ならば、竹の幼い子であるタケノコの意となる。

（9）同書については遠藤星希氏による書評（『中国文学報』八五冊、二〇一四〔二〇一五？〕・一〇）があり、川合氏の論文についても松原朗「杜甫の『詩の死』—そして秦州における詩の復活—」と関連づけながら詳細に論じている。

（10）川合氏は「『蜻蜓』も『鸂鶒』も詩語としては熟していない。どちらも詩に頻繁にあらわれるようになるのは、杜甫以降といってよい。」と述べる。ただし蜻蜓が頻繁にあらわれるのは確かに杜甫以降だが、謝脁「贈王主簿、二首」〈其二〉、簡文帝・蕭綱「晩日後堂詩」にも登場する。拙稿「杜詩とトンボ」（『杜甫詩話』研文出版、二〇一二所収）参照。

Ⅲ　杜甫の「逸詩」と「逸句」

杜甫の「逸詩」について

はじめに

『杜詩詳注』巻二十三（以下、『詳注』）には杜甫の「逸詩」として次の五絶が収録されている。

三月雪連夜　　三月　雪ふること連夜
未応傷物華　　未だ応に物華を傷うべからず
只縁春欲尽　　只春の尽きんと欲するに縁り
留著伴梨花　　留著して梨花を伴う

『詳注』は杜甫の「逸詩」としているが、この詩が杜甫の詩であるかどうかは、はっきりしない。
また『杜甫全集校注』（人民文学出版社、二〇一四。以下、『校注』）巻二十二、鄭慶篤・張忠綱輯考「疑偽之作輯考」には、五律「寒食夜、蘇二宅」が杜甫の作として収録されている。

寒食明堪坐　寒食　明らかにして坐するに堪う
春参夕已垂　春参　夕べに已に垂る
好風経柳葉　好風　柳葉を経
清月照花枝　清月　花枝を照らす
客涙聞歌掩　客涙　歌を聞いて掩い
帰心畏酒知　帰心　酒を畏れて知る
佳辰邀賞遍　佳辰　賞を邀むること遍し
忽忽更何為　忽忽として更に何をか為さん

『詳注』巻二十三にはこちらの詩は収録されない。便宜的に『詳注』所収の「逸詩」を（A）、『校注』所収の五律を（B）とし、両詩に用いられている詩語について考察を加え、両詩の性格について検討したい。

一

（A）について『校注』は、これを「闕題」として収め、以下のような按語を付している。この詩の出処はほぼこれに尽くされていよう。長くなるがそのまま引用する。

宋陳景沂《全芳備祖》前集巻九《花部》標為五言絶句、以為杜甫詩。明楊愼《丹鉛総録》巻二〇《詩話類》・曹学佺《蜀中広記》巻一〇一《詩話記第一》・清仇兆鰲《杜詩詳注》巻二三・《全唐詩》巻二三四倶引《合璧事類》、以為杜甫逸詩。曹学佺《石倉歴代詩選》巻四五《盛唐十四》・明趙宧光・黄習遠編《万首唐人絶句》巻二《五言二》作杜甫詩、題《闕題》。《淵鑒類函》巻九《天部九・雪五》亦作杜甫詩、題作《春雪詩》。而宋蒲積中編《古今歳時雑詠》巻四三《三月》以為温庭筠詩、題為《嘲三月十八日雪》。而宋洪邁編《万首唐人絶句》巻二一《五言》・清曾益《温飛卿詩集箋注》巻九・《御選唐詩》巻二七《五言絶句》・《全唐詩》巻五八三《温庭筠補遺》亦以為温詩、詩題同《古今歳時雑詠》。清王士禛《唐人万首絶句選》巻二《五言二》亦作温詩、題作《三月雪》。《佩文斎詠物詩選》巻一四《雪類》以為唐劉禹錫詩、題作《春雪》。

ここに挙げられる諸書のうち、前集二十七巻、後集三十一巻からなる『全芳備祖集』（『花木果卉全芳備祖』とも）には、韓境の序があって、「宝祐元年癸丑中秋、安陽老圃韓境序」というから、南宋・理宗の宝祐元年（一二五三）から遠くない時期に刊行されたものであろう。撰者の陳景沂については『四庫全書総目』巻百三十五には、「号は肥遯、天台の人。仕履は未詳。」とあるが、これは嘉熙二年（一二三八）の進士、韓境の序を襲ったものであり、これ以外のことは不詳である。また『全芳備祖集』、『丹鉛総録』(1)、『蜀中広記』、『詳注』、『全唐詩』(2)が、いずれも（A）の出典としている『合璧事類』とは、南宋・謝維新編『古今合璧事類備要』を指す。前集六十九巻、後集八十一巻、続集五十六巻、別集九十四巻、外集六十六巻からなる類書であり、宝祐丁巳（一二五七）の成書である。ただし謝維新の経歴はほとんど不明であり、『古今合璧事類備要』の序に自署して、「膠痒進士、建安謝維新去咎父序。」というのみである。『四庫全書総目』は巻百三十五にこの書を収載する。これらのことから考えるならば、（A）は南宋の末期、杜甫没後、五百年近く経過してから初めて杜甫の詩として著録されるようになったといえよう。明・楊慎『升菴詩話』（歴代詩話続編）巻五、「杜逸詩」の条にはこの詩を引いて次のようにいう。

合璧事類に杜工部の詩を載せて云う、……と。此の詩　旧集には載せず。又、寒食　天気少に、春風　柳花多しと。又、小桃　客意を知り、春尽きんとして始めて花開くと。則ち今の全集は遺逸多し。

ただし、温庭筠の作とする蒲積中編『古今歳時雑詠』には紹興丁卯（紹興一七年、一一四七）の紀年を有する自序があるから、彼の作とする見解も南宋の初期には存在したことになる。『佩文斎詠物詩選』は康熙四十五年（一七八〇）に完成しているので、劉禹錫の作とする見解はこれらよりかなり遅れて提出されたものである。この書は出処を示さないので、何に拠ったかは不明である。

佟培基編撰『全唐詩重出誤収考』（陝西人民教育出版社、一九九六）の指摘も見ておこう。

闕題、又作温庭筠、題作「嘲三月十八日雪」、『雑詠』四三列温飛卿「三月十八日雪中作」詩後、題下佚名。清人曾益『温飛卿詩集箋注』列作集外詩。而諸種杜集亦不載此詩、趙宧光『絶句』二作杜。『統籤』二二一〔二一〇の誤り〕『丙籤』六〇杜甫集末載此首、下注、「見合璧事類。」当為『古今合璧事類備要』、宋謝維新所編之類書。詩之帰属尚難定。

『全唐詩重出誤収考』は劉禹錫の作とする『佩文斎詠物詩選』には言及しないが、杜甫の詩であるか温庭筠の詩であるかに限ってみても、誰に帰属させるかについては定めがたいとするのは妥当であろう。

二

康熙五十二年（一七一三）の勅撰になる『御選唐詩』巻二十七が（A）に注を付している。

〔起句〕丘遅書、暮春三月草長。皇甫冉詩、春雪偏当夜、暄風却変寒。宋之問詩、歌舞宜連夜。
〔承句〕沈約詩、留人未応去。王筠詩、物華方入賞。陽縉詩、青門小苑物華新。
〔転句〕孟浩然詩、林臥愁春尽、開軒攬物華。庾信詩、夏余花欲尽。
〔結句〕庾信詩。留雪擬弾琴。王融池上黎花詩、当春照流雪。

『御選唐詩』は温庭筠「嘲三月十八日雪」として収録するが、これを手懸かりとしながら、若干の補足を試みよう。

起句から確認しよう。「三月」の語は頻出するので、どれが適切な出典であるかは定められない。「丘遅書」は、「与陳伯之書」（『梁書』巻二〇、「陳伯之伝」）であり、「暮春　三月　江南　草長じ、雑花樹に生じて群鸎　乱れ飛ぶ。」とある。杜甫の詩では「即事」（『詳注』巻一八）に、

　暮春三月巫峡長　　暮春　三月　巫峡長し
　皛皛行雲浮日光　　皛皛（きょうきょう）たる行雲　日光に泛かぶ

とある。「雪連夜」について、『御選唐詩』は、皇甫冉「奉和対雪」（『全唐詩』巻二〇〇）から、「春雪偏当夜、暄風却変寒（春雪　偏（ひとえ）に夜に当たり、暄風　却って寒きを変ず）」の句と宋之問の詩を引くが、宋之問の「広州朱長史座観妓」（『全唐詩』巻五三）には、「歌舞須連夜、神仙莫放帰（歌舞　須く夜に連なるべし、神仙　放ち帰ること莫かれ）」とあって、引用とは異同がある。ただし、「雪」と「連」とが結びついた例ならば、このように二人の作に分割した用例を引かなくとも、杜甫の詩には、これは馬の毛艶を喩えたものだが、「痩馬行」（『詳注』巻六）に、

　皮乾剥落雑泥滓　　皮乾きて剥落　泥滓（でいし）雑わり
　毛暗蕭條連雪霜　　毛暗くして蕭條　雪霜連なる

という例がある。杜甫の詩には「連夜」の用例は見られない。

承句はどうであろうか。「未応」の出典として引かれる沈約の詩とは「翫庭柳詩」（逯欽立『梁詩』巻七、『玉台新詠』巻五は「詠柳」に作る。以下、逯欽立を省略）であり、「遊人未応去、為此還故郷（遊人未だ応に去るべからず、此れが為に故郷に還らん）」とある。杜甫の詩にも用例があり、「二絶句」〈其一〉（『詳注』巻一一）に、

楸樹馨香倚釣磯　　楸樹　馨香ありて釣磯に倚る
斬新花蘂未応飛　　斬新の花蘂　未だ応に飛ぶべからず

とあり、「題衡山県文宣王廟新学堂、呈陸宰」（『詳注』巻二三）には、

周室宜中興　　周室　宜しく中興すべし
孔門未応棄　　孔門　未だ応に棄つべからず

という。「物華」について『御選唐詩』は王筠「望夕霽詩」（『梁詩』巻二四）から、「物華方入賞、跂予心期会（物華　方に賞に入り、跂ちて予心に会するを期す）」の句と陽縉「俠客控絶影詩」（『陳詩』巻六）から、「青門小苑物華新、花開鳥弄会芳春（青門の小苑　物華新たに、花開き鳥弄して芳春に会す）」の句を引く。「物華」の語は梁代頃から詩に用いられ始めたらしく、王僧孺「至牛渚、憶魏少英詩」（『梁詩』巻一二）にも用例がある。ただし「傷物華」という表現は（A）にしか見られない表現である。

転句を見よう。「春欲尽」の出典として、『御選唐詩』は、孟浩然「清明日宴梅道士」（『全唐詩』巻

一六〇）から、「林臥愁春尽、開軒覧物華（林に臥して春の尽きんとするを愁え、軒を開きて物華を覧る）」の句を引く。しかし「春欲尽」という表現は、崔国輔「奉和聖製上巳祓禊、応制」（『全唐詩』巻一一九）に、「魚竜百戯浮、桃花春欲尽（魚竜 百戯浮かび、桃花 春尽きんと欲す）」と見え、杜甫の詩にも「絶句漫興、九首」〈其五〉（『詳注』巻九）に、

腸断江春欲尽頭　　腸は断ゆ江春 尽きんと欲する頭
杖藜徐歩立芳洲　　藜を杖き徐ろに歩みて芳洲に立つ

とあるほか、「官池春雁、二首」〈其二〉（『詳注』巻一二）にも用例がある。「庾信詩」とは、「入彭城館詩」（『北周詩』巻二）であり、「夏余花欲尽、秋近燕将稀（夏余 花は尽きんと欲し、秋近くして燕は将に稀ならんとす）」の句がある。

『御選唐詩』は「只縁（祇縁）」の出典を示さないが、劉長卿「小鳥篇、上裴尹」（『全唐詩』巻一五一）に、「只縁六翮不自致、長似孤雲無所依（只だ六翮の自ら致さざるに縁り、長く孤雲の依る所無きに似たり）」とあり、杜甫の詩にも「又呈呉郎」（『詳注』巻二〇）に、

不為困窮寧有此　　困窮の為ならずんば寧ぞ此れ有らんや
祇縁恐懼転須親　　祇だ恐懼するに縁りて転た須く親しむべし

と見えている。

結句はどうか。『御選唐詩』は「留著」の出典として庾信「詠春近余雪、応詔」（『北周詩』巻四）から、「待花将対酒、留雪擬弾琴（花を待ちて将に酒に対わんとし、雪を留めて琴を弾かんと擬す）」の句を引く。これを引いたのは「着」「留」と「雪」の関連に着目したためであろう。しかし「留著〔着〕」の語は、それほど稀見の語ではない。唐代以前の用例は見られないようだが、杜審言「代張侍御傷美人」（『全唐詩』巻六二）に、「応憐脂粉気、留著舞衣中（応に憐れむべし脂粉の気の、舞衣の中に留著するを）」と見え、李白「宮中行楽詞、八首」〈其四〉（『全唐詩』巻一六四）にも、「莫教明月去、留著酔嫦娥（明月をして去らしむる莫かれ、留著して嫦娥を酔わしめん）」とある。また『御選唐詩』が王融「詠池上梨花詩」（『斉詩』巻二）から、「芳春照流雪、深夕映繁星（芳春　流雪に照り、深夕　繁星に映ず）」の句を引いているのは、これが「梨花」と「雪」を詠じているためであろう。王融のこの詩に和した劉絵「和池上梨花詩」（『斉詩』巻五）もある。「梨花」が詩に詠じられるのは南斉期に始まったらしい。唐代に入ると用例はさらに増え、李白の詩の例を挙げると、「宮中行楽詞、八首」〈其二〉（同前）に、梨の花を白雪に喩えて詠じた、「柳色黄金嫩、梨花白雪香（柳色　黄金嫩らかに、梨花　白雪香る）」の句が見える。(3)この句などが（A）の発想の源泉になっているかも知れない。「梨花」は杜甫の「曲江対酒」（『詳注』巻六）に一例がある。

桃花細逐梨花落　　桃花　細かに梨花を逐いて落ち
黄鳥時兼白鳥飛　　黄鳥　時に白鳥と兼に飛ぶ

三

次に（B）の出典と詩題について確認しておこう。

『校注』はこの詩に、以下のような按語を付している。この詩の出処についての検討はほぼこれに尽きていよう。これも長くなるがそのまま引用する。

按、此拠宋蒲積中編《古今歳時雑詠》巻一一《寒食上》所載、題為杜甫詩。陳尚君於《全唐詩補編・続拾》巻一五按云、「《古今歳時雑詠》各類詩均分為古詩・今詩二部分、古詩為宋綬《歳時雑詠》原編、今詩始為蒲積中所輯。宋綬為宋敏求之父、卒於慶暦初。其時王洙本《杜工部集》雖已編成、尚未刊佈。(4)宋綬所拠材料、有為王洙未及見者。《古今歳時雑詠》在宋明二代流布未広、故治杜詩者多未見之。此詩各本《杜集》皆失収。今亟録出、以供治杜者研究。」

確かに『歳時雑詠』には五律「寒食」(5)（『詳注』巻一〇）、五律「一百五日夜、対月」（『詳注』巻四）とともにこの詩が収められており、陳尚君はこの詩が十分に考察の対象になると考えているようである。

詩題に見える「蘇二」については、陳冠明・孫愫婷撰『杜甫親眷交遊行年考』（上海古籍出版社、二〇〇六）に以下のような考証があり、「季秋、蘇五弟纓、江楼夜宴崔十三評事韋少府姪、三首」（『詳注』巻二〇）と「戯寄崔評事表姪蘇五表弟韋大少府諸姪」（同上）との関連を考慮して、大暦二年

（七六七）ころ、夔州（重慶市奉節県）で書かれ、蘇二は蘇五である可能性があることを指摘している。

蘇二　名未詳。《全唐詩続拾遺》巻十五拠《古今歳時雑詠》巻十一補録杜甫《寒食夜蘇二宅》詩。此詩未知作於何時何地。按、杜甫有表弟蘇五纓。大暦二年（七六七）、杜甫在夔州、有《季秋蘇五弟纓江楼夜宴崔十三評事韋少府姪三首》・《戯寄崔評事表姪蘇五表弟韋大少府諸姪》詩。而此詩云、「客涙聞歌掩、帰心畏酒知。」似在其間。蘇二或為蘇五之訛、亦未可知。

それでは首聯から検討してみよう。「寒食」の語は頻出するが、これが詩に用いられるのは何遜「与崔録事別、兼叙携手」（『梁詩』巻八）に見える、「復道中寒食、弥留曠不平（復た道う寒食に中ると、弥しく留まり曠として平らかならず）」という句などが早いものであろう。

「堪坐」という表現自体は唐代以前には見えず、唐詩においては「那（何）堪……」などと反語を示す形で見える。「堪」と「坐」が関連して用いられる例としては、張易之「出塞」[6]（『全唐詩』巻八〇）に、「誰堪坐秋思、羅袖払空牀（誰か堪えん坐して秋思するに、羅袖　空牀を払う）」の句がある。また王維「李陵詠」（『全唐詩』巻一二五）には、「少小蒙漢恩、何堪坐思此（少小より漢恩を蒙る、何ぞ堪えん此に坐思するを）」といい、さらに李白「春日独坐、寄鄭明府」（『全唐詩』巻一七二）にも用例がある。「春参」は、春の夜空に懸かるオリオン座の三つ星だが、少なくとも宋代以前に用例は見出せず、「夕已垂」と完全に重なる用例も見出せない。「已垂」は、沈約「詠簷前竹詩」（『梁詩』巻七）に、「萌開籜已垂、結葉始成枝（萌開きて籜已に垂れ、葉を結びて始めて枝を成す）」とあり、虞羲「数名詩」（『梁詩』巻五）に、「二毛颯已垂、家貧無所択（二毛颯として已に垂れ、家貧しくして択ぶ所無し）」などとあって、竹の子の皮や毛髪が垂れることに用いられる。天体についていうのは、例えば「星垂」を例にとると、杜甫から始まるのではなかろうか。「旅夜書懐」（『詳注』巻一四）には、よく知られた次の句がある。

星垂平野闊　星垂れて平野闊く
月湧大江流　月湧いて大江流る

また銭起「過王舎人宅」（『全唐詩』巻二三八）の、「彩筆有新詠、文星垂太虚（彩筆　新詠有り、文星太虚に垂る）」という例は、『易』繋辞伝上に見える「天は象を垂れ吉凶を見し、聖人は之に象る。」を踏まえている。杜甫の詩の用例と類似するものを挙げておけば、楊凝「夜泊渭津」（『全唐詩』巻二九〇）に、「遠処星垂岸、中流月満船（遠処　星は岸に垂れ、中流　月は船に満つ）」とあり、李頻「送友人往振武」（『全唐詩』巻五八七）に、「磧夜星垂地、雲明火上楼（磧夜　星は地に垂れ、雲明　火は楼に上る）」とある。この二篇は杜甫の詩に学んだものかも知れない。

ついで頷聯を見よう。「好風」は陶淵明「読山海経詩、十三首」〈其一〉（『晋詩』巻一七）に、「微雨従東来、好風与之倶（微雨　東より来り、好風　之と倶にす）」とあるのが早いものであろう。唐代に入っても用例は多いが、杜審言「大酺」（『全唐詩』巻六二）には、「梅花落処疑残雪、柳葉開時任好風（梅花落つる処　残雪かと疑う、柳葉　開く時　好風に任さん）」という句がある。これにも「柳葉」と「好風」とが詠じられていることが留意される。この語は李白「杭州送裴大沢時、赴廬州長史」（『全唐詩』巻一七六）にも「好風吹落日、流水引長吟（好風　落日を吹き、流水　長吟を引く）」と見えている。ただし、「好風」の語は杜甫の詩には見られない。「清月」はどうであろうか。最も早いのは、王融「清楚引」（『斉詩』巻二）に見える「清月冏将曙、浩露零中宵（清月　冏らかにして将に曙けんとし、浩露中宵に零つ）」という例だろう。唐代に入ると崔湜「唐都尉山池」（『全唐詩』巻五四）に、「幽尋惜未已、清月半西楼（幽尋　未だ已まざるを惜しむ、清月　西楼に半ばなり）」とあり、杜甫「宴王使君宅題、二首」〈其二〉（『詳注』巻二二）にも、

江湖堕清月　　江湖　清月堕つ
酩酊任扶還　　酩酊して扶還に任さん

と、一例が見えている。「花枝」は、謝朓「与江水曹至干浜戯詩」（『斉詩』巻四）に見える、「花枝聚如雪、[7]蕪糸散猶網（花枝　聚まりて雪の如く、蕪糸　散じて猶お網のごとし）」という例が早いものだろう。唐詩では元稹「仁風李著作園、酔後寄李十」（『全唐詩』巻四一二）に、「照花枝」という形での用例もある。「朧明春月照花枝、花下音声[8]是管児（朧明の春月　花枝を照らし、花下の音声　是れ管児）」とあるのがそれである。「朧明」は、月光がうすぼんやりと射しこむさま。「管児」は、笛。また、崔道融「長門怨」（『全唐詩』巻七一四）にも、「長門春欲尽、明月照花枝（長門　春尽きんと欲し、明月　花枝を照らす）」という句がある。杜甫「酬郭十五判官」（『詳注』巻二二）には、

薬裏関心詩総廃　薬裏(やくか)　関心　詩総て廃するに
花枝照眼句還成　花枝　眼を照らして句還(ま)た成る

とあり、『詳注』は梁・武帝「春歌」の「階上香入懐、庭中花照眼（階上　香り懐に入り、庭中　花　眼を照らす）」の句を典拠として引く。

ついで頸聯を見よう。「客涙」は、杜甫の詩には「過客涙」(9)も含めると四例が見られる。そのうち「九成宮」（『詳注』巻五）には、

哀猿啼一声　哀猿　啼くこと一声
客涙迸林藪　客涙　林藪に迸(ほとばし)る

の句があり、『詳注』は劉珊「賦得馬詩」（『陳詩』巻六）から「辺声隕客涙（辺声　客涙隕(お)つ）」の句を引いている。しかし、用例としては謝朓「同詠楽器・琴」（『斉詩』巻四）に見える「是時繰別鶴、淫淫客涙垂（是の時　別鶴を繰れば、淫淫として客涙垂る）」の句が早いものであろう。杜甫の詩の、他の二例は次の通りである。

天風随断柳　天風　断柳に随い
客涙堕清笳　客涙　清笳に堕つ
「遣懐」（『詳注』巻七）

祇応尽客涙　祇だ応に客涙を尽くして
復作掩荊扉　復た荊扉を掩うことを作すべし
「贈韋賛善別」（『詳注』巻一二）

後者には「客涙」以外に「掩」も見られる。「聞歌掩」という表現そのものの用例は見られないが、「掩歌扇」、「掩歌脣」といった表現は杜甫以前にも散見する。また「聞歌」に似た表現はしばしば見られる。ただし杜甫の詩においては「征夫」（『詳注』巻一二）に、

路衢唯見哭　路衢　唯だ哭するを見
城市不聞歌　城市　歌を聞かず

という、否定形で用いられる例が見えるのみである。「帰心」、故郷へ帰りたいという願い、はどうであろうか。この語の用例は多い。早いものは王讃「雑詩」（『文選』巻二九、『晋詩』巻八）に、「朔風動秋草、辺馬有帰心（朔風　秋草を動かし、辺馬　帰心有り）」と見える。唐詩においても盧照隣「九月九日、登玄武山」（『全唐詩』巻四二）に、「九月九日眺山川、帰心帰望積風塵（九月九日　山川を眺む、帰心帰望　風塵積む）」とあり、李白「寄東魯二稚子」（『全唐詩』巻一七二）にも用例があって、杜甫の詩には「長江、二首」〈其一〉（『詳注』巻一四）などに三例が見える。ここは「上後園山脚」（『詳注』巻一九）を引いておこう。

時危無消息　　時危うくして消息無し
老去多帰心　　老い去りて帰心多し

「帰心畏酒知」の句の「畏酒知」については全く類例を見ない。「畏酒」については、蘇軾「叔弼云、履常不飲故不作詩、勧履常飲」（『東坡全集』巻一九）に、「我本畏酒人、臨觴未嘗訴（我本と酒を畏るる人、觴に臨んで未だ嘗て訴えず）」とあり、陸游「病酒宿土坊駅」（『剣南詩稿』巻一三）に、「少時見酒喜欲舞、老大畏酒如畏虎（少時　酒を見て喜びて舞わんと欲す、老大　酒を畏るること虎を畏るるが如し）」と、宋代の例がある。

最後に尾聯を見てみよう。「佳辰（嘉辰）」は唐代以前の用例として、賦では応瑒「西狩賦」（『芸文類聚』巻六六）に、「既乃練吉日、練嘉辰（既に乃ち吉日を練び、嘉辰を練ぶ）。」とあり、詩では王筠「五日、望採拾詩」（『梁詩』巻二四）に、「長糸表良節、金縷応嘉辰（長糸　良節を表し、金縷　嘉辰に応ず）」とあるのを早い例として唐詩にも多い。杜甫の詩の二例を引いておこう。

佳辰対群盗　　佳辰　群盗に対す
愁絶更堪論　　愁絶　更に論ずるに堪えんや
「九日、五首」〈其四〉（『詳注』巻二〇）

佳辰強飲食猶寒　　佳辰　強いて飲めば食猶お寒し

隠几蕭條戴鶡冠　几に隠り蕭條として鶡冠を戴く

「小寒食、舟中作」（『詳注』巻二三）

これを見る限りでは杜甫は「佳辰」を心底から楽しむことができてはいない。「邀賞」はどうか。『漢語大詞典』では、「求取賞賜。」として、『資治通鑑』唐・高祖武徳九年（六二六）の記事を引いている。[10] この語が詩に用いられるのは、元・馬祖常（一二七九～一三三八）の「呉宗師送牡丹」（『元詩選』初集・丙集『石田集』）に、「十五年前花発時、仙翁邀賞酔瑶池（十五年前　花発きし時、仙翁　賞を邀めて瑶池に酔う）」とあるのが最初ではないか。「忽忽」は、多様な意味を有する語であるが、既に『楚辞』「離騒」（『文選』巻三二）に、時の速やかな経過を表す語として、「欲少留此霊瑣兮、日忽忽其将暮（少く此の霊瑣に留まらんと欲するに、日は忽忽として其れ将に暮れんとす）。」と用いられており、杜甫の詩には二例が見えている。

忽忽峡中睡　忽忽として峡中に睡る
悲風方一醒　悲風に方に一たび醒む

「奉酬薛十二丈判官見贈」（『詳注』巻一九）

年年至日長為客　年年　至日　長に客と為る
忽忽窮愁泥殺人　忽忽として窮愁　人を泥殺す

「冬至」（『詳注』巻二一）

『詳注』は後者について阮籍「詠懐詩、八十二首」〈其十八〉（『魏詩』巻一〇）から、「流光耀四海、忽忽至夕冥[11]（流光　四海に耀き、忽忽として夕冥に至る）」の句を引き、さらに『測旨』[12]を引いて、「忽忽、不定也（忽忽は、定まらざるなり）。」と言う。（B）と杜甫の詩においては、心がぼんやりするさまを言うのであろう。

「更何為」は、これ以上なにもすることはない、の意。詩においては唐代以前には見えない表現であり、唐詩では徐鉉「和蕭郎中午日見寄」（『全唐詩』巻七五四、『宋詩鈔』巻一『騎省集鈔』）に、「細雨軽風采薬時、褰簾隠几更何為（細雨　軽風　薬を采る時、簾を褰げ几に隠りて更に何をか為さん）」という句があり、貫休「思匡山賈匡」（『全唐詩』巻八二九、『唐詩紀事』巻七五）にも、「山兄詩癖甚、寒夜更何為（山兄　詩癖甚だし、寒夜　更に何をか為さん）」という用例が見られる[13]。

四

『歳時雑詠』には杜甫の詩が五十篇収録されている。その中には以下のような詩が含まれる。

巻十一　「寒食夜、蘇二宅」、「寒食行」

巻三十四　「九日、陪淳侍中宴白楼」、「九日、奉陪侍中宴後亭」、「九日、奉陪令公登白楼、同詠菊」、

「九日、同司直九崔侍御登宝鶏南楼」、「和趙端公九日登石亭、上和州家兄」

巻四十三「慈恩寺二月半、寓言一首」、「三月閨怨」

ここに挙げた詩を『歳時雑詠』はすべて杜甫の詩と見なしているが、実はこれらは杜甫の詩ではない。「寒食行」（『全唐詩』巻二九八）は王建の作である。「九日、陪淳侍中宴白楼」は「九日、奉陪侍中宴白楼」（『全唐詩』巻二七九）であって、盧綸の作であり、以下、「九日、奉陪侍中宴後亭」（『全唐詩』巻二七九）、「九日、奉陪令公登白楼、同詠菊」（同前）、「九日、同司直九崔侍御登宝鶏南楼」（同前）、「和趙端公九日登石亭、上和州家兄」（『全唐詩』巻二七七）もすべて盧綸の作である。また、「慈恩寺二月半、寓言一首」は蘇頲の詩であって、『文苑英華』巻二百三十三と『全唐詩』巻七十四に収められる。「三月閨怨」は張説の「春閨怨」[14]であって『全唐詩』巻八十九に収められる。つまり『歳時雑詠』が杜甫の作として引いている詩のうち前掲の七篇は、王建と盧綸と蘇頲の詩なのである。冒頭に引いた『校注』は、「《古今歳時雑詠》在宋明二代流布未広、故治杜詩者多未見之。此詩名本《杜集》皆失収。」と述べていたが[15]、『歳時雑詠』の編纂にはかなり杜撰な部分があることを認めざるを得ないのである。従って『歳時雑詠』巻十一に収録される七篇のうち、「寒食行」を除く六篇に限ってみても、この中には他者の作が混入している可能性がある。

おわりに

以上に述べてきたことをまとめておくならば以下のようになろう。

（A）の詩から、特定の詩を下敷きにした痕跡はうかがえない。出典から考えるならば南朝時代の詩を意識することが多いようであり、結句に限って見れば、李白の詩を意識しているように見受けられる。ただし、「梨花」の白さを雪の白さに喩えることは南朝時代からしばしば見られた発想であり、取り立てて新鮮味があるとは言えない。

杜甫は詩語の選択と彫琢に心血を注いだ。伝統的な詩語に新たな価値を見出したばかりでなく、時には新たな詩語の開拓・発見に至るほど精力を傾注したのである(16)。そういった点からするとこの詩は明らかに様相を異にする。したがってこの詩が仮に杜甫のものであったとしても、杜甫の詩の評価について何らかの新見を付加するものとはならないであろう。

（B）はどうか。先に見てきたように、（B）には特定の作者や作品に依拠する傾向は見出せない。その中で注目されるのは、「邀賞」、及び「更何為」という表現である。こうした表現は晩唐以前には見出せなかった。このことは、この詩が誰の作なのかは特定できないにしても、『歳時雑詠』が南宋・紹興十七年（一一四七）の蒲積中の自序を有することから考えて、晩唐以降、南宋以前の作者の手になったことを示唆しているのではなかろうか。少なくとも『歳時雑詠』だけが（B）を杜甫の詩として収録することには大きな疑問が残ると言わざるを得ない。

先に引いた『校注』は『歳時雑詠』の流布は限られていたというが、少なくとも朱翌（一〇九八～一一六七）の『猗覚寮雑記』巻上、王応麟（一二二三～一二九六）の『玉海』巻十二、王士禛（一六三四～一七一一）の『居易録』巻十二には『歳時雑詠』からの引用、もしくは言及がある。つまり、一部の識者にはこの詩の存在は知られていたのである。それでもなおこの詩が他の書物に収録されなかったのは、この詩が偽作であると考えられていた証左なのではなかろうか。

注

（1）王大淳『丹鉛總録箋證』（浙江古籍出版社、二〇一三）、「杜逸詩」には、以下のような指摘がある。

『三月雪連夜』一首、除《合璧事類》外、宋陳景沂《全芳備祖集前集》巻九・《石倉歴代詩選》巻四十五亦作杜詩。然拠宋蒲積中《歳時雑詠》巻四十三・洪邁《万首唐人絶句》五言巻二十一則作温庭筠詩、詩題《嘲三月十八日雪》、亦収入《温飛卿詩集》、疑非杜作。又《御定佩文斎詠物詩選》巻十四題作劉禹錫詩、詩題題《春雪》。未知何拠。

（2）『全唐詩』巻二三四には杜甫「闕題」として収め、「右一首及下逸句、見合璧事類。」と言うが、温庭筠「嘲三月十八日雪」として収める巻五八三に注はない。

（3）李白「送別」（『全唐詩』巻一七七）には、「梨花千樹雪、楊葉万條煙（梨花　千樹の雪、楊葉万條の煙）」の句があるが、これと全く同じ句が、『全唐詩』巻二〇〇に収録される岑参「送楊子」にも見える。これが岑参の詩であることについては、森野繁夫・進藤多万『岑嘉州集』（白帝社、二〇〇八）が指摘するとおり、厳羽『滄浪詩話』「考證」に指摘されており、同様の指摘は魏慶之『詩人玉屑』巻一一、「考證」の項にも見えている。

(4) 陳尚君輯校『全唐詩続拾』(中華書局、一九九二)巻一五は「佈」を「布」に作る。

(5) ただし、『詳注』所収の詩とは異同があり、「汀烟」を「江烟」に、「問不違」を「行不違」に作る。

(6) 同題で八句多い詩が『全唐詩』巻九九では張柬之の作とされ、佟培基『全唐詩重出誤収考』(陝西人民教育出版社、一九九六)は、張柬之の作と推定している。

(7) 「蕪糸」を『芸文類聚』巻二九は「垂藤」に作る。

(8) 『全唐詩』に、「音」は一に「鶯」に作り、「是」は一に「似」に作るという。

(9) 「題忠州竜興寺所居院壁」(『詳注』巻一四)に、「空看過客涙、莫覓主人恩(空しく看る過客の涙、覓むる莫かれ主人の恩)」とある。

(10) 『資治通鑑』巻一九一、唐紀巻七、武徳九年七月の条に、「太子建成・斉王元吉の党、散亡して民間に在り、赦令を更(あらた)むと雖も、猶お自ずから安んぜず、幸いを徼むる者は争い告げ捕えて以て賞を邀めんとす。」とある。

(11) 『詳注』は「夕冥」を「夕窮」に作る。

(12) 『則旨(測旨)』は明・趙大綱撰。『詳注』には三箇所に引用されている。

(13) このほか姚合「題鳳翔西郭新亭」(『全唐詩』巻四九九)にも例があるが、『全唐詩』の注に、「更何」は「一作信虚」とあるので除外した。

(14) 『唐詩紀事』巻一三は袁暉の作とする。

(15) 張忠綱主編『杜甫大辞典』(山東教育出版社、二〇〇九)「作品提要・附録」にも『校注』と全く同文の指摘がある。

（16）拙著『東西南北の人―杜甫の詩と詩語』（研文出版、二〇一一）、同『杜甫詩話―何れの日か是れ帰年ならん』（同、二〇一二）、同『花 燃えんと欲す―続・杜甫詩話』（同、二〇一四）などを参照。

〔補遺〕

『詳注』巻二三「逸詩」には、「秋雨吟」と題する、「屋小茅乾雨声大、自疑身着簑衣臥（屋小に茅乾きて雨声大なり、自ら疑う身に簑衣を着けて臥するを）」で始まる七言八句の詩を載せて、祝穆撰『事文類聚』前集巻五に見えるという。そこに杜甫の「雨夜吟」として載せられるこの詩が陸亀蒙の作であることは確実であり、陸亀蒙『甫里集』巻一七、及び『全唐詩』巻六二一には「雨夜」、『文苑英華』巻三三一には「夜雨吟」として収められている。仇兆鰲の誤認である。

杜甫の「逸句」について

はじめに

『杜詩詳注』巻二十三（以下、『詳注』）には「『合璧事類』載杜詩」として、杜甫の「三月雪連夜、未応傷物華（三月　雪　夜に連なる、未だ応に物華を傷なうべからず）」の句で始まる「逸詩」[1]（五言絶句）とともに以下のような「五言逸句」が収録されている。

五言逸句
寒食少天気　寒食　天気少なく
春風多柳花　春風　柳花多し

又
小桃知客意　小桃　客意を知り

春尽始開花　　春尽きんとして始めて花開く

又

笛唇揚折柳　　笛唇　折柳を揚げ
衣髪掛流蘇　　衣髪　流蘇を掛く

便宜上、最初の「寒食」で始まる逸句を（A）、次の「小桃」で始まる逸句を（B）、最後の「笛唇」で始まる逸句を（C）としよう。これらの逸句について、主として用いられる語彙の面から順次検討を加え、併せて張式銘輯「補遺」（『杜工部集』、岳麓書社、一九八九所収）に引かれる「残句」にも触れておきたい。

一

まず（A）について見てみよう。この句の出処を『詳注』は『合璧事類』としている。このことについて、鄭慶篤・張忠綱「疑偽之作輯考」（『杜甫全集校注』、人民文学出版社、二〇一四所収）の「五言絶句」の条は以下のように述べている。

按、宋陳景沂撰《全芳備祖》前集巻一八《花部》署為杜甫詩。但宋陳思編・元陳世隆補《両宋名賢小集》巻七九作石曼卿（延年）詩、題為《春陰》、『天気』作『天色』、只易一字。明楊慎撰《丹鉛総録》巻二〇《詩話類》・曹学佺《蜀中広記》巻一〇一《詩話記第一》・清仇兆鰲《杜詩詳注》巻二三・《全唐詩》巻二三四均拠《合璧事類》只録前二句、以為杜甫逸詩。

確かに宋・謝維新編『合璧事類』（『古今合璧事類備要』）別集巻三十三、「花卉門」柳花の項にこの句が見えており、「杜」の作としている。楊慎撰『升菴集』巻五十七、曹学佺『蜀中広記』巻百一も同様であり、楊慎『丹鉛総録』巻二十は、「杜逸詩」として収録している。(2) しかし「疑偽之作輯考」が指摘する通り、韓休の宝祐元年（一二五三）の序を有する陳景沂『全芳備祖集』前集巻十八には「少陵」の「五言絶句」として、次のような作品が収められる。前二句は『詳注』の引用と異同はない。

寒食少天気　　寒食　天気少なく
春風多柳花　　春風　柳花多し
倚楼心目乱　　楼に倚りて心目乱れ
不覚見栖鴉　　覚えず栖鴉（せいあ）を見る

この詩が宋・陳思編、元・陳世隆補『両宋名賢小集』巻七十八には、起句を「寒食少天色」に作り、石延年（九九四～一〇四一）、字は曼卿の「春陰」として収められていることも「疑偽之作輯考」が指摘している。付け加えるならば、この詩は厲鶚『宋詩紀事』巻十にも、「前賢小集拾遺」として引かれる(3)。このようにこれを杜甫の詩の逸句と見なすには大きな問題があるが、この詩に用いられる語彙についても見ておこう。

「寒食」は、冬至から数えて百五日目。この日の前後三日間は火食をしない風習があった。詩にもしばしば見える語であり、早くは何遜「与崔録事別、兼叙携手」(4)（逯欽立『梁詩』巻八）に、「復道中寒食、弥留曠不平（復た道う寒食に中たり、弥しく留まり曠しくして平らかならずと）」とある。杜甫には「寒食」（『詳注』巻一〇）があり、

寒食江村路　　寒食　江村の路
風花高下飛　　風花　高下に飛ぶ

という。「寒食」と「花」の取り合わせは（A）に似る。「天気」は、（A）では陽の気。空模様という意味での用例は多い。早くは曹丕「燕歌行」（『文選』巻二七）に、「秋風蕭瑟天気涼、草木揺落露為霜（秋風　蕭瑟として天気涼し、草木　揺落して露　霜と為る）」とある。曹攄の「思友人詩」（『文選』巻二九）に、「凛凛天気涼、落落卉木疎（凛凛として天気涼しく、落落として卉木疎らなり）」と見えるように、この語は秋と結びついて用いられることが多かった。杜甫の詩にも「発秦州」（『詳注』巻八）に、「漢源十月交、天気如涼秋（漢源　十月の交、天気　涼秋の如し）」という用例がある。「天色」ならば、空の色。この語は陶淵明「聯句」（『晋詩』巻一七）に、「高柯擢條幹、遠眺同天色（高柯　條幹を擢んで、遠く眺むれば天色に同じ）」と描かれるように、必ずしも秋とは結びつかない。杜甫の詩には一例のみ

が、「北征」（『詳注』巻五）に見られる。

仰観天色改　仰いで天色の改まるを観(み)

坐覚妖氛豁　坐(そぞ)ろに妖氛(ようふん)の豁(ひら)くを覚ゆ

「柳花」は柳絮。早くは「子夜四時歌七十五首・春歌二十首」〈其十二〉（『晋詩』巻一九）に、「梅花落已尽、柳花随風散（梅花落ちて已に尽き、柳花　風に随いて散る）」とあり、唐詩にもしばしば見られるが、杜甫の詩には「黄柳花」という形での用例が、「曲江陪鄭八丈南史飲」（『詳注』巻六）に、「雀啄江頭黄柳花（雀は啄む江頭　黄柳の花）」と見えるのみである。「倚楼」は、楼閣の手すりに寄りかかる。煬帝「憶韓俊娥、二首」(5)〈其二〉（『漢魏六朝百三家集・隋煬帝集』）に、「間来倚立楼、相望幾含情（間来　倚りて楼に立ち、相い望みて幾(ほと)んど情を含まんとす）」とあるのが杜甫以前の僅かな先行用例のようである。杜甫の詩には「江上」（『詳注』巻一五）に一例が見える。

勲業頻看鏡　勲業　頻りに鏡を看(み)

行蔵独倚楼　行蔵　独り楼に倚る

「心目」は、心と目、精神と視覚といった意味だが、この語が詩に現れるのは陶淵明「贈羊長史」（『晋詩』巻一六）に「豈忘游心目、関河不可踰（豈に心目を游ばすを忘れんや、関河　踰(こ)ゆ可からず）」とあるのが早いものであろう。唐代に入ると例えば宋之問「緑竹引」（『全唐詩』巻五一）に、「含情傲睨慰心目、何可一日無此君（情を含み傲睨して心目を慰む、何ぞ一日として此の君無かる可けんや）」という例があるが杜甫の詩に用例はない。「栖（棲）鴉（烏）」、夕暮れになってねぐらに帰るカラス、はどうであろうか。これは湘東王・蕭繹に「詠晩棲烏詩」（『梁詩』巻二五）があり、同じく蕭繹「将軍名詩」（同前）に、「細柳浮軽暗、大樹繞棲烏（細柳　軽暗浮かび、大樹　棲烏繞る）」と見えている。昭明太子・蕭統の「開善寺法会詩」（『梁詩』巻一四）にも、「栖烏猶未翔、命駕出山荘（猶お未だ翔らず、駕を命じて山荘より出づ）」とあるから、この語は梁代から詩語として用いられ始めたものであろう。唐代に入ると太宗・李世民「采芙蓉」（『全唐詩』巻一）に、「棲烏還密樹、泛流帰建章（棲烏　密樹に還る、流れに泛かびて建章に帰らん）」とある。杜甫の詩には「遣興」（『詳注』巻七）に次のような用例がある。ただし、この例は「棲鴉」と熟しているわけではない。

夜来帰鳥尽　　夜来　帰鳥尽く
啼殺後棲鴉　　啼殺す後棲の鴉

この両句の大意は、夜もふけてきて、帰る鳥はすべてその巣に戻った、遅れてやって来たカラスは宿り棲むべき場所もなく、ひどく悲しい声で鳴き叫んでいる、となろう。(6) またしばしば「欲棲鴉」という形でも用いられる。白居易「冬日平泉路晩帰」（『全唐詩』巻四五五）に、「山路難行日易斜、煙村霜樹欲棲鴉（山路　行き難く日斜めなり易し、煙村の霜樹　棲らんと欲する鴉）」とあるのはそうした例である。宋代に入ると黒々とした墨痕、優れた筆跡に喩える例も多くなる。蘇舜欽が石延年の死を悼んだ「哭曼卿」（『蘇学士集』巻二）に、「帰来悲痛不能食、壁上遺墨如棲鴉（帰り来りて悲痛　食らう能わず、壁上の遺墨　棲鴉の如し）」というのはその一例である。これらから考えるならば、（A）を起・承句とする詩の転・結句はやや特殊な例であり、転句との関連で結句を考えるならば、「覚えず栖鴉を見る」という表現は目が眩んで黒い影が眼中にちらつくことを言うのかもしれない。しかし、このように考えても、なぜ「心目」が乱れるのか、発想の転換や飛躍が要請される転句だとはいえ、起・承句との関連が明確ではない。

二

ついで（B）について検討しよう。この句について前掲「疑偽之作輯考」の「佚句」の条は以下のように述べている。

按、宋陳景沂撰《全芳備祖》前集巻一八《花部》署為杜甫詩句。明楊慎撰《丹鉛總録》巻二〇《詩話類》・曹学佺《蜀中広記》巻一〇一《詩話記第一》・仇兆鰲《杜詩詳注》巻二三・《全唐詩》巻二三四均拠《合璧事類》以為杜甫逸詩。

ここに指摘されるように、この句は宋・謝維新『古今合璧事類備要』別集巻二十六、「花卉門」桃花の項に見えるものが最も早い。陳景沂撰『古今全芳備祖』前集巻八「花部」には杜甫の「五言散句」として見え、曹学佺『蜀中広記』巻百一「詩話記」には楊慎『升菴詩話』(『丹鉛総録』巻二〇「詩話類」[7]、『升庵集』巻五七にも)を出処として見える。さらに、「疑偽之作輯考」は引かないが、『佩文斎広群芳譜』巻二十六には、杜甫の「如行武陵暮、欲問桃源夜」の句、「桃紅客若至、定是昔人迷」の句と並んで収録される。前者は五律「赤谷西崦人家」(『詳注』巻七)の尾聯、

如行武陵暮　武陵の暮れに行くが如し
欲問桃源宿　桃源を問いて宿らんと欲す

であり、後者は五律「卜居」(『詳注』巻一八)の尾聯、

桃紅客若至　桃紅なるとき客若し至らば
定似昔人迷　定めて似ん昔人の迷いしに

であることがはっきりしている。従って(B)はこの両者と同列には扱えない。

次にこの句に用いられる語について見よう。「小桃」は、梅よりも遅く、紅色の花をつける花木。陸游『老学庵筆記』巻四に、「所謂小桃は、上元前後に即ち花を著く、状は糸を垂るる海棠の如し。」という説明がある。唐代以降の詩に登場するが、元稹や白居易の詩の用例が早いものである。元稹「西帰絶句、十二首」〈其二〉(『全唐詩』巻四一四)に、「両紙京書臨水読、小桃花樹満商山(両紙の京書水に臨んで読む、小桃の花樹　商山に満つ)」といい、白居易「看採蓮」(『全唐詩』巻四五)に、「小桃閒

上小蓮船、半採紅蓮半白蓮（小桃　閒に上る小蓮船、半ば紅蓮を採り半ば白蓮）」という。晩唐になると韓偓「三月」（『全唐詩』巻六八二）に、「辛夷纔謝小桃発、踏青過後寒食前（辛夷纔かに謝りて小桃発く、踏青過ぎし後　寒食の前）」と、辛夷に遅れて咲く小桃が詠じられる。また小桃が咲いたことを詠ずる詩では、朱弁（?～一一四八）の「送春」（『両宋名賢小集』巻九一）に、「小桃山下花初見、弱柳沙頭絮未飛（小桃　山下に花初めて見え、弱柳　沙頭に絮未だ飛ばず）」と見えている。この語は杜甫の詩には見えない。「客意」は旅人の心情、もしくは客人の気持ち。孫万寿「東帰在路、率爾成詠詩」（『隋詩』巻二）に、「人愁惨雲色、客意慣風声（人は愁えて雲色を惨み、客意　風声に慣る）」とあるのが早い例である。唐代に入ると儲光羲「貽余処士」（『全唐詩』巻一三八）に、「客意乃成歓、舟人亦相喜（客意　乃ち歓びを成し、舟人も亦相い喜ぶ）」という例があり、杜甫の詩にも二例が見えている。「夏日李公見訪」（『詳注』巻三）には、

清風左右至　清風　左右より至り
客意已驚秋　客意　已に秋に驚く

と見え、『詳注』は「客意」の出典として、江総「侍宴、賦得起坐弾鳴琴」（『陳詩』巻八）に、「糸伝園客意、曲奏楚妃情（糸は伝う園客の意、曲は奏づ楚妃の情）」とあるのを出典として引くが、これは園遊する客人をいうのであって、意味は異なる。また「送舎弟穎赴斉州、三首」〈其二〉（『詳注』巻一四）にも、

客意長東北　　客意　長えに東北
斉州安在哉　　斉州　安くに在りや

と用いられる。「春尽」の用例は多い。王融「思公子」（『斉詩』巻二）に、「春尽風颯颯、蘭凋木脩脩（春尽きて風颯颯たり、蘭凋みて木脩脩たり）」とあり、杜甫の詩に用例はないが、唐詩においても、張九齢「天津橋東旬宴、得歌字韻」（『全唐詩』巻四八）に、「朝来逢宴喜、春尽却妍和（朝来　宴に逢いて喜ぶ、春尽きんとして却って妍和なり）」と見えている。「始開花」という描写は、陳子昂「晦日宴高氏林亭」（『全唐詩』巻八四）に、「玉池初吐溜、珠樹始開花（玉池　初めて溜を吐き、珠樹　始めて花開く）」とあるが、このとおりの表現は杜甫の詩には見えず、杜甫の詩には「開花」がただ一例、「秋雨嘆、三首」〈其一〉（『詳注』巻三）に、

著葉満枝翠羽蓋　　著葉　満枝　翠羽の蓋
開花無数黄金銭　　開花　無数　黄金の銭

と見えるのみである。これは沈約「三月三日、率爾成篇」（『文選』巻三〇）に見える、「開花已匝樹、流嚶復満枝（開花　已に樹を匝り、流嚶　復た枝に満つ）」という句を踏まえたものであろう。

さて以上に見てきた出処からしても、この句にはとりたてて奇異な表現は指摘できない。強いていうならば、「小桃」の語が元稹と白居易以前の詩には見えないことから考えて、この句は中唐以降に

工夫されたと考えられるのではなかろうか。

三

（C）について見よう。『詳注』はこの句の出典について、「元の人伊世珍の『瑯環〔嬛〕記』[8]に謝氏『詩源』[9]の二句を引く。」と言い、「流蘇」の語について以下の説明を加える。

『詩源』に云う、軽雲の鬢髪（しんぱつ）甚だ長く、頭を梳（くしけず）る毎に、榻上（とうじょう）に立つも、猶お地を払うがごとし。已に髻（もとどり）を綰（わが）ね、左右の余髪 各おの粗（ほぼ）一指、結束して同心の帯と作（な）して、両肩より垂らし、珠翠を以て之を飾る、之を流蘇髻（りゅうそけい）と謂う。富家の女子、多く青絲を以て其の制に効（なら）う、亦自ずから観る可し。故に杜子美の「美人に贈る」詩に曰う、……と。

まずここに見える「流蘇」の語に注目したい。「流蘇」は、鮮やかな毛や色糸を編んで垂らす装飾。車馬や楼閣、編鐘などの楽器、帷帳、旗幟などに用いる。この語が早く見えるのは、張衡「東京賦」（『文選』巻三）であろう。「東京賦」には「駙承華之蒲梢、飛流蘇之騒殺（承華の蒲梢を駙（そ）え、流蘇の騒殺たるを飛ばす）。」とあって、李善注に、「流蘇は、五采の毛 之を雑（まじ）えて以て馬飾と為して之を垂る。」と言う。これについては高似孫『緯略』巻十、「流蘇」の項にも説明があって、劉孝威「郄県遇見人織、率爾寄婦詩」（『梁詩』巻一八）の「機頂挂流蘇、機旁垂結珠（機頂に流蘇を挂（か）け、機旁に結珠を垂る)」の句、江総「東飛伯労歌」(『陳詩』巻七)の「銀牀金屋掛流蘇、宝鏡玉釵横珊瑚(銀牀 金屋流蘇を掛け、宝鏡 玉釵 珊瑚を横たう)」の句などを引いているように、詩においては梁代から用いられ始めるようである。唐詩にも頻出する語だが、杜甫はこの語を「朝献太清宮賦」(『詳注』巻二四)で一度だけ用い、「揚流蘇於浮柱、金英霏而披靡(流蘇を浮柱に揚げ、金英 霏として披靡たり)。」という。長安の大寧坊にある老子を祀った太清宮の柱の装飾であり、同じく『詳注』に引く宋・葉廷珪撰『海録砕事』巻五「簾幙門」の「流蘇」の条に、「倦游録に、流蘇とは、乃ち盤線絵繍の毬、五色錯えて之を為り、同心にして下垂する者是れなり。」と説明がある。(10)

「流蘇髻」は長い髪を頭上でまとめ、余った左右の髪を束ねて両肩から垂らして真珠や翡翠などで飾った女性の髪形。『瑯嬛記』はこの用例として「杜子美」の句を引いたものである。「贈美人」という詩題は、劉孝綽「為人贈美人」(『梁詩』巻一六)、李白「陌上贈美人〔一作小放歌行〕」(『全唐詩』巻一八四)、裴夷直「贈美人琴絃」(『全唐詩』巻五一三)、方干「贈美人」(『全唐詩』巻六五一)などに見えるが、杜甫の詩にはない。『瑯嬛記』がこの逸句を引いたのは、「衣髪」の語が「流蘇」とともに現れるために、「流蘇髻」の用例になると判断したためであろう。

では「流蘇髻」の用例を見てみたい。『佩文韻府』巻六十七はこの語の出典として『瑯嬛記』を引くのみである。先述したように「流蘇」はさまざまな物の装飾として用いられた。これが髪形、髪の装飾として描かれるのは以下のような詩であろう。明・王世凱「落花歎」(『弇州四部稿』巻一七・巻一八)には以下の句がある。

標題琬琰双牌小　　標題　琬琰　双牌小なり
承日流蘇八字斜　　日を承けて流蘇　八字斜めなり
誰不暫緩青絲絡　　誰か暫くも青絲の絡を緩めざる
誰不暫駐七香車　　誰か暫くも七香の車を駐めざる

また、明・徐熥「為屠田太守新姫催妝」（『幔亭集』巻四）には次の句がある。

蘭膏薫粍闥　　蘭膏　粍闥に薫り
香気郁流蘇　　香気　流蘇に郁し

同じく徐熥「病美人」（『幔亭集』巻七）には、

長伴流蘇与合歓　　長く伴う流蘇と合歓と
腰肢痩尽黛眉残　　腰肢　痩せ尽くして黛眉残わる

という句がある。これらは総て明代の例であり、これ以前には遡れない。(11) このことから考えるならば、杜甫が髪の描写にこの語を用いたと見なすことは極めて困難である。

順序が逆になったが、「笛唇」と「衣髪」について触れておくならば、この語は両者ともに他詩における用例を確認できない。このように見てくると、流蘇と髪を結びつけた描写から考えて、この

「逸句」も、どれほど遡っても宋代以降の句であると考えてよいであろう。

四

『四部備要本』を底本とし、その他の通行本をもって「参校」したという『杜工部集』(岳麓書社、一九八九)の、張式銘輯「補遺」には、「残句」として、先に取り上げた(A)(B)(C)のほかに、

腹中書籍幽時曬　　腹中の書籍は幽時に曬し
肘後医方静処看(12)　　肘後の医方は静処に看る

という句を載せ、「按、見《全唐詩続補遺》巻四、録自《蛍雪叢説》。」といっている。しかし、童養年『全唐詩続補遺』(陳尚君輯校『全唐詩補編』中華書局、一九九二)、及び宋・兪成撰『蛍雪叢説』(元・陶宗儀撰『説郛』巻一五上所収)には、この句は見られない。前掲『全唐詩補編』に付された陳尚君「《全唐詩外篇》修訂説明」に、

同人〔杜甫〕《七夕》「腹中書籍幽時曬、肘後医方静処看」二句、録自《歳時広記》巻二八。按此為《全唐詩》巻二六一厳武《寄題杜拾遺錦絵野亭》中句。厳詩原附於《杜工部集》、因而被誤作杜詩。

という指摘があるとおり、厳武の詩中の句とするのが正しい。管見によれば、この二句を杜甫の作として収めるのは、宋・潘白牧撰『記纂淵海』巻八十三「襟懐部・閒適」である。前掲「疑偽之作輯考」はこの句を収録していない。

おわりに

『詳注』巻二十三には杜甫の「五言逸句」だけではなく「七言逸句」も載せられる。以下の句である。

野色更無山隔断　　野色　更に山の隔て断つこと無く
天光直与水相通　　天光　直ちに水と相い通ず
万事無成虚過日　　万事　成る無くして虚しく日を過ごす
百年多難未還郷　　百年　多難　未だ郷に還らず

前者について『詳注』が「朱彜尊曰く、此れ乃ち宋人鄭獬（ていかい）の詩なり、張氏誤りて杜句を引く。」[13]といい、さらに、「張子詔の《伝心録》（ママ）に見ゆ。」というとおりである。すなわち、この句は皇祐五年（一〇五三）の進士、鄭獬（一〇二二〜一〇七二）の七律「月波楼」（『鄖渓集』巻二七）の頷聯とするのが正しい。[14]

後者について『詳注』は以下のように指摘する。

中唐の戎昱(じゅういく)の詩、范徳機[15] 誤りて杜句を引き、十を訛(あやま)りて百と為す。按ずるに張・范の引く所の律句は、皆な杜集 未だ載せざる者なり。

確かにこの両句は中唐の戎昱の七律「江城秋霽」(『文苑英華』巻一五五、『全唐詩』巻二七〇)の頸聯であり、『文苑英華』と『全唐詩』は「虚」を「空」に、「百」を「十」に作って収録する。

このように、これら両句を杜甫の詩の「逸句」と見なすのは、明らかに誤解に基づいている。

こうして見てくると『詳注』の「五言逸句」の項に収録されている句は、いかに早い時期を想定しようとも中唐以降に工夫されたものであって、杜甫の詩句と認めるには大いに疑問が残るものである。「七言逸句」の項に収められた両句は明らかに杜甫の詩中の句ではなく、検討の対象にはならないと言えよう。

注

(1) この「逸詩」については別稿「杜甫の「逸詩」について」(本書所収)で述べた。

(2) 王大淳『丹鉛総録箋證』(浙江古籍出版社、二〇一三)の「杜逸詩」の条の「箋證」には、以下のような指摘がある。

『寒食少天気、春風多柳花』、《全芳備祖集前集》巻十八、『寒食少天気、春風多柳花。倚楼心目乱、不覚見栖鴉。』詩後注、『少陵』。

『丹鉛総録』は、「今の全集は遺逸多し。」と述べているから、楊慎はこの句を杜甫の詩だと認めていたことになる。なお、「疑偽之作輯考」は『全唐詩』巻二三四所収の杜甫の逸詩にも言及しているが、『全唐詩』に引く杜甫の「句」は「春風」を「東風」に作り、出典は示さない。一方、『全唐詩』が依拠したと考えられる明・胡震亨『唐音統籤』巻二一一は「闕題」としてこの句を引き、同じく「東風」に作っているが、出典を『合璧事類』と明記している。『全唐詩』巻七九六には斉己『風騒詩格』、梅堯臣『続金針詩格』、徐寅『雅道機要』、『事文類聚』などから無名氏の「句」を広汎に収めるが『合璧事類』は見えない。『全唐詩』と『唐音統籤』の関係については、黄大宏『唐五代逸句詩人叢考』（中華書局、二〇一一）の「前言」に詳しい。

(3)『佩文斎広群芳譜』巻七八には杜甫の作として、「仰蜂黏落絮、春風多柳花」の二句を引く。「春風」の句は（A）に見えているが、「仰蜂」の句は杜甫の五律「独酌」（『詳注』巻一〇）の頷聯に、「仰蜂粘落絮、行蟻上枯梨（仰蜂　落絮に粘し、行蟻　枯梨に上る）」と見える。

(4) 以下、逯欽立輯校『先秦漢魏晋南北朝詩』（中華書局、一九八三）による。

(5) この詩は元・陶宗儀撰『説郛』巻一一〇上に収録される『大業拾遺記』の大業一二年（六一六）の条に見える。『先秦漢魏晋南北朝詩』は収録しない。偽作であろう。

(6) この二句について『詳注』に引く顧宸の注は、「結聯は即ち『上林　無限の樹あるも、一枝の棲も借りず』の意、蓋し居を卜するに地無きを歎ずるなり。」という。これに従った。ここに引かれる「上林……」の句は、許敬宗「詠烏」（『全唐詩』巻三五）に、「上林如許樹、不借一枝棲（上林　如許（いくばく）の樹ぞ、一枝の棲（すみか）を借りず）」とある。

（7）前出『丹鉛総録箋證』の「杜逸詩」の条の「箋證」には、「『小桃知客意、春尽始開花』、全詩已佚。《全芳備祖集前集》巻十載此二句。」という指摘がある。

（8）『四庫全書総目』巻一三一に、『瑯嬛記』三巻について以下のようにいう。

旧本と元の伊世珍撰と題す。語は皆な荒誕猥瑣（わいさ）なり。……其の余の引く所の書名は大抵　真偽相い雑（も）う。銭希言の戯瑕（ぎか）は以て明の桑懌（そうえき）の偽託する所と為す、其れ必ず拠る所有らん。

銭希言は明の人、字は簡棲。『戯瑕』三巻、『獪園』一六巻などの著述がある。桑懌は北宋の人。『宋史』巻三二五に伝が立てられている。

（9）闕名撰。ただしこの一文は元・陶宗儀撰『説郛』巻八〇、「謝氏詩源」の項に引かれる。また清・陳元竜『格致鏡源』にもしばしば引かれていて、若干の異同はあるが、同書の巻一一に見えている。

（10）この宋・張師正『倦游録』の一文は、多少の異同はあるが、先に引いた『緯略』巻一〇にも以下のように引かれる。

流蘇は是れ四角に繫（か）くる所の、盤線絵繡の毬、五色　同心にして下垂する者、流蘇帳は古人　帳の四隅に繫け以て飾りと為すのみ。

なお、この見解は明・顧起元撰『説略』巻二三にも引かれており、幃帳に流蘇を懸ける風習は晋以後に始まったと指摘する。

（11）「流蘇」が髪飾りや髪形を指すのか、部屋の装飾を指すのか、判然としない例もある。一例を挙げると、明・劉炳「燕子楼、同周伯寧賦」（『劉彦昺集』巻三）には、

宝瑟凝歌繞珠箔　宝瑟　凝歌　珠箔を繞る

流蘇結帯黄金索　流蘇　結帯　黄金の索
とあり、明・楊基「粉団児花」（『眉菴集』巻一一）には、
小小流蘇結素羅　小小たる流蘇　素羅を結び
団団香粉綴柔柯　団団たる香粉　柔柯を綴る
とある。仮にこれらが髪についての描写であっても、いずれも明代以前の例ではない。

(12) 張式銘輯「補遺」は「肘後」を「肋後」に作るが、宋・扈仲栄撰『成都文類』巻七、『全唐詩』巻二六一などは「肘」に作る。これに従った。「肘後」は繁欽「定情詩」（『魏詩』巻三、『玉台新詠』巻一）に、「何以致叩叩、香嚢繫肘後（何を以てか叩叩を致さん、香嚢　肘後に繫く）」と見え、杜甫「寄張十二山人彪、三十韻」（『詳注』巻八）にも、「肘後符応験、嚢中薬未陳（肘後　符は応に験あるなるべし、嚢中　薬は未だ陳びず）」とある。常に身につけていること。杜甫の詩では医薬書などを指す。

(13) 朱彝尊（一六二九〜一七〇九）には『朱竹垞先生杜詩評本』二四巻があるというが未見。

(14) この両句は宋・羅大経『鶴林玉露』巻八に「杜少陵絶句云……。」として引かれており、蔡夢弼『杜工部草堂詩話』巻二にも、「横浦の張子韶の心伝録に曰う、……。」として引かれる。張子韶（一〇九二〜一一五九）は張九成、字は子韶、無垢居士と号した。『宋史』巻三七四に伝が立てられている。『心伝録』三巻は張九成の甥である于恕の編になる。従って『詳注』が『伝心録』とするのは誤り。この書は宋・魏慶之『詩人玉屑』巻四にも見えるが、作者名はない。また元・陶宗儀『説郛』巻八四上に収められる宋・周紫芝『竹坡老人詩話』には、「滕元発『月波楼詩』」として引かれる。滕元発は初名は甫、鄭獬と同じく皇祐五年（一〇五三）の進士。さらに元・劉因の七絶「癸酉新居雑詩、九首」〈其六〉（『静修集』

巻一七）では、起句と承句としても用いられている。

（15）范徳機（一二七二～一三三〇）は、范梈（はんかく）、字は享父。徳機は、その一字。『杜工部詩批選』六巻がある。

あとがき

前著『花燃えんと欲す―続・杜甫詩話』(研文出版、二〇一四・九)を刊行してから、三年近くが過ぎた。この数年間がそれ以前と違ったのは、下定雅弘・松原朗の両氏に誘われ、『杜甫全詩訳注』(講談社学術文庫)の編集委員の一人としてこの企画に参加させていただいたことである。刊行の経緯は下定氏が書かれた同書第一冊(二〇一六・六刊)の「まえがき」に詳しい。鈴木虎雄『杜少陵詩集』や吉川幸次郎『杜甫詩注』などは常に座右に置いて参照し、多大な学恩を蒙ってきたが、いろいろと感ずるところもあり、杜甫の詩の全訳をより簡便な形で机上に備えることはできないものかと思っていた。そこに両氏から話があったのである。執筆を担当したのは、秦州から同谷を経て成都にたどりつくまでの、ほぼ二か月間に書かれた、いわゆる同谷・成都紀行を中心とした三〇首ほどに過ぎない。しかし、当時、整備途中であった成県(同谷)の杜公祠は一九九〇年の八月末、天水(秦州)から足を伸ばして尋ねた曾遊の地でもあり、同谷で書かれた各詩はとりわけ印象深い。ところで実際に全訳の仕事に従事してみると、句の解釈にいくつかの説がある場合にどれを採用するかという問題(『杜甫全詩訳注』では『杜詩詳注』に従うことを原則とした）を始めとして、適切な訳語をいかに選択するか、比喩表現が含まれている場合はそれをどこまで現代語訳に反映させるかなどなど課題は山積していて、全訳を果たし、志した先人の御苦心をつぶさに味わうことになった。本書に収録した拙文のうちのいく篇かは、こうした作業をする中で気づいたことが基礎になっている。

本書を三部に分けた。Ⅰには杜甫「春望」に関わる文章を、Ⅱには杜甫の詩を読み進める中で気づいた語と、動植物に視線を向けた詩に関わる文章を収め、Ⅲでは杜甫の「逸詩」「逸句」を扱った。Ⅲは初めての試みである。

松原朗「杜甫とその時代」（『杜甫全詩訳注』第一冊所収）は、杜甫の詩について「……ともあれ古典は杜甫の手の中でいったん鋳つぶされ、真新しく鍛え上げられた。杜甫の詩はその威力を縦横に駆使することで、途方もない爆発力を手に入れたのである。」と述べ、さらに「杜甫の中では古さが新しさを包み込み、目前にある部分が世界の全体と分かちがたく結びあわされる。」とも述べている。拙著において、杜甫の詩のこういった特質をどの程度明らかにできたか、まさしく一斑もて全豹を評するようなものだが、部分の解明が全体の解明につながってゆくことを信じながら、今後も杜甫の詩を読み続けたいと思う。

前著に引き続いて、本書が世に出ることになったのは研文出版社長・山本實氏のひとかたならぬ御厚意による。ここに記して衷心より感謝する。

杜甫没後千二百五十年を三年後に控えて

初出一覧

＊既発表のものを本書に収録するに際しては、明らかな誤りを訂正し、一部の用例と原文を省略するなど、論旨を変更しない範囲で修正を加えた。なお初出時とは表題を変更したものがある。

Ⅰ 「春望」について

「春望」の系譜（未発表）

杜甫「春望」の頷聯について（「中国文化」七二、二〇一四・六）

杜甫の詩における「山河」と「山川」、「江山」（未発表）

Ⅱ 杜甫の詩と詩語

杜甫「旅夜書懐」の「星垂」はどのように読まれてきたか（未発表）

「牛炙・牛肉」についての覚書—杜甫「聶耒陽詩」—

（「杜詩教材研究論叢」五、二〇一四・三）

杜甫の詩とサル—猿・狙・狖など—（「杜詩教材研究論叢」七、二〇一六・三）

杜甫の詩とニワトリ（未発表）

杜甫の詩とタケノコ—筍・笋—（未発表）

Ⅲ　杜甫の「逸詩」と「逸句」

杜甫「逸詩」札記（「中国文化」七四、二〇一六・六）

杜甫の「逸句」について（未発表）

後藤　秋正（ごとう　あきのぶ）
1947年、静岡県御殿場市生まれ
北海道教育大学特任教授。博士（文学）
著書『中国中世の哀傷文学』『唐代の哀傷文学』『更に尽くせ一杯の酒――中国古典詩拾遺――』、『東西南北の人――杜甫の詩と詩語――』、『杜甫詩話―何れの日か是れ帰年ならん』、『花 燃えんと欲す――続・杜甫詩話』（共に研文出版）、『詩語のイメージ』（共編著、東方書店）、『杜甫全詩訳注』（分担執筆、講談社学術文庫）

研文選書 126

「春望」の系譜
――続々・杜甫詩話――

2017年4月30日初版第1刷印刷
2017年5月15日初版第1刷発行
定価［本体2300円＋税］

著　　者　後藤　秋正
発 行 者　山本　實
発 行 所　研文出版（山本書店出版部）
東京都千代田区神田神保町2-7
〒101-0051　TEL 03-3261-9337
FAX 03-3261-6276
印　　刷　モリモト印刷
カバー印刷　ライトラボ
製　　本　大口製本

ISBN978-4-87636-423-7